【鹤舞云台系列丛书】

临安的钟声 下

博言 著
BO YAN

辽宁人民出版社

第四十九章　金山古寺（一）

冉玼听张柔说出这样的话，就单刀直入地问："张将军，如果将来蒙古灭金之后，南下入侵大宋，你会怎么办？"

张柔愣了一下："蒙古跟大宋本无仇隙，我不认为灭金之后，蒙古军队就会入侵江南。"

白华接过话："大宋开国的太祖皇帝在灭南唐之前曾说：'卧榻之侧，岂容他人鼾睡？'当年的大宋都这么想，那么侵略成性的蒙古，又怎么可能容得下南朝呢？"

张柔沉默片刻，回答说："不管发生了什么，本将军都将只忠于王事。"

彭渊讥讽道："大金国的王事，张将军不也曾经效力过吗？"

"此一时，彼一时。我刚才讲的，天下百姓苦于战乱已久，一统就是大势所在。谁都无法改变。我只会去顺应，而绝不会违背。"

白华反问："那为什么不能是大宋，或者大金国去一统天下？"

张柔自信地笑了笑，没有回答。

白华又问："如果宗主让你回归大宋，一起讨伐金国，抵御蒙古，你愿意吗？"

这句话一问出口，众人的目光全都紧盯着张柔。

张柔愣住了，一言不发，沉默了许久。

白华问："你不愿意？"

"不，宗主不可能对我提这样的要求。"

白华又问："那如果是新任宗主，要求你到大宋去呢？"

张柔知道，白华将是未来的宗主。他这是在逼自己表明立场了。于是张柔起身，从怀里掏出了自己的那枚"大力尊使"玉佩，恭恭敬敬地双手捧过头顶说："我是汉人，当然不愿意跟大宋为敌，可也不想到南朝那边去。为了避免将来尴尬，更为了不让宗主他老人家伤心，我现在辞去大力尊使之职。您是我们四位的首尊，就请您将这枚玉佩交还给宗主他老人家吧。"

白华听罢大为生气，不过他掩饰得很好，平静地问道："开弓没有回头箭，张将军已经决定了是吗？"

张柔恭敬地回答："是的。不瞒各位，我这次来见大家，其实就是为了这件事情。不过在下在这里发誓，将来绝不会伤害任何明尊子弟。如果张柔有违此誓，天诛地灭，神明可鉴！"说完，将玉佩放到了白华手里。

白华拿着这玉佩，一时间不知道该说什么好了，心想，看来张柔早就下定了决心，要脱离明尊教，再去劝他已然没有任何必要了。

彭渊和何忍这两位堂主已经无比恼怒。彭渊恨不能当面呵斥他一番，可是下面还需要张柔放行过河，现在是不能跟他撕破脸的，只好忍着怒气瞪着张柔。

冉琎与王琬觉得张柔这么做，的确符合他刚才说的那番话，可见此人敢说敢做，倒也是光明磊落。

对张柔这个举动，众人没有料到，都觉得万难接受，于是出现了尴尬的僵持。

冉琎拱手说道："张将军，你就这样辞去职位，不甚妥当。"

"哦，请教了，冉先生。"

"张将军至少应该写一封书信给宗主，详细说明一下自己的理由。宗主通情达理，只要张将军有道理，他一定会谅解你的。"

张柔一拍脑袋："是我忘了。"于是他走回渡船上，取出一个公文背囊，随后走过来交给白华，叉手说道："白大人，这是我来之前就写好的一封信，烦请您一并交给宗主。多谢了。"

这时众人明白了，张柔根本就是有备而来，他这是铁了心要离开明尊教了。

白华接过书信说:"东西我可以转交给宗主,可是张将军,这件事情,你还是应该当面向宗主陈情才好。"

张柔点头称是,转头对冉琎说:"冉先生,我知道你们要渡河到燕京去。天色已经不早了,这就请跟我上船吧。"说完,摆了一个手势,请冉琎等众人上船。

于是众人整理了一下行装,连同车驾一起登上了几艘大船。片刻之后,几艘大船渐次张开了风帆,船夫们开始摇船驶离,向北岸驶去。

冉琎和王琬站在晃动的船头上,向远去的白华身影频频挥手作别。

再说扬州那里,冉璞和蒋奇等人操办赵汝谠的丧事已经7天了。礼部侍郎李韶从建康府赶到扬州,还带来了朝廷赐给赵汝谠的"忠直"谥号以及各项礼仪安排。按照旨意,众人运送赵汝谠灵柩返回温州的路上,要在镇江金山寺和临安灵隐寺各停留几日,由两寺为赵汝谠举办超度法事。

此刻,冉璞等人护送着赵汝谠灵柩登船,正停靠在瓜洲渡口,等待渡江。

冉璞心事重重,闷闷不乐地站在船舷边上远眺。江面之上,天色阴沉,遍布乌云。因为天气不佳,水军战舰和渡船纷纷回港。渡口里停满了各式战船,蔚为壮观。

这时一阵阵猛烈的大风呼啸着吹过,远处的江面涌起层层波浪。浪头追逐着,迅速到达岸边,重重地拍打在巨大的礁石之上,发出震耳的声响,着实声势骇壮。

冉璞想起了在云台山读书时,曾经念过一首诗,于是轻轻诵道:"楼船夜雪瓜洲渡,铁马秋风大散关。"

这时身后有人续上了一句:"'塞上长城空自许,镜中衰鬓已先斑'哪。冉捕头,你念这首诗,是不是也有些沮丧,觉得自己光阴虚掷,事业难成?"

冉璞回头一看,原来是李韶。冉璞苦笑一下:"李大人,在下怎敢自比放翁先生。只是看到这瓜洲古渡，想起了当年虞允文将军，书生拜大将，采石建功后，又追到这里，大败金军，让人万分钦佩。"

李韶点了点头说道："虞将军虽然书生出身，但熟知兵法和庙算之策，为人更是忠烈义勇，可以跟岳飞将军并列，堪称本朝第一等大将。当年放翁先生年轻时候，也是期盼能像虞将军那样慷慨报国，以收复中原作为己任。只可惜他一生壮志未酬。"

"山河破碎，国家动荡，不正是放翁先生建功立业的时机吗？"

李韶摇头叹了一声："放翁先生一生仕途不顺。等到开禧北伐时，他已经年老致休。这时好友稼轩先生奉诏入朝，出任镇江知州，准备对金作战。放翁先生作诗送别好友，希冀他能协助宰相韩侂胄谨慎用兵，早日实现复国大计。可惜上天不佑，稼轩先生不久后病重仙逝，据说他临终前还大呼'杀贼！杀贼！'。后来北伐失利，那时还只是礼部侍郎的史弥远发动宫变，杀了韩侂胄，跟金国签下'嘉定和议'，北伐就此彻底失败。放翁先生听到这些不幸的消息，悲痛万分，不久病逝。"

冉璞若有所思："世事艰难，奸佞误国。我们赵大人不也是被小人陷害的吗？"

李韶抚须问道："你可知为什么赵大人会被调离临安，而任职淮东？"

"还请大人指教。"

"赵大人临危受命调任临安，就是被派去救火的。之后功成，就有人要摘桃了！"

冉璞点头深思。

"淮东，就是一个是非之地。当初有人提议，要赵大人驻留楚州。后来是圣上不忍心，这才改成扬州的。"

"嗯，我也听说过此事。"

"这次赵大人被弹劾，借口就是尊兄去了金国，还有你在平珂桥调查军中将领，之后又跟金将完颜赛不有所勾连。"

"大人，这些都是别有用心的污蔑之词。"

李韶摇头叹道："尊兄我不认识。但你是什么样的人，我还是知道的，当然不相信这种不实之词。可光我为你说话没什么用，他们有一帮子人！而且，他们的背后是……"

"嗯，我知道。"

"你知道'四木三凶'吗？"

"听说过。"

李韶眉头紧皱："这些人，狼一群，狗一堆，把朝政搅得乌烟瘴气。稍微正直一些的官员，对他们只有惹不起，躲得起。那些奸小之辈，干脆投靠，为其效力。20多年以来，这群人横行官场，肆无忌惮！你知道为什么会这样吗？"

冉璞拱手问道："大人，请教了。"

"因为他们已经形成了一个盘根错节的帮派，其首脑就是20多年来的强权宰相史弥远。朝中完全没有任何一位官员，能够跟他对抗。"

"难道就没有人站出来揭露他们的恶行吗？"

"当然有，以前真德秀大人、魏乃翁大人等，都是清流官员的中流砥柱，他们就敢仗义执言。史弥远对他们二人还忌惮三分。可后来他们被'四木三凶'那些人不停地诋毁污蔑，被迫下野回乡。之后魏乃翁大人虽然奉旨调回，但也只在外州任职。何况他一个人也是势单力孤。"

冉璞问："大人觉得真大人还能返回朝廷吗？"

李韶微微笑道："当然能。我可以告诉你，有一批官员在暗中联络，他们已经向皇上进言了，尽早起复真德秀大人。只是……"

"只是史弥远一直不答应，他们也没有办法？"

"是啊。但是他史弥远做不到永远把持朝政，总有一天，他要撒手西去的。到了那时，真大人就可以回来了。"

冉璞叹了一口气："可是到了那一天，只怕真大人也老了。"

李韶笑道："那又怎样？只要能清算'四木三凶'那些人，这份功绩便不亚于虞允文将军。关键是只要真大人回来后振臂一呼，我们上下响应，就可以拨乱反正，清算那些人的罪行，让朝政回归正途。"

冉璞被李韶的乐观情绪感染了："李大人，在下一直坚信，邪不压正，人心自有公道！"

李韶点头，抚须说道："干大事，得从大处着眼，小处着手。考虑周全，谨慎行事。这次赵大人被奸人暗算射伤，去世前又遭不实责难，他有冤屈啊！你准备好到临安告御状了吗？"

冉璞点头："不瞒大人，在下已有这个打算。李大人放心，该怎么做，冉璞心里有数。"

李韶轻轻地拍了拍冉璞肩膀："到临安后，跟赵汝谈大人好好商量。"然后郑重地说："如果需要帮助，本官义不容辞！"

冉璞拱手向李韶一揖到底："多谢大人……"

第五十章　金山古寺（二）

一夜过后，瓜洲终于风平浪静。船队驶离渡口，然后众人登陆南岸，到达金山。

这金山上有一座御赐龙游寺，是禅宗四大佛寺之一。寺内有著名的双塔，分别叫"荐慈塔"和"荐寿塔"，双塔并立，相映生辉。自唐以来人们都习惯地称它为金山寺，是举办礼佛拜忏和追荐亡灵等水陆法会的一大圣地。

冉璞、蒋奇和丁义等众人站在山下，向山上望去，只见此寺依山建筑，殿宇层叠，亭台相连，金碧辉煌的楼阁遍布山上，以致山的原貌都被遮掩，难怪人称"金山寺裹山"。

行到半山时，主持方丈率领众僧出来迎接，将赵汝谠灵柩迎进了伽蓝殿，这里已经布置了灵堂。随后举行盛大法会，上百名僧人端坐在灵堂里，齐声诵念《亡灵超度经》等经文。灵堂之内，佛烟缭绕，钟磬齐鸣。因这法事要接连举办三天，冉璞和蒋奇领着众人在山下找到驿站，安顿下来。

第二天，法事继续进行，众人一一焚香拜祭。今日是蒋奇在大堂里看守灵柩，冉璞和丁义拜后便离开灵堂，来到了伽蓝殿后的妙高台。

这妙高台高达10丈，上面修建了亭阁，东西南三面都是峭壁。向下俯视，只见滚滚东流的一江之水，被迎头劈开分作两股。滔滔江水不曾停歇片刻，向东激奔而去。冉璞和丁义站在台上欣赏江景，顿感气象万千，心潮澎湃。

丁义问道："将赵大人灵柩送回温州后，冉兄做什么打算？回你的云台山庄吗？"

冉璞点了点头："我已离家太久，思家心切，确实想要回去了。"

"蒋兄也说过，自己心灰意冷，要返回潭州去。你们都走了，那大人的冤屈怎么办？"

"当然不会放弃。马上就要去临安灵隐寺了，在那里停留的几天，我们就去联络赵汝谈大人，还要去临安府找吴康他们。我就不信，那些人真能一手遮天？"

"可现在证词在赵善湘手里，你没有证据怎么办？"

"那证词上有吴康他们的署名。他们应该会出来作证指控。"

"万一他们不愿意呢？"

真是这样的话，该怎么办呢？冉璞陷入了深思。

正在这时，一个差事进来报说，有一个人要见冉捕头。冉璞问来人姓名，差事说这人不肯通报。只讲了他是冉捕头的故人，有要事前来。

冉璞顿起疑窦，于是跟着差事来到伽蓝殿外。

只见一个人身穿蓝色鹤氅，头戴方巾，背着手站在大殿外栏杆旁，正在远眺江景。冉璞走近时，这人转过头来。

仔细一看，此人竟然是梁光。

梁光拱手向冉璞作了一揖："冉捕头别来无恙。"

走在后面的丁义喝道："梁光，你来干什么？"

梁光笑了："丁捕头很不欢迎我，是吗？"

冉璞问："阁下突然来找我，是有什么事情吗？"

"不错，在下的确有要事通报给冉捕头。"

冉璞点头："请说。"

梁光看了看丁义："还请冉捕头移步，随我去一个地方。"

丁义连忙拒绝："梁光，你有什么话，就在这里说吧。"

梁光的目光转向冉璞。

冉璞问："你要去什么地方？"

"就在这金山寺里。请冉捕头跟我去吧。"说完，做了一个手势，示意冉璞跟他过去。

冉璞心中一动，难道是有什么人要见自己？会是谁呢？他略微犹豫了一下，起身走了出去。丁义连忙跟上。

梁光微笑着说："还请丁捕头留步。"

冉璞对丁义说："丁兄放心，你且留下帮蒋兄照看一下吧。"说完，跟着梁光向一个阁楼走了过去。

这是慈悲阁，它的规模不大，在四周林立的高大殿宇中并不起眼。梁光领着冉璞走了进去，里面供奉的是大慈大悲观世音菩萨。慈悲阁的后面有一个关闭着的小门。梁光走到近前，轻轻敲了敲门。

里面传来了一个女子的声音："进来吧。"

这声音是如此的熟悉，似乎就在不久前曾经听到过。冉璞快速回忆了一下，猛地想起了一个人，顿时呆住了，难道是……

梁光推开了门，冉璞跟着进去定睛细看，果然，正是惠净法空太师。

惠净见冉璞愣愣地看着她，微微一笑："施主，我们又见面了！"

冉璞迟疑地问道："惠净太师？"

惠净点了点头："施主一定很是疑惑，贫尼仍然健在。"

"是啊，太师。那天皇妃塔着火，您是怎么逃脱的？那火又是怎么回事？"

"阿弥陀佛，罪过，罪过。"

一旁的梁光接话道："冉兄，还是我来讲吧。"随后将那日的经过详细讲述了一遍。原来这件事，根本就是梁光设下的瞒天过海之计。

梁光从一开始就预料到，皇帝不可能为济王平反。一旦史弥远知道后，必定会对济王妃痛下杀手，以图不留后患。他屡次劝阻惠净不成后，就精心策划了一个计谋。用大火烧了皇妃塔，而惠净躲在了塔楼下面的秘密地宫里，自然伤不到她分毫。等到大火扑灭后，夜深人静之时，梁光便接应了惠净出来。之后，济王妃连夜逃离了临安。自此她展翅高飞，获得了自由。

冉璞问道:"太师进了地宫,可那火又如何点着?"

梁光笑道:"冉兄高才,这如何想不到呢?"原来,塔顶事先都被梁光灌满了火油。万昕他们只要将铁门撞开,放在门后点燃的几盏油灯倒落下来,就会把火油点着。楼梯上全都预埋了导火之物,自然见火就着,藏在塔壁里的火药也随即爆炸。

冉璞叹了一声:"你们这又是何苦呢?"

"只有这么做,才能让史老贼相信:惠净太师已死。冉兄你看除了烧掉一座佛塔,并没有无辜的人受到连累。这难道不是皆大欢喜吗?"说完,梁光看着惠净,脸上略带着一种得意。

这时惠净也在看着梁光,脸上突然出现了一片绯红,然后低下了头。她的脸上洋溢着一种特有的满足,那种不言自明的喜悦之情。

刹那间,冉璞明白了,微笑着看向梁光:"我终于明白了!"

梁光问:"冉兄明白了什么?"

"为什么你要离开史弥远。还有为什么你要出主意给莫彬,让费孝打死余天锡的儿子,这都是为济王报仇吧?"

梁光笑而不语。

"你做这一切,真的都只是为了她吗?"

梁光点头笑道:"在下坚信,天意自有安排,只是凡夫俗子不敢接受而已。"

"那你们下面有什么打算?一起到泉州去?"

"的确要去,不过我们特地过来,是有要事通知冉捕头。"

冉璞疑惑地问:"是什么事情?"

惠净回答:"跟真师父有关,自然也跟你有关。"

"哦,请讲。"

梁光接话道:"我们来之前已经知道赵汝谠大人的事情了,这件事一定绝不简单。"

"为什么这么说?你是不是听到了什么消息?"

"正是。之前在一个名单上面，曾经出现了赵汝谠大人的名字。"

"名单？那是什么？"

梁光突然又恢复了一点平日里诡异的神色："老贼史弥远已经年老体衰，现在政事大都交由郑清之和余天锡几位亲信处理，可他并没有半点放松对朝政大局的控制。他深知自己在相位上20多年，得罪了无数朝臣。在野的，不在野的，很多人都对他切齿痛恨。为了在自己死后不被这些人清算，他决定在生前清除掉那些不信任的大臣。所以他暗地拟定了一批官员的名单。很不幸，赵汝谠大人就在上面。"

惠净叹道："赵大人去世前，史贼一党赵汝述、梁成大、汪平世等人罗织罪名，肆意污蔑攻击大人。如今赵大人伤重离世，这些人全都难逃罪责。"

冉璞很是惊讶："你们怎么会知道这些事情？"

梁光笑了："我曾经在机速房任职，老贼的很多秘密之事，都会交给机速房。朝里一些大臣的动向自然逃不过我的眼睛。"

冉璞问惠净："真大人也在这个名单上面，是吗？"

惠净点头："是的。得知你们要到金山寺为赵大人做法事后，我们就赶过来向你通报这件事情。"

梁光接话道："真大人虽然下野了，可他在官员中的威望太高。令老贼最为忌惮的人，第一个就是他。甚至连皇上似乎都察觉到什么，暗地下旨给福州知州，派人保护真大人的安全。可是，现任知州曾乾，也是老贼的死党之一。"

冉璞猛拍桌案："他们敢！"

梁光极为肯定地说："他们当然敢，而且已经派人去了，就要对真大人下手了。"

第五十一章　济王显灵（一）

当冉璞听到有人要对真德秀下手时，惊出了一身冷汗，立即就要离去。

梁光拦着他说："冉捕头请稍等，有好些事须得仔细商量一下。再说了，你知道他们派了什么人，要在什么时候下手吗？"

"莫非你已经知道了？"

梁光摇头："暂时还不知，不过一旦有了确实消息，我们会及时通知你。"

惠净问："你们有没有得力的人手？今天就可以出发，到建宁府去保护真大人。"

冉璞沉思了一阵，蒋奇要操办赵大人的丧事，片刻也离不了。丁义胆大心细，而且武艺高强，正是个合适的人选。随后他又想到了魏了翁，不由得担心了起来："真大人那里，我有合适的人去。魏了翁大人那里怎么办？"

"魏了翁大人是现任官员，手下应该有不少差事。只需通知他一下，小心防范就行。名单上的其他官员，我们也会逐一通知他们。"

冉璞拱手冲二人施礼："这是一件莫大的功德。冉某代真、魏两位大人向二位致谢了！"

惠净手拿念珠，双掌合十："善哉，这是应该的。"

梁光叹了一声说："冉兄想过没有，虽说老贼已经年迈，体衰多病，但他越是快到归西之前，就会越发疑心，更加疯狂。如果不能彻底阻止他行恶，下面还不知会发生什么……"

冉璞的心陡然一震，莫非他们想刺杀史弥远，为济王报仇？

果然，梁光的双眼忽然精光四射："我想主动出击，彻底解决掉老贼。"

冉璞看着梁光，想起在临安查案时，蒋奇他们对他的议论，都觉得此人虽然狡猾而且神秘，却是胆小怯懦。现在看来，当真是远远低估了这个人。冉璞便问："那你打算怎么做？"

"老贼一生干了无数恶事，最怕的就是仇家找他寻仇。所以他平日里在史府深居简出，几乎不出临安城之外。前些日子，临安有传言说济王显灵。确凿的消息说，老贼很是害怕，夜里睡觉都不许灭了灯烛，以免噩梦缠身。"

"哦，说下去。"冉璞听到这里，忽然有了一些兴趣。

"冉兄会做面具。我听说上回在贤良寺，冉兄就戴了董贤的面具，着实十分逼真。老贼并不知道这世上还有人能做得如此乱真的面具。如果他突然看到济王，或者前宰相韩侂胄显灵！"梁光嘿嘿笑道，"至少可以唬掉他一半命去。"

冉璞明白了，他们这次来找自己就是为了面具。

这时惠净说道："阿弥陀佛，善恶到头终有报，他若作恶，天必还他。这个道理贫尼怎能不懂？只是贫尼已经在佛祖跟前许下了心愿，要洗雪济王的冤屈，为柱死的先夫报仇雪恨。对于十恶不赦的奸人，我佛也要做狮子吼。就拜托冉施主给以援手，成全了贫尼的心愿吧。"说完，向冉璞拜了下去。

冉璞上前扶住了她："为济王洗冤，为无辜的受害者复仇，这是天理人情。需要什么，在下自当尽力。"

梁光很是高兴："听说冉兄三年前见过济王，能不能请你回忆一下，做出他的面具来？"

冉璞点头答应了："我需要有人先画出济王的面像来。"

梁光笑道："我们来之前已经预备好了。"然后从桌案上的画卷里拿出了两幅画来。

冉璞接过画观看，第一幅就是济王肖像，仔细观看，果然有八九分相似。然后打开第二幅画，却是一个满面胡须、紧皱眉头的中老年男子，冉璞不禁一愣，问道："这人是谁？"

梁光微微一笑："这就是老贼最大的仇家。"

冉璞醒悟："这是当年被史弥远暗杀的宰相韩侂胄吧？"

梁光长叹一声："正是。据说当年此人跋扈专横，无谋浪战，而且一味任用私人，致使朝廷几路大军兵败，损失了积攒多年的军力。那时史弥远就暗中跟金国媾和，他竟然答应了金国的所有无理要求，之后史弥远用计在宫里锤杀了韩侂胄，将他的首级送往金国。虽说韩侂胄有罪，但史弥远此举，在历朝历代中都极为罕见。此人的阴毒和无耻，令人瞠目！事后，史弥远非常害怕韩侂胄的后人向他寻仇，就把韩氏宗族全都流放到极远之地。"

听了这番话，冉璞想起了当年魏了翁对此事的评述，两人的说法倒有七八分相似。可见人心自有公断，史弥远当年发动宫变，为大多数士人所不齿。

冉璞对梁光说："这样吧，我们后天启程离开这里，要到临安灵隐寺去。我会住在月明客栈，10天后你到那里来找我，如何？"

"那好，冉兄，我们一言为定。"

出了慈悲阁后，冉璞火急找到蒋奇和丁义，三人商议了一下。丁义毫不犹豫地说："保护真大人，在下义不容辞。你们二位就放心吧。"

蒋奇问："可真大人并不认识丁义，如何相信他呢？"

冉璞回答道："这个不妨事，我自然会写一封书信交给丁义。"

"那好，赵大人的灵柩在临安停放7天后，我们就会南下温州。到时如果有事，大家可以在温州碰齐。丁捕头你今天就出发吧，辛苦你了！"

丁义领命，跟冉璞和蒋奇拱手告辞，随后连夜赶往福建建宁府。

7天后的一个夜晚，运送灵柩的船沿着运河到达了临安的码头。

冉璞和蒋奇连夜将灵柩送进了灵隐寺。二人将诸事安顿完毕，已是破晓时分。冉璞深吸了一口气，清晨草木的新鲜味道扑面而来。

只因一宿未眠，二人已经很是疲累，而且腹中空空。于是两人来到附近镇子的街面上，要寻找一个铺子，买些早点果腹。却因为时辰尚嫌太早，二人骑马行了许久，才找到一家小铺。冉璞点了一盘煎角子、几块丰糖糕以及煎肉、炊饼这些，又要了两碗本地云英面。

就在等待的时候，街上的人陆续多了起来。二人一边品尝着先端上的煎角子，一边闲看周围前来就餐的人们。几个老者正一边喝着甜羹，一边聊天说话。

一个老汉说，最近一段时间，这附近的小勺湖总出怪事。有人就好奇地询问。

老汉说，他的邻居受保正指派，平常夜里在那一带巡走打更。最近夜里二更时分，总是能见到一个散着头发的白衣男子在湖边游走。前夜他再次见到后，便上前询问，结果不见则已，见到后立时就被吓魔怔了。另一个老者赶紧催问到底怎么回事。这老汉说，那白衣男子面色惨白，毫无血色，着实吓人，而且一副高高在上的模样，对人不理不睬。

"难道他是鬼？白无常？"有胆小的人害怕地问道。

老汉摇头说："肯定不是无常鬼，你们不知道吗？白无常总吐着长舌头。那白衣男子没有。"

有人笑道："要是白无常就好了，据说见到他的人都能发财。"

"呸，见到他的人都死了，还要钱财干什么用？"

旁边的人迫不及待地问："那后来呢？"

"后来我那邻居就跟着那白衣人走了一段，想一看究竟。可不知怎么的，突然就晕了。醒来后，发现自己躺在附近的土地庙里。可他回忆说，自己根本就没去那里。"

有人嘘声说："他那夜肯定是把酒葫芦都喝空了，人已经糊涂啦。"

于是四周的人纷纷表示怀疑。

这时一个书生模样的男子走过来，故作神秘地说："各位，我知道怎么回事。"

老汉看他一脸斯文的模样，就半信半疑地问："哦，那你说说看呢。"

那人看起来很是自信："各位，前些日子荐福寺里的皇妃塔，被人一把大火烧掉了。"然后转头看了看四周，轻声说："听说是济王妃自杀殉情了。"

283

众人听罢，一片惊呼。

那人接着说："之后，已经逝去好几年的济王，就在荐福寺一带显灵了。"

济王显灵的事情，前些日子在临安传播了很广。为此官府还抓了不少人，说要严禁散布谣言。可官府越是这么做，这个谣言就散布得越快，以至于居然有乡民要为济王立庙祭祀。官府当然是严加禁绝。

老汉问书生："这么说，你认为这白衣男子是济王显灵？"

男子肯定地说："很有可能。"

这时有几个人连连表示无法相信。

那男子说："大家都不要争了。"然后对老汉讲："你让那邻居今夜再次见到那人时，就下拜行礼，喊济王千岁。他要是回应了，不就是了吗？"

人们很是好奇，于是纷纷附和，老汉便答应了。

第五十二章　济王显灵（二）

蒋奇对冉璞说："这件事不对劲，一定大有蹊跷。"

而冉璞不由得猜想，这件事的背后很可能是梁光他们。

用完早点后，两人到小勺湖附近走了一遍，这才发现这湖居然紧挨着宰相史弥远府邸。冉璞看着小湖，若有所思，点了点头。

随后两人分手，蒋奇返回灵隐寺照看灵柩。

冉璞则先去了月明客栈，见到了邓冯，交代了一些事情后，他就赶往临安府去找吴康。

当他到了临安府衙门时，想起了不久之前，赵汝谠大人就在里面，那时大家为了公事，全都忙忙碌碌。可仅仅一年之后就已经物是人非，如今的临安府衙看起来，竟然有些陌生了。

冉璞有些伤怀，强忍着愤懑，走了进去。

今日吴康正在衙里，而刘威和宋力由余天锡给了假，在家养伤。当吴康见到冉璞时，十分惊讶，随即很是高兴，正是中午时分，便邀请冉璞到衙门旁边的酒馆里小酌叙话。冉璞称谢，推说还有公事。

吴康问："冉捕头此来，是有事找我吧？尽请直说。"

冉璞见他十分痛快，觉得很是欣慰："吴兄，我此行将赵大人灵柩送回温州家人那里。遵照圣意，停留临安几日，正在灵隐寺为大人做法事。"

"我也是刚刚听说赵汝谠大人过世的消息，实在太可惜了，赵大人是个好官哪！"吴康颇为同情地看着冉璞，"冉捕头还请节哀。"

冉璞拱手说道："吴兄，你是知道的，现在凶手赵胜还没有伏法。我来临安，要面见赵汝谈大人，准备告御状。届时，我需要吴兄出来做个证人。"

吴康刚要说义不容辞，忽然想起了余天锡的命令，于是为难起来："冉捕头，别的事都好说，就这件事，兄弟的确收到了余大人的命令，不准再介入此案。不过，我不是已经把那份证词留给了你吗？"

"是啊，实在是一言难尽。那份证词现在在赵善湘大人那里。"

吴康很是精明，顿时就明白了，赵善湘并不想抓赵胜。所以冉璞这才到临安来告御状了，便点头说："冉捕头，只要余大人点头同意，那我出来作证，没有问题。"

"不过是请吴兄陈述实情罢了，余大人为什么要反对呢？"

吴康苦笑了一下，轻声说："这朝廷官场上，有的时候允许讲真话，可太多时候就不能讲。冉兄至今还没看透吗？"

"吴兄，不是我不懂审时度势，这是赵大人的冤屈，我怎能不管？"

吴康敬佩地说道："衙里的人都说冉捕头义气过人，果然如此。你且先去办事，等余大人回来，我向他禀告此事。看他是否会改变主意。"

"那就多谢了！"冉璞向吴康一躬到底。

其实余天锡就在衙里。冉璞离开后，吴康立即向余天锡汇报了此事。

余天锡皱眉说道："这个人已经不是捕头了，身为转运使的差事，他没有查案的权力，他们不知道吗？"

"大人，事关赵汝谈大人，也算是他们的分内吧。"

"胡说，朝廷自有法度。都像他们这样恣意妄为，那还不乱了套吗？"

"他只是要在下到赵汝谈大人那里，陈述一下案情，并没有其他要求。"

余天锡抚须深思了一会儿，自言自语道："这是要告御状了！"然后摇头说："你们都不要管这件事，今后也不要见他了。"

吴康顿时觉得万般无奈。

这夜，余天锡乘轿到了宰相府里来见史弥远。此刻史弥远正在见客，这客人就是临安府前少尹吴全。

吴全在临安大火案后丢了官位，幸亏史弥远出手相助，没有被流放边地，自那以后一直闲居在家。可他除了做官，并无其他特长。于是他想方设法，送了大笔银子给相府的管家万昕。他在年轻时候就是史弥远的门客，跟万昕相熟已久。万昕投桃报李，自然少不得在史弥远跟前多次为吴全说话。

这次赵汝谠在任上过世，朝廷一时还没有选出合适的人选继任两淮转运使一职。万昕看准了时机，向史弥远大力举荐吴全。因为是过去的老人，史弥远对吴全是信得过的。又因为上次临安大火时，吴全派出临安府差役护卫史府，以至于城里救火人手不足。之后他丢了官位，多少也受了这事的牵连。史弥远本就觉得对他有所亏欠，于是顺水推舟便同意了。

吴全即将赴任之前，今夜特地来向史弥远致谢。

余天锡从来都看不上吴全，见他起身向自己作揖行礼，只"嗯"了一声，并没有理睬。

史弥远看到了他的神情："淳父，吴大人马上就要去淮东，接任转运使了。"

余天锡很是惊讶，不过转念一想，虽说吴全这人没有什么本事，但他以前就是临安府少尹，官场的资历倒是足够担任这个职位的，便说道："吴全，两年前赵汝谠接任了你的临安府，如今他在淮东去世了，你倒去接他的转运使。这么看来，你们当真有缘啊。"

吴全顿时很是尴尬，只好干笑着冲余天锡点头。

史弥远没有想到余天锡会说出这样的话，不由得诡异地笑了，问余天锡："淳父这么晚过来，有事吗？"

余天锡看了看吴全："正好吴大人也在，这件事跟你也有些关系。"

吴全赶紧回答："余相但凡有事，尽管直说，下官定当尽力办好。"

"哎，本官哪有事找你。是你们两淮转运使衙门的人，总在惹麻烦啊。"

"这是怎么回事？"吴全好奇地问。

余天锡就把冉璞到临安来，要告御状的事情讲给了史弥远和吴全。

史弥远听罢一拍书案，发怒道："上回我让清臣把这冉氏兄弟抓起来，也不知他怎么弄的，竟然把他放了。看来，是赵汝谠临死前向他求了情。可这人不知好歹，竟然跑到临安来闹事了！"

余天锡问吴全："此人名义上还在转运使衙门当差，是你的属下。吴大人，你打算怎么处理？"

吴全站起来回话："下官到任后，将他立即除名开缺。"

余天锡点了点头，忽然想起，冉璞是谢瑛的丈夫，看在谢瑛跟谢周卿的情面上，没必要将他整治到如此地步。于是他摇头说："除名倒也没必要，只要严加管束，不再添乱就可以了。"

吴全哪里知道余天锡的真实想法，还以为他在装好人假撇清，于是表态更加强硬，一定要将赵汝谠留下的所有人全部清退。

余天锡不由得皱起了眉头。

可史弥远却夸奖道："好，好。新一届主官到任，第一件事情就是立威。把那些不听话的赶走，你就可以建自己的班底了。吴全你要记住，只要不是自己的人，越是能干，就越不要用他。不要怕别人骂你。"

"多谢丞相指教，下官谨记了。"吴全一边说着，一边作揖打躬。

史弥远却又叹了一声："实话说，赵汝谠确实是朝里不可多得的能员干吏，可惜了。"

吴全听不懂史弥远这话的真实意图，不知如何回话，只好在旁边堆着笑不言语。

余天锡笑着接话道："那真德秀、魏了翁二人如何？"

史弥远坚决地摇头："这二人断不可用。淳父，不要担心什么人言可畏，更不要顾忌所谓的名声。你们几个人切记，必须把他们挡在朝廷中枢之外，否则今后对你们后患无穷。"

这样的口吻，当然是说给郑清之和余天锡两个人的。余天锡心想，史相是在向自己做政治交代吗？难道铁腕掌权的强力宰相，已经不再自信了？一时间，余天锡有些狐疑不安。

次日清早，冉璞再一次来到那家卖早点的铺子。他虽然预感到将会有事，但没有料到这里的人们都在疯传，真的是济王显灵了！前日那老汉说的更夫邻居，在镇上逢人便说，昨夜遇到先皇嗣子济王殿下，还给了他赏赐：一个宫中御用的透雕凤凰玉佩。这更夫到处向人展示玉佩，围着他的人群越聚越多，几乎人人都羡慕地看着他手里的宝贝。

但很快就来了几个公差，不由分说将更夫捉拿带走了，并且警告围观的人群不要以讹传讹，造谣生事。可不知为什么，人们更加相信济王显灵就是真的。于是这个消息便被人们添油加醋地四处传开。

很快，这些纷杂的传言传到了临安府。余天锡大为恼怒，将当值的差役全都派了出去，捕拿传播谣言的人。

吴康也被派出去办差，刚出了衙门，就见到冉璞正下马朝自己走了过来。吴康本想转头就走，但又却不过情面，只好勉为其难地上前说道："冉捕头还是请回吧。余大人刚说了，绝不许我们再碰这个案子，也不准我们再见你。"这时他很有些尴尬："冉兄，千万见谅。"

冉璞见他这样情形，笑了笑便拱手作别……

返回的路上，冉璞陷入了沉思。没了吴康他们几个人证，自己见了赵汝谈大人该如何说呢？他闷闷不乐地回到月明客栈。

刚进了客栈，邓冯迎上来说，有人正在等他，马车就在外面。冉璞回头看去，果然有一辆精致的马车停在不远处。这时马车上走下来一个人，正是梁光。

难道济王妃也在车里？梁光的神情非常淡定，走到冉璞跟前作揖笑道："冉捕头，我是如约而至哪。"

冉璞点头，将梁光带进自己的房间。打开了包袱，取出两个面具，随后帮他戴好了济王面具。梁光对着镜子仔细地观摩了一阵，发出由衷的赞叹："太像了，实在太像了！真想不到，冉兄竟然会如此绝学！"

冉璞问："你们什么时候行动？"

"就在明晚。哦，冉兄，史贼是害死赵汝谈大人的元凶之一，又是迫害真德秀大人的主使。多年以来，他坏事做绝。这次讨贼，你愿意加入我们吗？"

冉璞起身，背着手向窗外望去，没有回答。过了一会儿问道："梁光，你是朝廷命官，为什么要铤而走险，做这件事情？"

梁光听他问得郑重，想了一下回答说："在下仰慕惠净太师，情愿为了她，舍弃一切。"

冉璞转回头看着梁光的眼睛，并不相信这是他的真话。

梁光突然目射精光，豪气冲天地说："史贼不除，天理难容！天若有道，我必从之；天若无道，我自行之。"随即笑了笑："不过，如果老贼不除，我也自身难保。"

冉璞沉默片刻，问道："那你们打算如何行动？"

第五十三章　相府魅影（一）

梁光听冉璞发问，便把自己的计划向他全盘托出了。

"史府的大小事务都由管家万昕掌管，明天夜里亥时，他将会给我们半个时辰的空窗时间。"

冉璞问道："他为什么会听你的命令？"

梁光笑了："万昕的独子，哦，就是那位整日泡在花船角妓群里的'临安四公子'之一万仕达，已经被我们控制了。"

冉璞从未跟那些阔少打过交道，因此并不了解，只是听梁光讲得滑稽，倒也觉得有趣。

"不过万昕一再讨饶，哀求我们不要杀老贼。"

"哦？你答应了？"

"奸贼还有这样的忠仆，倒也难得。我没有答应他，不过，也没有拒绝。"

"那你打算怎么处置他？"

梁光幽幽地说道："那就看老天会给他什么结局吧……"

自从灵柩到达灵隐寺后，参知政事赵汝谈在第一天就全天陪灵，忙着接待阁僚及同事官员们祭拜赵汝说。明日法事就要结束了，灵柩即将被送往温州。这夜，赵汝谈又到灵堂来了，为赵汝说焚香祭拜。随后蒋奇陪着他一起为灵柩守夜。此时赵汝谈已经得知了赵汝说遇刺以及冉璞等人查案的全部经过。蒋奇含着眼泪向赵汝谈磕头说："我们大人冤啊，您是他的兄长，一定得为他讨个公道！"

赵汝谈双手扶起了他："你是跟随蹈中最早的老人了，难得啊！"然后扫视了一遍周围的人，似乎在寻找什么人。

蒋奇问："大人在找冉璞吗？"

赵汝谈点头。

"他最近在临安府找几个证人，但……"

"发生了什么事情？"

蒋奇就把这几天的经过告诉了他。

余天锡为什么要阻拦冉璞告御状呢？这是史弥远，还是郑清之的授意？赵汝谈抚须不语，过了一会儿问："冉璞现在在哪里？"

蒋奇摇了摇头："昨天有一个叫梁光的人来找了他。他们一定有什么事情，具体是什么，冉璞没有说。"

赵汝谈知道，梁光曾经是机速房的人，受史弥远指派从事秘密差事。跟莫彬有关的几个案子，都有他的影子。上次惠净火焚皇妃塔，他又介入其中，听说史弥远曾经到处抓他。背景如此复杂的一个人找冉璞，他们会有什么事呢？会不会……赵汝谈不禁有些不安。

此刻宰相府东花厅里，余天锡又是夜晚过来了，他带来了一样东西，一边递给史弥远，一边问道："史相，你看看这件东西，认得吗？"

这是一个镂空透雕凤凰玉佩，史弥远一眼就认出这是宫中御用的佩饰："嗯，这是宫里的东西，给我看这个做什么？"

"有人说，这是济王赏赐他的东西，还到处向人炫耀。"

史弥远轻蔑地撇了撇嘴角，半躺下去说："就这么个东西，有什么好炫耀的？"

余天锡摇摇头："那人说，这是济王最近赏给他的。"

史弥远一听，顿时警觉起来，在卧榻上坐正了问道："这是什么人在胡说八道？"

"是一个更夫。"

"更夫？"史弥远有些困惑。

"他说夜里打更时遇到济王显灵了,还送给他这个玉佩。"

"妖言惑众!把这个人抓起来,严加审讯,他到底有什么居心?"

"已经抓了,所以今晚我把玉佩带来给您看看。"

史弥远抓起玉佩,仔仔细细地来回翻看,自言自语道:"还真有点像当年济王之物。"然后问余天锡:"这个人说他在哪里见到济王显灵的?"

"在小勺湖边上见到了济王。"

"什么湖?"史弥远觉得想不起来这个地方。

"哦,就是您府邸外的一个小湖,本地人称它为小勺湖。"

史弥远当然不信济王显灵,不过为什么没听万昕提过这件事呢?于是他喊万昕进来,但没有人响应。一个小厮进来对他说,万总管有事出去了,过一会儿就回来。

余天锡接着说:"史相哪,自从济王妃烧了塔,一直就有传言说,济王显灵了,临安城里不少人还都信了。"

史弥远不屑地笑了:"这些小民愚不可及,不可救药,只能被别有用心的人煽惑、利用。淳父,你要尽快查明,究竟是什么人在捣鬼。"

余天锡将身子倾过来:"史相,你看会不会是济王妃的人在捣乱?"

"济王妃?她不是死了吗?"

"德源一直在怀疑这件事,上回清理烧塌的皇妃塔废墟时,根本就没发现她的遗骸。"

史弥远顿时觉得自己的心猛烈地收缩,手微微地颤抖起来:"你们怀疑她有可能没死?"

余天锡点头。

"哎,这怎么可能呢?那么大的火!"

"是啊,史相,我也不相信。可我当时忘了一件事。"

"什么事?"

"很多佛塔下面都会修一个地宫,里面放一些宝物作镇塔之用。会不会那里也有地宫,济王妃躲在里面,过后就逃走了?"

"既然你怀疑,为什么还不去查啊?"

"我也是事后才想到,再派人去查时,那里已经重新开挖了地基,正在建筑一个新塔。"

"那你问他们了没有,究竟有没有地宫?"

"那些人一问三不知,现在已然查不出什么了,史相。"

史弥远长叹了一口气,喃喃自语道:"济王妃?看来我们当真小瞧了她!她到底要干什么?"

"史相,你还记得三年前,宗庙被焚毁的事情吗?"

"嗯,记得。"

"据查,这件事很有可能跟她也脱不了干系。"

史弥远听罢,懊恼不已:"当初看在杨太后的面子上饶了她,是大错特错。"

余天锡知道,史弥远也是在埋怨自己,不该在湖州放过了她,默然了一会儿说道:"我不明白的是,如果真是她在背后捣鬼,弄个已经死了的济王显灵,这有什么用?"

"不,淳父,她要的是把这件事情翻腾起来。济王的事情本已沉寂,如今被弄得京城人人皆知,无非是要替自己丈夫喊冤,想要翻案而已。"

余天锡笑了:"济王妃这是妇人之见,痴心妄想!就算他济王真的复活了,也绝无可能替自己翻案!"

这时,花厅外面突然传来一个男人叹息的声音。

余天锡顿时停住,侧耳倾听,窗外传来一阵夜风吹过树梢的窸窣之声。余天锡以为自己刚才耳背听岔了,正要接着刚才的话题往下继续,突然看到窗上出现了一个人影。余天锡起身大声问道:"什么人在外面?"

这影子似乎就站在窗外,一动不动。

史弥远大声喊道:"来人。"却是无人应答。

这时那影子开始移动了,向着花厅的纱门走了过去。等他走到门口时,停了下来。

史弥远冷哼一声："什么人？竟敢在这里装神弄鬼？"

余天锡矣着胆子，向纱门走了过去。那影子开始向外离去。余天锡以为这人害怕了，便疾步追了出去。等他刚出了纱门，那影子却在十步之外停下了。

余天锡大声问道："什么人？"

那人背着手仰天长叹："是我。"说完，转回身来。

这时月光皎洁，正照在这人的脸上，他的脸色格外的惨白。

余天锡瞪大了眼睛观看此人，刹那间只觉得自己的头嗡嗡作响。

眼前的这人，竟然是济王！

难道民间说的济王显灵是真的？这张脸，这身材，跟湖州所见的济王一模一样，只是脸上并没有半点血色。尤其他身上所穿的白袍，分明就是从湖州到临安时济王尸身上所穿的衣服。那日余天锡亲自验尸，所以他记得格外清楚。

余天锡惊呆了，手指着这人："你，你究竟是什么人？"

这人又叹了一口气："你们害得我好苦！"说完，就向余天锡走了过来。

余天锡大叫："别过来。"

这人并不理会，继续向前走来。突然，这人停下来了，向余天锡的身后看去。

是史弥远出来了。他紧握着那根檀木拐杖走了过来，虽然步伐很慢，但每一步都竭力地走稳。当他走到余天锡身旁时停了下来，说道："你扮得很像，非常像，很好。但你的声音不是他。"

那人摇了摇头："史弥远，你罪业深重，却从不悔过，会有人来清算你的一切！"说完叹了一口气转身离开。

史弥远喝道："站住，你是谁？"

可那人却不见了，消失在夜色当中。

295

第五十四章　相府魅影（二）

此时四周一片静寂，连刚才风吹竹林的声音都消失了。只有清冷的月光，似乎给四周撒上了一层白霜。余天锡觉得很冷，全身冰透，顿时连打了几个哆嗦。旁边的史弥远开始剧烈地咳嗽起来。

但是他的咳嗽突然停住了，目光紧盯在从湖心通往花厅的长廊上。

余天锡也看了过去，只见一个身穿灰袍、披头散发的女子一边冷笑，一边向他们走了过来。当她走近时，虽然头发遮住了半边脸，但余天锡看得清楚，她眼睛突出，脸上一半焦黑，一半淌着鲜血。这张脸既陌生，又似乎在哪见过。走近时，这女子头发甩动，露出了完整脸部。

余天锡一声惊呼："是你？"

女子连声冷笑："不错，是我。是你们毒不死，也烧不烂的惠净。"说完，两只枯瘦的手向他们伸出："老贼，你们气数已尽。黄泉路上，我在等着你们！"

这声音真的是济王妃！史弥远只觉手脚冰凉，冷汗淙淙。但他毕竟经历过大变，很快镇定了下来，也冷笑了起来："惠净，你既出了家，却不守佛家戒律，四处造谣生事，竟还敢到我这里来装神弄鬼？来人……"

刚喊到"来人"时，他停住了。因为又来了一个人，就在长廊上。这是个高大健壮的男人，穿的也是一身白袍。他走到惠净身旁站住了。

史弥远和余天锡看到了他的脸，竟然又是济王，完全一样的脸，在紧盯着自己。余天锡冷汗直流，已经几乎站不住了。

史弥远忽然哈哈笑道："两个济王，真是笑话！你们为什么就不能换一个人呢？"

听了这话，那人将身子转了过去，长袖在脸上晃过。再转回头时，刹那之间变了另一张脸，这张脸上胡须偾张，怒目圆睁，正是史弥远一生最为害怕的人：韩侂胄！

这人大声喊道："史贼，还命来！"

史弥远顿时面无人色，应声瘫倒在地上，随后半边身体再不能动弹，口角流出了涎水。

旁边的余天锡被这突然的变故彻底惊呆了，愣坐在地上，痴痴地笑着。而后他的笑声忽然停了，一声不吭地坐在地上，仰着头望着天上洒下来的月光。

此刻一片静默。

过了一会儿，传来一声长叹："老贼罪有应得，阿弥陀佛！"这正是惠净的声音。原来这二人正是冉璞和惠净，先前走开的第一人就是梁光。

忽然，远处传来了万昕的声音："是什么人？站住。"随后，一阵纷乱的脚步跟着一个人影沿着湖边追过来了。

这时梁光回来了，说了声："快跟我走。"

冉璞和惠净紧跟着梁光，向宰相府外面快速撤离。梁光早就对相府熟门熟路，因此三人很快就退了出来。而万昕也没有带人再追上来。

出了相府后，三人来到小勺湖边，一辆备好的马车正等着他们。不料，刚上了马车，远处闪出来几个人的身影，一个人高声喊道："什么人？站住。"

这是吴康的声音。冉璞立即明白了，临安府的捕快们今夜在这里设伏。冉璞对梁光说："你们赶紧走，我去挡住他们。"

惠净关切地说道："冉捕头千万小心。"

"冉兄不要恋战，尽快撤走。"梁光吩咐车夫带着几个人跟上冉璞，然后自己驾车迅速离开。

冉璞拔刀挡住了吴康，梁光的随从拦住了其他衙役。一阵恶斗之后，吴康觉得对面这人的身形和刀法如此熟悉，忽然失声问道："是你吗？"

冉璞知道已经被他认出，并不答话，转身到别处将几个衙役踢倒。随即带了梁光的人向附近的山林疾速撤退。

衙役们正要追赶，吴康止住他们："算了不追了。我们不是他们的对手，不要枉送了性命……"

此刻灵隐寺里，正在守灵的赵汝谈想着心事，不由得愣愣地出了神，以至于住持方丈慧远大师到了，他都浑然不觉。慧远先给灵牌上了香，双掌合十默念了一段经文，然后转向赵汝谈，却见他如此模样。

慧远只道他年岁已大，熬不得夜疲乏了，于是上前微笑着对赵汝谈说："赵大人不如且随我到旁边的禅房稍事休息，喝杯茶解乏，然后再回来，如何？"赵汝谈跟慧远相识已久，自然不会见外，便点头答应，跟他来到禅房。

慧远吩咐随行的小沙弥，去端来两盏本寺所产香林茶。过了一会儿，小沙弥将茶送到。慧远举杯说道："阿弥陀佛。赵大人，这是本寺今年新产的香林，你且品品如何。"

赵汝谈端起茶盏轻轻抿了一口，顿觉香气扑鼻而来，滋味无比甘爽，于是连声夸道："好茶。方丈这里不仅茶好，还有高人作画题诗哪？"说完，手指着墙上一幅墨梅图。

就在刚才等茶的工夫，赵汝谈注意到墙上有一幅梅花墨卷，上面题词道："常忆西湖处士家，疏枝冷蕊自横斜。精明一片当时事，只欠清香不欠花。"

"哦，这是本寺游访僧人普度所画，那诗也是他作的。"

赵汝谈抚须说道："和靖先生精通经史百家，性情孤高，不好功利；以梅为妻，以鹤为子，超然世外，曾经写过咏梅名句'疏影横斜水清浅，暗香浮动月黄昏'。细细品来，梅花的清幽飘逸与淡雅娴静从纸面飘然而出。而普度这首诗，借梅花以示佛理禅机，借有空明，托事寓理，也令人深思哪。"

慧远微微一笑："这位虚舟普度禅师，遍历南北各地名刹，最近来我寺修行。"

"禅师兼通书画，真是一位得道高僧。"

慧远点头说道："纸上的花易画，而香难形。跟道一样，不可说，不可破。"

赵汝谈问："我正要请教大师。"

"大人请问。"

"一个人经历无数挫磨与困苦，回首来路，青春不再，故人远去。过往都化作了一阵青烟，随风飘逝，无处追寻。他的内心饱受折磨，难以平静，该如何做才能得道解脱呢？"

慧远手捻念珠说道："阿弥陀佛，有一首偈子可以赠给大人：处处逢归路，头头达故乡。本来成现事，何必待思量。"

赵汝谈若有所思，走到那幅墨梅图前，闻到了一股幽然寒香，豁然明白了，原来它本就早已深植自己的心头，飘散不去。赵汝谈向慧远拱手作揖："多谢大师指教。"

慧远双手合十："阿弥陀佛。"

正说到这里，蒋奇进来了，神情略有些紧张，说道："大人，冉璞回来了。"

赵汝谈起身跟慧远拱手施了一个礼，然后匆匆离去。慧远看着他远去的身影，手捻着佛珠，口里念道："我佛慈悲，心怀天下，普度众生！"

此刻冉璞被蒋奇领到了一个秘密的禅房里，他已经将白袍换掉，正在用些寺里的斋饭。赵汝谈吩咐几个跟随出去守着房门，不许任何人进来。随后跟蒋奇进了禅房。

冉璞见赵汝谈进来，站起来拱手行礼。

赵汝谈上前急切地问道："你这几天去哪里了？让人好生为你担心。"

"大人放心，在下没事。"冉璞见赵汝谈关切自己，心下很是感动。于是几个人坐下，冉璞将这几天以及刚才发生的事情详细讲述了一遍。

蒋奇先是大为惊讶，当听说余天锡惊吓过度，史弥远可能已经中风瘫倒的时候，大为兴奋，用力地拍了拍冉璞肩膀："好兄弟！我早就说过，你一定能干得大事，果然将这个老贼除掉了！"

然后拱手向天说道："史贼是迫害赵大人的元凶首恶。今天冉兄弟除掉此贼，赵大人，他给您报仇了，您可以安息了！"说罢，嘴里念念有词："感谢佛祖庇佑，我冉兄弟能脱离险境，平安回来。"

赵汝谈为人极为谨慎，喜怒不形于脸色。他平静地问了冉璞一些跟惠净和梁光有关的事情。但冉璞对他们的所知还确实有限，赵汝谈不由得眉头紧锁。不过他知道，冉璞做事胆大心细，应该没有在宰相府留下什么把柄。

冉璞见赵汝谈忧虑，便说："大人放心，今天这件事，我没有跟这里任何人商量过，他们都不知情，牵涉不到他们。"

蒋奇一拍胸脯："兄弟，如果朝廷真的追查到你，大哥我肯定跟你一起。"

赵汝谈瞪了蒋奇一眼："糊涂话！"然后对冉璞说："你下面不要在此地逗留了。赶紧离开临安，越快越好。"

但冉璞听他似乎话里有话，便问："大人，您是不是有地方让我去？"

"不错。"

"去哪里？"

"泉州。"

冉璞知道，梁光即将上任的南外宗政司就在泉州。现在赵汝谈提出让他也去泉州，难道跟梁光有关吗？

赵汝谈接着说："我告诉你们一件重要的事情，真德秀大人将会被起复，担任泉州知州，晋升徽猷阁学士。这是我和几位大人一起秘密提呈的，皇上那里应该没有问题。本来我认为史弥远一定会极力阻拦，所以这件事成功的希望很小，但不曾想到会有今天的事情。"

"所以大人要我去泉州或者建宁府接应真大人？"

"正是。宰相府发生的事情，明天就会发酵。你离开临安，可以避开对你的追查。"

蒋奇在一旁，很是高兴："太好了，兄弟你又可以在真大人手下做事了。"

可冉璞还是心事重重："大人，我这么去了后，对赵胜这个案子就不管了吗？"

"当然要管，但现在还不是时候。赵胜的背后是赵葵，赵葵是郑清之的嫡传弟子。只要对他不利的事情，郑清之都是一概反对。对他们的调查，我们不会停，但是得讲究策略，不能硬来。"

"那大人觉得，我们究竟什么时候才能去抓捕赵胜，为赵大人报仇雪恨？"

赵汝谈仰天默想了一下，回道："不要急，一定会有那么一天，而且这一天应该不远了……"

第五十五章　燕京之行（一）

第二天上午，赵汝谈接到了宫里递来的紧急诏令，皇帝宣他立即进宫。

赵汝谈因为还没有收到确切的消息正焦虑不安。他喃喃自问，此时进宫会遇到什么情形呢？

就在他为难的时候，派出去的人终于匆匆回来了，带来了最新报告：宰相史弥远的确得了中风，同在相府的余天锡则像是害了魔怔，人变得痴痴呆呆。现在，宫里当值的太医全都去了宰相府为二人医治。

赵汝谈嘘了一口气，对冉璞说："皇上召见我了。你跟我一起走，现在就是你出城的最佳时机。等我进宫之后，你就用我的马车出城。城门的士兵见是我的车驾，料他们也不敢阻拦。"

冉璞领命。赵汝谈让差事拿来一个包袱，里面放了通关文牒、一包银两和一些旅途用品。冉璞见赵汝谈为自己考虑得如此周到，不禁大为感动。

到了皇宫门口，赵汝谈跟冉璞告别说："你此行一定得多加小心，不要暴露自己的身份，尽早到达真大人那里，切记！"

冉璞拱手答应。

"还有一件事情，我委实放心不下。"

"大人请讲。"

"梁光此人，绝对不能信任。我总觉得，他有很多不可告人的秘密。你不觉得昨夜你们进展得太过顺利了吗？"

冉璞回答说："那是因为梁光已经掌控了史府总管万昕，命他把史府家丁撤走半个时辰，这才给了我们一点空窗时间。"

赵汝谈摇了摇头:"可我总觉得哪里有些不对。究竟是什么,暂时还想不出来。"

冉璞坚决地回答道:"大人尽请放心,万一出了状况,在下知道怎么做。"

赵汝谈稍觉心安,接着问:"她也跟梁光一起去泉州吗?"这个她,当然指的是济王妃惠净了,二人彼此心照不宣。

冉璞点头:"应该是。"

赵汝谈若有所思,长叹了一声:"这个苦命的女人,虽然出身极为高贵,却是命运多舛,重重磨难。望老天眷顾一下,就给她一个安稳的余生吧。"说完,赵汝谈下了马车,跟冉璞挥了挥手,命马夫继续前行。

冉璞在马车上回首,看着森然林立的宫殿逐渐远去,渐渐模糊,忽然产生了强烈的归家欲望。于是暗自下定决心,将真德秀安全送往泉州到任后,就返回播州,与久别的家人团聚。

再说冉琎和王琬一行人,经过几天的长途跋涉,终于到达了燕京中都府。

冉琎年幼时通读各种书籍,因此对中都府的来历颇为熟悉:昔日大金国仿照辽代旧制,共设了五个都城,除中都府外,还有四个陪都:南京开封府、北京大定府、东京辽阳府和西京大同府。当初海陵王完颜亮在谋弑金熙宗登位金国皇帝之后,担心留在上京的女真宗室和贵族对其不满,又考虑到上京会宁府僻处北方一隅,交通不便,不利于对全国的控制,而燕京四通八达,物产丰富,于是决定营造并迁都中都府。迁都之后,完颜亮就起兵侵略了南宋,遭遇大败,在兵变中被杀。其后有"小尧舜"之称的金世宗完颜雍不顾女真贵族们反对,继续留都中都府,开始改革女真旧制的弊端。

完颜雍重视科举选拔人才。他刚即位时,曾有女真遗老提出废除科举,完颜雍召见大臣张浩,问道:"自古帝王有不用文士的吗?"

张浩回道:"有。"

"是谁?"

张浩回答:"秦始皇。"

完颜雍大笑，对女真贵族们说："你们听听，我怎么可以像秦始皇那样呢？"其后女真贵族子弟开始学习汉文典籍。完颜雍又挑选猛安谋克的良家子弟，送到各地书院读书，又特意创设女真国子学和进士科。完颜雍经常对臣下说："我读史书，发现前代的君主，沉溺于富贵奢侈，不知道耕作艰难。他们失去天下，大多都是这个原因。"所以在他统治时期，大力奉行儒家的仁政治国。在完颜雍执政下国泰民安，国力达到了顶峰。

那时，中都的人口急剧增长，人烟稠密，商业发达，不仅住有女真人、契丹人、汉人和蒙古人，还有高丽、渤海、铁骊等各族民众，更有大量的吐蕃和西夏商人长居此地。金国有史记载："凡聚会处，诸国人语言不能通晓，则以汉语为证方能辩之。"

然而短短几十年后，蒙、金战争不断，成吉思汗亲自率领蒙军主力攻陷中都府，大肆屠城，放火烧毁了金国的所有宫殿。蒙古军屠城后，成吉思汗下令将中都城府库的所有财物运往漠北草原，之后允许蒙古士兵在城内大肆抢劫。于是中都城陷入了灭顶之灾，大火月余不熄，曾经无比繁盛的都城变成了废墟。自那以后，中都府一直衰败不堪。

冉珅和王琬等众人进入城门时，只看到坍塌的城墙，稀疏的车马，街面上的行人稀稀落落。目睹中都府残破的模样，他们不禁轻声叹息。

因为行了一天的路程，众人都有些疲累，前面恰好出现了一个酒家，于是众人停下车马。众人进店，点些酒菜茶水。小二见一下子来了不少客人，顿时喜笑颜开，忙不迭地前后张罗。冉珅叫来了店主，问清楚万安寺的方向，原来距离此处并不远。这酒家还在后面开了客栈，冉珅和王琬同彭渊与何忍几个人商量以后，决定在这客栈稍住几日。店主很是高兴，来来回回招呼得更为殷勤。

众人坐了靠窗的位置，王琬一边喝着茶，一边观看窗外的街景。这里果然是各族杂居的地方，身穿各种服饰的人随处可见。这时，酒店不远处的一群小乞丐，不知为了什么事情吵吵嚷嚷起来，过了一会儿竟厮打在一起。

彭渊忽然站起身说："有人在偷我们马车上的东西。"

说话间何忍已经冲了出去，从马车下拽出了一个乞丐。冉琡看这情形，立即明白了，那群小乞丐吵闹厮打，就是要吸引自己这些人的注意，来掩护这个乞丐行窃。

众人都来到了马车旁，看这乞丐分明就是一个顽劣的孩童。何忍正在发怒斥责他，而这小乞丐却没有半点惧色，嘴角向一边撇着，似乎在嘲讽何忍。

这时店主出来说，这些乞丐都是孤儿，平日里就聚在这一带，以行乞偷窃为生。

王琬问："这么多孤儿，他们的父母呢？难道……"

店主叹了一口气："打仗这么多年，能活下来的人不易啊！"

何忍听了这话，便松手放了小乞丐。

不料小乞丐竟然说话了，而且说的是汉话："你们是南人吗？"

众人顿时有些惊异，彭渊问："原来你是汉人？"

"是啊。"

王琬看着这个脏兮兮的小乞丐，似乎只有八九岁的模样，长得极为瘦小，细小的眼睛上眼睑很是单薄。他本应该有爹妈护着，却被生活所迫，到外面来偷盗。

王琬不由得起了同情恻隐之心："孩子，你爹娘呢？"

"他们都死啦。"说完，小乞丐咧嘴似乎就要哭了。

王琬见他如此悲伤，顿时非常同情，于是掏出一些大钱，就要塞到这小乞丐手里。

就在这时，店主跑过来挡住了她的手，转头斥责小乞丐道："你这个肮脏破落户的野种，还不赶快滚。"

小乞丐的哭声顿时止住了。他好像有些顾忌这店主，骂骂咧咧地走开了。

王琬很是诧异，问店主："店家，你为什么这样对待一个小孩？"

店主苦笑一声："你们都被他骗了。"然后将这小乞丐的平日所为告诉了

305

众人。

原来，这小乞丐跟其他乞丐一起，平日里专门在这一带坑蒙偷盗，根本就是一个泼皮。

虽然蒙古军占领中都已经有些年头，但蒙古官府施政极差，对这样的小偷小摸根本不管。这小乞丐就是刚才那一大群乞丐的成员之一，而且居然还是个小头目。

"他的爹娘是汉人吗？"

店主摇头："他的爹娘已经死了。他娘是个西夏人，一个破落的商户女儿。他的爹活着的时候不干好事，专一好赌，几乎输光了家产。后来因为欠了人家赌债，生生被讨债的给逼死了。"说到这里，他的神情有点诡异："不过，据说他家祖上确实都会说汉话。曾经有传言说，他的高祖是汉人，而且是大有来头的贵人哪！"

这话顿时让众人对这小乞丐有了一些好奇之心。王琬问道："那你知道是什么人吗？"

"这我可不知道。兵荒马乱的年头，谁会去特别关心一个小乞丐呢？更何况是他这样的人。"说完，店主摇摇头，回店里忙自己的活计去了。

第五十六章　燕京之行（二）

第二天上午用完早点，为了避免惹人注意，众人决定分头到万安寺去。冉珊和彭渊两人陪着王琬去找贞达卓玛，何忍则去打听索南坚赞喇嘛的消息。

一行人到了万安寺。这里十分破败，到处是残垣断壁，大部分佛殿毁于战火，侥幸存留的也几乎塌了一半，只有三两个大殿尚且完好。进去之后，冉珊请管事僧通报，却被告知，寺院住持格切桑珈喇嘛正在闭关清修，无法见客。

王琬询问关于贞达卓玛的情形，那管事僧却只是摇头，所问事情一概不知。众人没有办法，只得先回客栈再行商议。

在回去的半道上，王琬打开车帘向外张望，想看看中都的街景。只见来往行人比昨日多出不少，其中很多人身穿契丹、女真甚至高丽的服饰。王琬点头心想，中都地处南北要冲，当初完颜亮决定迁都这里，的确是有眼光的。

忽然街面上传来一阵喝骂声。一个契丹人模样的大汉正用拳头猛殴一个小乞丐，那小乞丐满地打滚地四处躲避大汉。

王琬仔细一看，这不正是昨日那个小乞丐吗？于是她叫来了彭渊，叮嘱了几句。

彭渊点头答应，上前一把拉住了那契丹大汉的胳膊。

大汉挣脱不开，回头瞪着彭渊，见他汉人模样，明显来自外乡，却来管自己的闲事，不由得大怒："你是什么人？跟这小贼是一伙的吗？"

彭渊笑了笑松开手说："好汉，得饶人处且饶人吧。"然后问小乞丐："你偷了人家钱吗？"

"当然没有，我没偷他的钱。"

大汉突然上前捏住他的手，从他怀里掏出了一个钱袋："这不就是吗？"

小乞丐大喊："不是你的钱。"

大汉反问："你一个小乞丐，哪来的钱？那可不就是偷的吗？"

小乞丐急了："还给我，你这个恶棍，强盗！"

大汉猛地扇了他一掌，凶恶地瞪着眼说："就算是又怎样？强盗抢小偷天经地义。"说完扬长而去。

小乞丐再次挨打，不禁眼睛红了。他抹了下眼泪就要离开。

彭渊说道："你且等一等，我家主人有话要问你。"然后将他带到了马车旁。

王琬下了马车，问小乞丐："你叫什么名字？"

这小乞丐的眼珠转了转，猜测可能会有好事发生，赶紧回答："我叫杨涟。主人是不是有什么事，需要小的效劳？"

王琬见他很是机灵，问道："那人经常抢你的钱吗？"

杨涟咬着牙回答："是的，他是这一带的恶霸。"

"那你以后不要再招惹他了。"王琬给了他几个大钱，"你去叫上几个帮手，一起帮我找个人。找到的话，这一袋钱都是你的。"说完，摇了摇手里的钱袋。

杨涟黑豆一样的眼睛转了又转："好的。主人要我找什么人？"

"你们对万安寺熟悉吧？"

"当然。"

"你去打听一下，那里的觉姆都住在哪里？有没有一个叫贞达卓玛的觉姆？"

"哦，就是尼姑吧。那我打听好后，怎么通知主人您？"

王琬指了指不远处的那个客栈："我们就住在那里。"

"明白了。那如果找不到主人怎么办？"

"你只要去那客栈，通知我们的人就行了。"

杨涟点头应诺，正要离开，一直旁观的冉琊挡住他说："记住，不能向别人透露这件事，否则你会有麻烦的。"

"我明白。"杨涟连连点头，随即跑开找人去了。

彭渊问王琬："让那些小乞丐去找人能行吗？万一泄露了消息，会不会有麻烦？"

冉琊回答道："应该不会。这杨涟年纪虽小，却十分精明。他们平日里经常行窃，必须精于分辨人群，找到下手对象。所以让他们去寻人，正合适。"

彭渊恍然大悟，向王琬竖起拇指："还是大小姐心思快。"

王琬板着脸，一本正经地说："彭大哥，我们讲好了的，这趟行程不能暴露身份。既然扮了我的随从，就得一直称呼我为主人。"

"是，主人。"彭渊无奈，苦笑着点了点头。

回到客栈不久，何忍带来了好消息，他已经打听到了索南坚赞喇嘛的消息。

原来，索南坚赞跟他的兄长萨班法王一样，在吐蕃人中影响很大，备受尊崇。他这次到万安寺来，实在是中都城里吐蕃人的一件盛事。但索南坚赞喇嘛是一个得道高僧，跟他在临安的行事一样，不喜欢很大排场，所以他请万安寺不要对外公开自己的行程，因此极少有外人知道这件事情。何忍找到了几个吐蕃人，使了钱后才打听到了他的行踪。

于是第二天上午，一行人再次来到万安寺。这次有何忍引路，众人直接来到万安寺内一个很不起眼的角落，这里有一个独立的小院。何忍上前敲了敲院门。过了片刻，一个小僧开门，见众人都是汉人装束，不禁一愣："各位施主有什么事？"

冉琊拱手说道："在下等仰慕索南坚赞大师，听说他正在万安寺访问，我们特地前来拜望，烦请向他通报一声。"

小僧一口回绝:"大师正在清修,不方便见客。"说完,就要关门。

冉琎赶紧上前,递上一个拜帖:"烦请小师父将这个交给大师。我们都是从临安来的,说起来跟大师还颇有缘分。"

这小僧跟随索南坚赞刚刚从临安过来,似乎对临安的人物风土颇有好感,听冉琎这样说,立刻变得热忱起来:"那好吧。施主请放心,师父清修出来,自会见到此帖。"

冉琎拱手称谢:"就拜托小师父了。我们明日再来拜会大师如何?"

"请施主三天后再来吧。"

"多谢小师父了。"

出了万安寺,王琬问道:"冉兄,你就这么把名帖留在索南坚赞那里,如果莫彬看到,不会有麻烦吗?"

冉琎微微一笑:"那里面并不是我的帖子。"

王琬很是好奇:"哦,那是什么?"

"是我画的一张图样。"

王琬想了一下,醒悟过来问:"冉兄要的就是让莫彬见到。可问题是,他会愿意见你吗?"

"应该愿意的。"

一旁彭渊很是好奇:"那是什么图?"

王琬解释道:"是智慧尊使的玉佩样图。莫彬是前任智慧尊使,他见到这图,便知道是明尊教的人来了,而且来人教内的地位不低,到万安寺来就是要见他的。"

彭渊摇头说道:"这样做,不是暴露了我们自己吗?"

冉琎回答说:"的确是有风险,但值得试一下。以我对他的了解,他应该有兴趣跟我们会一下面。"

这夜,万安寺的一处秘密禅房外,闪过两个黑影。门开后,这两个黑衣人走了进去,向一个默坐参禅的红衣喇嘛行礼。这喇嘛手捻着念珠,并不停顿,继续念经。过了片刻,这才停了下来,问道:"完颜律,他们究竟是什么人，查到了没有？"

这问话的人正是莫彬。自从逃出临安之后，他们这一群人乘舟北上，沿着海岸线一路行到海州。却因为夏全正在领兵剿灭杨妙真的残部，那里大小战事不断，他们不敢停留，继续一路北上。到了直沽这才上岸，换乘马车来到了中都万安寺。

莫彬对外用的是萨巴喇嘛的名号。万安寺住持格切桑珈喇嘛对萨班法王极其崇敬，对他推荐来的莫彬也就非常礼敬。而莫彬出手很是阔绰，刚到就赠给了万安寺一大笔钱财，用来重修各处残破的楼殿，寺里从上到下所有僧众自然对他感激有加。渐渐地，萨巴喇嘛这一名号在这里有了一定的地位，莫彬这一行人总算是安顿了下来。

完颜律回话道："回宗主，目前还不能确定。不过，我们打听了一下，他们中有一个随从，的确是明尊教的人。"

"叫什么名字？"

"他叫何忍，是明尊教在汴梁的堂主。"

这个名字在莫彬心里有点印象，莫彬点了点头："一个堂主竟然甘愿做随从，这些人的首领叫什么名字？"

"目前还不知道。不过，这人的模样看起来是个读书人，不像是明尊教里的。"

莫彬摇头："明尊教里人物众多，能人辈出，你们千万不可只看外表。"

这时完颜忽说道："宗主，他们这两天使了钱，让几个小乞丐在寺里到处找人。"

莫彬顿时警觉了起来："找什么人？"

"说是找一个觉姆，哦，就是尼姑。"

"觉姆？尼姑？"莫彬有些摸不着头脑，"知道名字吗？"

"那小乞丐不肯说。"

莫彬有些生气，又觉得有些好笑，完颜忽竟然不能从一个小孩那里套出话来，于是转头吩咐完颜律："明天你去跟着那小乞丐，注意不要惊动了他

311

们。再派人盯着何忍那些人。"

完颜律点头领命。

第二天，杨涟终于打听到了贞达卓玛的情形，忙不迭地跑到客栈通报给了王琬他们。

这位贞达卓玛就是西夏香妃李嵬名。几个月前，蒙古也遂太后为了她的安全，更是出于对窝阔台大局的考虑，派人将她秘密护送到了燕京。远嫁蒙古的金国岐国公主完颜锦瑢出于对王琬的信任，请金主安排她带人到燕京接应李嵬名，然后一起到西京大同府跟她会合。李嵬名到达燕京后，就一直隐居在万安寺里一个少有人知的庵堂。这里本就有些女尼，混迹其中，丝毫不引人注目。她就这样过了一段平静的日子。

王琬接到通报后大喜，立即兑现诺言，将那一袋钱都给了杨涟。

杨涟接过钱袋，乐颠颠地马上就要跑开。

冉琎伸手拦住问道："等等，这两天有没有人跟着你们？"

杨涟摇头："没有。"

"你回忆一下，是不是有人向你打听了我们？"

杨涟仔细想了一下说："有的。"

冉琎和王琬对视一眼，会心地笑了起来。冉琎问："再次见到这人，你还能认出他吗？"

"肯定能。"

冉琎拿起一个钱袋："那好，你现在就找这个人去，找到的话，这袋钱也是你的。"

杨涟瞬时觉得，自己最近是不是撞到了财神？兴奋得两眼放光，连声答应。

第五十七章 应天门外（一）

杨涟走后，冉珽使了个眼色给何忍。精明强干的何忍心领神会，立刻尾随跟了上去。冉珽又对彭渊说："彭堂主，你带人悄悄地跟上何堂主，可能有人在跟踪他。那你们就反跟踪那人，看究竟是什么人。"

彭渊点头答应，叫了一个帮手也跟了出去。

随后，冉珽与王琬立即乘了马车赶往杨涟所说的那个庵堂。

这一次没有遇到什么麻烦，很顺利地就找到了贞达卓玛。一直以来，王琬的心里很是好奇，她的想象中，这位经历不凡的香妃李嵬名，应该是貌若天仙一般。然而见到了真人后，不禁略有些失望。因为此时的香妃已经年过四旬，美人迟暮，两鬓斑白，岁月无情地在她的脸上刻下了印记。她的言语平淡随和，虽然穿着极普通的月黄色觉姆长袍，但依然不失曾经的西夏公主和成吉思汗察合皇后的高贵气质。

王琬将岐国公主锦瑢的书信交给她，还有约定的信物，一个香妃自己亲手制作的香囊。

李嵬名仔细看完后，很是高兴，拉着王琬的手亲热地说："妹妹，你记得我吗？当初丘真人到西域经过和林时，我让人送给你们一些补给。丘真人就派你向我道谢来着。"

"当然记得的，皇后娘娘。"

李嵬名笑了："公主皇后在我跟前几次称赞你，说你虽然是个女儿身，却饱读诗书，学问广博，丝毫不比大金国那些进士差。今天总算是见到你了。"

王琬回答道:"皇后娘娘,锦瑢她心地淳厚,最是惦记故旧。在她的记忆里,嫁到蒙古之前一切都是美好的,所以对我这个旧人,自然偏爱过誉了。其实在下对香妃娘娘您仰慕已久,今天有幸见到,真的是闻名不如见面,您真的很美!"

李嵬名看王琬谦逊有礼,又言语暖人,不禁对她更多了一些好感。于是两人亲热地交谈了许久,倒是将冉琎落在了屋外。因为不知里面情形,冉琎在外面不免焦虑起来。

他正思忖着是不是进去察看一下状况时,王琬跟李嵬名一道出来了。

王琬看冉琎焦急的神情,知道他在为自己担心,心头不禁涌上一阵暖意:"冉兄,让你等久了。这位就是皇后娘娘。"

冉琎放心了,走上前对李嵬名拱手作揖:"见过皇后娘娘。"

李嵬名本就是过来人,一见这二人说话情形,当然便明白了,微笑着说:"这一趟行程让冉先生费心了。"

她竟然会汉话,冉琎略有些惊讶,回答道:"这是应该的,皇后殿下。"

李嵬名点了点头:"以后就不要称我娘娘或者皇后了,防止泄露我们的行踪。"

王琬问:"那我们该如何称呼殿下呢?"

"称卓玛就可以了。不过这里暂时是安全的,你们倒也不用担心。"

"好的。那卓玛您打算什么时候动身去大同府?"

李嵬名想了一下:"万安寺这里来了一位吐蕃高僧,索南坚赞喇嘛。前不久我访问过他几次,确实道行高深,令人钦佩。他即将要离开中都,返回吐蕃。你们看,可不可以跟他同行呢?"

冉琎立即反对说:"绝对不可。"

"这是为什么?"

"我们此行,越是低调无人注意就越是安全。听说这位索南坚赞喇嘛是萨班法王的胞弟,他本人也有很高名望,跟他同行只会惹人注意,多出许多麻烦来。"

李崑名当然也知道这一点，不过有幸遇到这样的高僧，大好的学道机会就这么错过，她的心里觉得很是惋惜。

王琬猜到了她的心思，拉着她的手说："大汗生前对长生之道很有兴趣，所以找了我师父长春子去问道。这次我随身带来几本道藏古籍，不知道卓玛有没有兴趣呢？"

李崑名点点头，又摇了摇头。

王琬笑了："古人先哲之道，都有相通的地方。卓玛您懂佛家，我懂道家。我们可以在路上一起交流悟道的。"

"好啊妹妹。那你们看，我们什么时候动身呢？"

冉珊问道："卓玛，索南坚赞喇嘛什么时候离开中都？"

"应该是三天后。"

冉珊判断，如果索南坚赞要离开中都，那么莫彬很有可能会在此时现身，于是回答说："那我们就在他之后启程吧。"

李崑名点头同意，三人又仔细商量了一下去大同府的行程安排。

冉珊和王琬回到客栈时，已是夜深，何忍正在焦急地等待他们。

二人见只有何忍一人，冉珊问："发生了什么事？彭渊呢？"

"一个时辰前我们还在一起，后来彭兄去追几个黑衣人了，到现在还没有回来。我担心他会不会出事了。"

王琬说："别着急，何大哥，慢慢讲。"

原来下午何忍追踪杨涟，快到杨家时，突然遇到了几个人莫名地联手袭击他。幸亏彭渊带人赶到，才给何忍解了围。

但随后却再也找不到杨涟了。几个人在杨家以及附近找了许久也不见他的踪影。杨家破败的屋子里，有一张缺了一个角的桌子，犒赏给杨涟的那个钱袋就摊在桌子上面。彭渊打开了钱袋，里面的钱都还在，可是人去了哪里呢？

后来何忍细心，在杨家卧室的角落里发现了一个暗门。二人推开门，里面是一个密室，正中放了一张祭台，台面上落下的灰尘足有一寸多厚。蹊跷的是，中间主位上有几块灵牌很明显刚刚被人拿走了，因此留下了清晰的印记。

两人商量了一下，都认为杨涟是被人绑走了。可什么人会绑走一个小乞丐呢？

彭渊说："这个屋子透着古怪，看来这杨家可能很不寻常，这里一定有什么事情。"

"彭兄说得有理，要不我们先回去，请冉先生过来看，他一定能发现什么。"

"那好，不过这里得留个人，说不定还会有事。"

"那我就留下来吧。"

正说到这里，外面又发生了厮斗，有黑衣人鬼鬼祟祟地向杨家窥望，跟何忍的手下发生了冲突。

二人冲出去时，两个黑衣人突然手执利刃向他们袭击过来。一番激斗之后，黑衣人敌不过彭渊与何忍二人，其中一个打出了手势，于是这些人急速退走了。

彭渊带着手下追了上去，何忍就先回到客栈向冉琎通报。

于是，冉琎和王琬带着众人赶到了杨家。二人对密室仔细地探查，发现角落的那些书架被人挪动过，上面的书籍也被翻得很乱。二人检查了这些落满灰尘的书籍，经、史、子、集、医、算等各类俱全，竟然还看到了《太平御览》《册府元龟》《文苑英华》和《太平广记》这四部大书。打开《资治通鉴》，冉琎看到上面甚至写下了很多批注。二人顿时都有些瞠目结舌，这里曾经居住的是什么人，竟然拥有这么多书籍？

王琬犹疑地问道："难道这里曾经住过南朝的贵人，或者高官？"

"应该是的。"冉琎随后又打开几本书，看完后说，"看这些批注的口吻，几乎都以高位者自居。批注人至少做过大宋的高官吧。"然后轻轻捻了捻书页，"这些书至少有上百年的时间了，很久没有被翻动，想来书的主人早已过世了。"

"那店主所言不假，杨涟的确可能是出身于贵人之家。"

冉珊陷入了疑惑，自言自语道："可是，为什么就这么巧合？刚好我们注意到了杨涟，他就被人劫走了。会不会是有人故意安排的呢？"

这时王琬翻开了一本书，随意挑了书中的一个批注念了起来："唐之太宗至于中宗，数十年而衰，再罹女祸，其后唐祚竟绝而复续，何其幸也。玄宗励精图治，开元之际，何其盛也！及侈心一动，穷天下之欲不足为其乐，更溺其所爱，忘其所戒，乃至窜身失国，何其同悲也。"王琬不由得心里一动，放下这书，又拿起一本翻看起来，突然看到一句话，就将书递给冉珊："冉兄你看。"

冉珊的目光顺着她手指的方向看去，那里写道："此生若能南归，做一闲人隐居山林足矣，岂敢有公子小白之想。"冉珊顿时心头一震，写这些话的人难道是他……

王琬见冉珊的神色异样，便笑着问："你也认为是他？"

冉珊点点头："可是杨涟为什么姓杨呢？"

"也许是为了避祸？"

正说到这里，何忍进来说："尊使，彭渊回来了。"

第五十八章　应天门外（二）

冉班和王琬出了密室，见彭渊的神情似乎很是恼怒。冉班问："彭堂主，那些是什么人？"

彭渊面露一丝愧色："不知道。我们追到万安寺外面，截住了一个，不料后来又跳出几个黑衣人营救他。一阵打斗之后，他们窜进了寺里，就不见了踪影。就在我们搜索的时候，突然从角落里射出几支箭，我们的一个手下受了重伤。因为寺院情形不明，周遭又很黑暗，所以我不敢逗留，把他们都带回来了。"

"哦，哪里受伤了？"

"在右肩上。"

冉班走了过去，帮着一起处理伤口，上药包扎忙了一阵，这才停歇了下来，问彭渊："能看出这些人来历如何吗？"

彭渊摇头回答："黑夜里看不真。这些人单打独斗并不特别出众。"说到这里，他似乎有点得意："但他们互相掩护，配合得很好，倒像是训练有素的军士。"

何忍赞成："不错，如果是江湖上的杀手，多半使用飞刀暗器，不会用弓箭攻击。而士兵经过严格的军事训练，更偏好使用弓箭。"

冉班又问："那他们是哪里来的士兵？蒙古军，还是金军？"

彭渊无法回答。

冉班拿起了刚才拔下的箭镞，仔细地察看。见这箭头是一个四棱锥体，突前部位足有一寸半左右，锥体下面还有倒刺。冉班顿时觉得这箭镞很是熟悉，想了一阵说道："我知道了，这叫'破甲锥'。"然后陷入了深思。

"尊使如何认得这个？"何忍很是好奇。

"几年前，我在临安办案，曾经见过这种箭头，这是大宋禁军专用的，怎么会出现在这里？难道……"

王琬立即问："冉兄怀疑，凶手可能就是当年暗杀夏泽恩的同一批人吗？"

冉琎点头："是的。莫彬正在附近，那些黑衣人极有可能就是他的手下。"

王琬忽然变色说："不好，卓玛会不会有危险？"

冉琎立即吩咐彭渊带人再次潜回万安寺，暗中守护在庵堂附近。等天亮之后，他会带人将贞达卓玛接出来。

第二天清早，冉琎和王琬就领着一行人乘着马车直奔万安寺庵堂。所幸的是，贞达卓玛并没有遭到袭击，二人悬着的心总算是落了下来。约一个时辰后，王琬将卓玛和她的几位侍女接上了马车。冉琎和彭渊骑马行在车队最前，何忍带着人押后，众人护持着马车向客栈返回。

刚出了万安寺，那日的僧人向他们走过来，对冉琎合十说道："施主，有人要小僧带给您一封书信。"

冉琎下马接了信道："多谢小师父了，请问他是什么人？"

小僧摇头："不认得。"

"那他说了有什么事情吗？"

小僧仍是摇头，合掌说道："我佛大日如来，慈悲为怀。小僧受人托事，从不打听；他既不说，小僧不问。"

冉琎只好作揖称谢。打开了信封，里面是一张信笺，只写了十几个字："明日申时，应天门外，报春亭中，恭候阁下。"信的下面还补写了几个小字："至多三人前来。"

这时王琬过来了，冉琎将信递给她。王琬看罢，面色不由得凝重了起来。

彭渊便拿过信，看完说道："这一定就是莫彬那厮了。"

王琬很是担心:"冉兄,莫彬必定会埋伏下很多杀手,不知我们的人手够不够。"

"我明敌暗,形势对我们不利。不过现在莫彬很可能认为我们只是明尊教的人,还不知道我的真实身份。他们费力绑走杨涟,应该是为了从他的嘴里弄清我们此行的目的。"

"有道理。不过,他应该已经发现了杨涟的出身。这对莫彬来说,是个意外的发现。"

"不错。"冉珊默然想了片刻说道,"按照他以往行事的风格,一定会对杨涟的身份大加利用。"

"都已经过去 100 多年了,现在的南朝皇帝,甚至都不是高宗皇帝的子嗣。杨涟的出身又能有什么用处?"

冉珊轻叹了一声:"世上有一些人,他们永远忙于各种算计。为了达到自己的目的,对任何人都会不择手段地加以利用。莫彬就是这样的人。"

回到客栈后,王琬着实忙碌了一阵,这才将贞达卓玛几个人安顿了下来。随后她去找冉珊、何忍他们,商议明天的计划。

何忍说:"我们刚刚查到一个确实的消息,最近万安寺多出一些喇嘛。其中有一个叫萨巴喇嘛的,出手很是阔绰大方。刚到这里,就给了大笔捐资,万安寺很多楼殿都是因为他的资助才开始修复。"

"哦,这个人还有什么与众不同的地方吗?"冉珊很想知道,萨巴喇嘛是否会说汉话。

"听说他每日足不出户,只在禅室诵经打坐。但他有几个徒弟,整天来来去去,没人知道他们都在忙些什么事情。"

冉珊点头,对何忍说:"这人一定就是莫彬。听说他逃离临安的时候,带走了整整一船的钱财珠宝,所以他有足够的财力。只是他为什么要用喇嘛的身份,这就令人费解了。"

王琬问:"知道这萨巴喇嘛共有多少徒弟吗?"

"暂时还未查清。尊使,为了保证安全,见莫彬时我们应该多一些人,只去三人怕是太少了。"

可这样的话，一定会惊动莫彬，再要抓他就很难了。冉琎一时陷入了两难。

这时王琬想到了一个安排，说出之后，众人都连声赞好。之后各人便分头准备去了。

第二天下午，经店主指引路径，冉琎只带了彭渊与何忍二人，一道骑马前往应天门。这应天门原本是中都昔日的宫城正门。当初完颜亮派遣几批工匠前往汴梁城，详细参研了曾经的大宋国都的建筑规制。工匠回来后完全仿照汴梁建造了大金国新的国都——中都城。应天门也是按照大宋东京城里的那个宫门原样仿建的。

据金国官史记载，营建中都城时，金廷前后动用了近80万徭役民夫、士兵40万人，历经多年终于营造出一座金碧辉煌、气势恢宏的盛大都城。可是仅仅几十年之后，便被蒙古军放火烧得干干净净。

到了应天门外，冉琎三人看见到处都是断壁残垣。他们骑马穿行在残破的废墟里，不时惊起一堆乌鸦，聒噪地大叫着飞离。

冉琎停马远观，这里昔日的宏大气象，仍然依稀可见。他不由得暗自摇头叹息，不管女真贵族兴亡如何，遭殃的终究还是北方的平民百姓。

三人正四处观望时，远处出现了一个六角小亭，孤零零地立在护城河旁，周围都是成片倒塌的城墙。正在察看这亭时，有一扇窗户被打开了。窗口出现一个红衣僧人，向他们招了招手。三人踢马上前，来到了小亭边。

进去之后，发现里面也是三人。那红衣老僧正端坐其中，另外两人都是虬髯大汉，肌腱雄伟，身材魁硕，显然都身怀武艺。

冉琎仔细看清了红衣老僧的面容，只见他的面色红润，却是毫无任何表情，关注地盯着自己。冉琎知道，莫彬一定是戴上了面具。冉琎上前拱手致意："阁下就是上官镕，又或者，莫彬先生吧，别来无恙！"

红衣老僧并不答话，上上下下地打量着他。过了片刻，这才说道："先生是什么人？"这是默认了自己的身份。

冉琎笑了笑，坐到了他的对面。彭渊与何忍则站立在他的身后警戒着。冉琎掏出了明尊教智慧尊使的玉璜，轻轻地放到了桌子正中。

莫彬拿起了玉璜，两眼射出了一阵精光，双手略带颤抖地抚摸着玉璜，反复观摩了一阵，喃喃自语："上天，想不到此生我竟然又见到你了。"过了一会儿，他平静下来，将玉璜还给了冉琎，问道："先生究竟是谁？"

冉琎收起玉璜，微笑着回答："我就是新任的智慧尊使。宗主谢昊，命我代他向你问候来了！"

莫彬的手又颤抖了起来，定了定神后问道："他老人家还好吧？"

"一向都好。只是……"

"怎么样？"

"当年先生留下此物，突然不辞而别，因而宗主一向对先生很是关切，让我特地前来请先生回去一趟。"

莫彬的两眼瞳孔猛然收缩了起来，沉默了一会儿回答道："承蒙挂念，就请回去转告谢宗主，过往的恩怨都已经化作尘烟。在下已经遁入空门，不再过问世间俗事了。也请你不要再以世俗称谓叫我'先生'了。"

冉琎点了点头："可以，这些话在下一定带到。"

"那就请回吧。"

冉琎笑着说道："请莫先生少安毋躁，在下还有很多未了之事，须得向您一一请教。"他依然称呼莫彬为先生。

"哦，尊使阁下如何称呼？"

"在下跟莫先生，是前后任智慧尊使，自然有着莫大的缘分。何不让我们坦诚相待，来一次此生最难得的对话，如何？"

"可以，请说。"

"那就请莫先生摘下面具吧。"

莫彬默然不答，犹豫了一阵，终于摘下了面具。

露出的这张脸，蜡黄枯瘦，跟当年在潭州时那位荆湖南路提刑使莫彪，当真有七分相像。最巧的是他的脸颊上也有一颗不小的黑痣。霎时，潭州盐案、湖州济王案，再到临安大火案以及聚仙山庄案等，这一桩桩旧事，全都闪现在冉琎的脑海里，犹如昨日一般历历在目，如今元凶巨恶之一就在面前。

冉琎按住心头的厌恶，叹了一口气说："莫先生跟尊兄真的很像。"

这句话让莫彬大感意外，问道："先生竟然认得家兄？你到底是谁？"

"在下冉琎。"

听到了这个名字，犹如晴天霹雳一般，莫彬惊呆了。

他完全没有料到，面前这个人竟然就是从潭州起，到湖州、临安，一直跟自己争斗不休的冉氏兄弟中的长兄冉琎。几年来，胞兄莫彪被杀，堂兄莫泽被抓，自己失去了大部家产，全都拜这些人所赐。面前这个人，跟自己有着血海深仇，可他竟然如此平静地坐在自己的面前，若无其事一般。

莫彬的脸由蜡黄开始涨红，双眼充满了血丝，熊熊仇恨之火毫不掩饰地射向了对面这个人。

第五十九章　渊圣太子（一）

　　莫彬浓烈的敌意，很快被所有人感受到了。站在他身后的两个护卫完颜忽、完颜律立即拔刀，准备上前动手。彭渊与何忍也拔刀向前跨上一步，随时应对可能的袭击。

　　可莫彬忽然清醒了过来，向后摆了摆手。完颜兄弟就放下了刀，退了回去。莫彬此刻异常警觉，这个冉琠居然是新任明尊教智慧尊使。他当然知道明尊教的势力，作为智慧尊使，怎么可能冒险前来见自己呢？他们一定也有大批人手就在附近。莫彬点头冷笑道："阁下胆识过人，追我竟然追到这中都府来了！"

　　冉琠笑了笑："奉宗主之命和朝廷委托，在下不得不来，还请见谅。"

　　"你究竟要干什么？"

　　"想请先生跟在下回去，有很多事情都需要你解释清楚。"

　　莫彬的瞳孔再次急剧收缩："如果我不答应呢？"

　　这时完颜忽与完颜律再次拔刀，而彭渊与何忍也亮出刀迎了上去，双方剑拔弩张，随时就要拼斗起来。

　　冉琠看了看莫彬身后的两个护卫，说道："让你的人出去。"然后转身对彭渊与何忍说："你们先出去一下，我跟莫先生有话要单独谈一下。"

　　莫彬见他没有动武的意思，便点头同意，吩咐完颜兄弟出去。

　　四人便互相瞪着眼，一起走到亭外，对峙了起来。

　　"好了，你说吧。"此时莫彬的心里充满了恼恨、沮丧和无奈，因为要竭力掩盖混杂的情绪，他的眼角和嘴角都在微微地抽搐着。

这一切冉珽都看在了眼里,微笑着问道:"你们已经聚敛了那么多钱财,十几辈子都花不完,却为什么还要铤而走险,究竟图的是什么?"

莫彬没想到他会先问这种诛心的问题,想了一下回答说:"你问出这种话来,那是因为你没有经历过幼年的艰困和遭人白眼的苦涩滋味,你理解不了穷困太久的人对金钱的渴望和拥有它们的莫大满足!"

冉珽点了点头:"所以你们一旦有了权势,就要穷尽任何手段来搜刮钱财。"

莫彬冷笑道:"我们的钱,从来都不是从平头百姓那里刮来的,穷棒子们又怎么会有钱呢?"

"是吗?难道你们没有利用莫泽户部尚书的特权,肆意压榨盐户茶农?难道你没有利用漕运的官船为自己走私盐茶牟利?"

"不错,可是如果没有我们,那些平头百姓就得花费更贵的价格买盐,甚至买不到盐。那些金国和蒙古的贵族,就享受不到大宋出产的腊茶、丝绸和瓷器,大宋便没有那么多的税入。你懂其中的道理吗?"

"真的吗?国人当中只有你们才懂得经商吗?为什么每年那么多的普通茶农、盐户和商户纷纷破产,连最起码的生活都难以维持,而你们却赚得钵满盆满?"冉珽停顿了一下,盯着莫彬说,"因为本该他们得到的菲薄之利,被你们这些人官商勾结,巧取豪夺走了!"

莫彬反驳道:"那是朝廷的盐政、茶政失当,跟我们何干?"

"当然是朝廷的弊端了!而且朝廷最大的弊政就是,用了莫泽这种人,和你们这批蛀虫把持了朝政,损公肥私!"

莫彬从未被人如此直白地指斥过,一时愣住了,不知该怎么回答,想了一下说道:"冉先生,你这是把对大宋朝廷的不满,发泄到了我们的身上,不是吗?"

冉珽笑了:"莫先生,我们就事论事。事实上就是因为有了你们这样的人,大宋才会有那么多的弊政!你们都是人中之精英,清楚地知道盐政、茶政的弊端。可你们想的不是如何匡扶朝政,恰恰相反,你们想方设法从中渔利，中饱私囊。还美其名曰，私盐给了小民实惠。这是何等的心手俱黑，厚颜无耻！"

"冉先生，你此来中都，就是为了辱骂老夫吗？"

冉琎点头："那我们就不谈盐案了。莫先生，你为什么要帮助李全，纵火焚烧军火库，引发临安全城火灾？"

莫彬皱了眉头："不知道你在说什么，我从来就不认识什么李全。"

这是在抵赖，自以为李全已死，就毫无对证了吗？冉琎觉得有些好笑："莫先生，你知道为什么朝廷会突然缉捕你们吗？"

"那是因为被你们这些人陷害了。"

"莫先生，如果没有任何真凭实据，朝廷会将户部尚书莫泽这样的高官立即拿下吗？"

莫彬沉默不语。

"为了抓到关键证人王世安，哦，就是你们聚仙山庄的庄主董贤，我亲自去了金国境内。最后在徐州抓住了他，拿到了供词。你们做的所有勾当，他全都招认了。画押的供词，就是我亲自送回临安的。"

听到这话，莫彬的双手陡然握紧，恨不得一口吞下对面这个平生最大的敌人。他咬着牙问道："我跟你们无冤无仇，为什么一定要对我赶尽杀绝？"

冉琎点头回答："且不说你们干尽了恶事，大宋对你们何等恩待，你们富贵已极，可为什么居然还要联络金人，出卖大宋的利益？"

"你血口喷人。"

"王世安干的事情，你难道没有参与吗？他从临安偷走了那么多的军政机密，还运送了大量的钱财到金国去。如果没有你的支持，他怎么会如此嚣张？"

莫彬沉默不答。

"再告诉你一件事吧，王世安藏匿在金国的所有钱财，已经全被金主派人查抄了。最后他连一个铜板都没能给自己留下来。至于你仓皇逃离临安时没能带走的巨量钱财、田地、房产，已经都被人献给了朝廷。"

莫彬知道，这一定是梁光和济王妃联手干的，不由得对他们切齿痛恨。现在自己在大宋，已经是一无所有了。想到这里，莫彬不禁极度沮丧，万念俱灰，于是冷冷地说道："既然你都已经知道了，还有什么要谈的？"

"有一件事情，我一直想要向你当面求证。"

莫彬翻眼问道："你们不是把案子都查清了吗？"

"还有一件：湖州济王案。"

这句话顿时让莫彬愣住了，反应过来后问："你奉了什么人的命令来查这个案子？赵汝谈，还是乔行简？"

冉璞摇头："都不是。是我自己要查这个案子。"

"你知道自己在干什么吗？"

"知道。"

"南朝皇帝的家事，你也要调查？"

冉璞点头："因为济王确实是被冤枉的。"

莫彬忽然觉得，面前这人实在无法理解，皱眉问道："是不是被冤枉，跟你有什么相干？"

"因为除了真德秀大人，还有一批正直忠诚的官员都受到了牵连。莫彬，那封以真大人名义写给济王的书信，就是你们伪造的吧？"

莫彬没有回答，默然了片刻问道："你真要给济王翻案？"

"如果你愿意供述真相，我必定据实向朝廷奏报此事。"

莫彬仰天大笑，仿佛听到了天底下最好笑的事情一样。

笑完之后，他正色说道："很好，你真要向朝廷奏报此事，我愿意讲给你听。"于是他就把当年如何利用潘壬、潘甫操控济王以及湖州案的经过大致讲了一遍。当然，他将所有的幕后指使全都推给了宰相史弥远以及副相郑清之。

讲完之后，冉璞问："你能将刚才所说的话，全部写下来吗？"

"当然可以。"莫彬欣然应允。

冉璞琢磨，很难讲他刚才的话是不是大肆掺水了。不过即便这样的证词，对掀开当初湖州案的真相也会起到关键作用。于是冉琎走出塔外，从自己坐骑背包里取出纸笔交给莫彬。

约一炷香工夫，莫彬写下了几页关于湖州兵变发生经过的完整陈述，最后署上自己的名字，按下手印画了押。

冉琎快速浏览了一遍，忽然明白了：莫彬之所以如此配合，是要将史弥远和郑清之这两位大宋最有权势的宰相拖下水，同时也会给自己这些人造成莫大的麻烦，其用意就是要一斧两砍。冉琎笑了笑，将供词收了起来，说道："莫先生如果真能迷途知返，大彻大悟，必能成为一位高僧。"

莫彬手拿念珠，合十道谢。他见冉琎似乎信了自己，又似乎话里有话，便说："老僧既已出家，便不再与尘世俗事有任何瓜葛，见谅不能跟你南下了。"

冉琎回道："倘若你当真悟道，必然心无挂碍，即便南下又有何妨？"

莫彬瞪起了眼珠："冉先生，你是远来之客，又是明尊贵使，我这才以礼相待。不过，如果你的要求实在过分，就不要怪老僧唐突了。"说完，举起左手挥了挥。

那边完颜忽、完颜律看见了，便发出一声尖锐的呼哨，霎时间从四周跑来十几个大汉，全都手执兵刃，将小亭包围了起来。

第六十章　渊圣太子（二）

莫彬笑着说："冉先生，看来还是有缘哪，你就随我在这万安寺一起悟道，如何？"

话音未落，莫彬只觉眼前一道灰影掠过，然后脖颈上一阵发凉。这才发觉冉珄已经到了自己身边，用一把刀架在了自己的脖子上。

这时彭渊、何忍与完颜忽、完颜律同时冲进了小亭，见到这个情形，一时全都愣住了。完颜忽率先反应过来，大吼一声就要扑上去解救莫彬。彭渊立即上前缠住了他，一时间四个人就在亭内狭小的空间里斗了起来。

冉珄见状，便将刀刃在莫彬的脖颈上轻轻地压了一下。莫彬顿时觉得剧痛袭来，以为那刀已经割破了自己脖子，顿时吓得手足无措，喊了一声："别冲动，都退下。"

可完颜兄弟哪里肯走？

冉珄继续用刀施压："让你的人退出去。"

莫彬只好再次冲完颜忽二人大声喊道："你们下去，没有我的命令，都不准进来。"

完颜忽、完颜律见主人被完全控制，一时无计可施，只得愤愤地退了出去。

冉珄回头对彭渊、何忍点头示意说："你们也先出去吧。"

然后他打了一个手势，二人心领神会。

局面安定了下来后，冉珄坐下问道："你们把杨涟绑去了哪里？"

莫彬反问道："你为什么这么关心一个小乞丐？"

"他若只是一个小乞丐,你又为什么这么大费周章地绑走他?"

莫彬忽然诡异地笑了:"刚才说了,我们当真是有缘人。你刚到中都来,就送了我一个如此大的见面礼!"

"你是说杨涟?"

"当然。看来你还不知道他的身份。"

"猜到了一些。你们拿走的灵牌上写的是什么?"

莫彬摇头:"我为什么要告诉你?"

"如果你放了杨涟,那我就放你走。"

莫彬冷哼一声:"就算你挟制了我,可你能走出这个亭子吗?"

冉珄笑了笑,从怀里取出一支号箭,走到窗口点着发射了出去。过了片刻,只听到外面一阵嘈杂,来了一队蒙古士兵,为首的是一个百夫长,旁边的人正是王琬。

原来,这百夫长是金主留在中都的潜伏内应之一。金主派王琬到燕京来,自然也交给了她一些可用的人员。王琬担心莫彬对冉珄他们不利,就起用了这位百夫长,以维持治安的名义过来查看。莫彬的手下对蒙古兵很是畏惧,很快就都被驱散了。

莫彬见状,顿时泄气。

冉珄盯着他:"说吧,他是不是赵谌的曾孙?"

莫彬突然吸了一口凉气,真是什么都逃不过此人的眼睛,难怪己方在潭州、临安接连受挫,此人的智慧当真可怕。便叹了一口气说道:"老宗主看中你,的确是挑对人了。"

"只要你告知我真相,放了杨涟,我绝不食言。"

默然一阵后,莫彬终于开了口:"那灵牌上写的是'大宋恭文顺德仁孝皇帝'。"

冉珄点了点头:"是渊圣皇帝。还有吗?"

"还有一块,上面写的是'大宋太子检校少傅宁国军节度使大宁郡王'。"

冉珄顿时释然,自己跟王琬的猜测是对的,那密室里藏书的主人,就是当年钦宗即位时立的太子赵谌。冉珽起身在亭里踱了几步，困惑地自言自语道："如果杨涟真的是赵谌的后人，他为什么要姓杨呢？"

莫彬冷笑："因为南渡后，皇帝赵构拒绝接纳，所以他是不是姓赵没有任何分别，都只是一介草民而已。"

"这是皇家之事，你如何得知？"

"因为这个。"莫彬掏出了一本像簿册一样的东西，放在桌案上。

"这是什么？"

"渊圣皇帝有一位使令女官，名叫杨调儿。当年汴梁城破，二圣被俘，被金军废为庶人。各位皇后、妃嫔、公主和杨调儿在内的宫人，被当作战利品押往金国。杨调儿忍着各种屈辱，一路跟随钦宗，一直到酷寒的五国城，对他忠心侍候。钦宗大为感动，信任有加。后来将她赐给儿子赵谌为妾。她详细记录了自己跟赵谌多年的被囚经历。这只是其中的一本。"

冉珽便打开书册，仔细阅读了起来。

这是自靖康二年起开始的记录。金军俘虏了徽宗、钦宗，在汴梁城大肆劫掠了一个月之后，开始兵分两路北归。第一路是完颜宗望监押，押送徽宗、他的郑皇后及亲王、驸马、公主、妃嫔等，先行沿着滑州北去。第二路由完颜宗翰监押，带走钦宗、朱皇后、太子赵谌、宗室及被俘的文武官员，沿郑州北行。被金军掠走的除了无数金银财物之外，还有朝廷各种国宝礼器、古董、书画、图籍等。被驱掳的百姓男女达十几万人，宋朝官库蓄积为之一空。金兵所到之处，王公大臣玉石俱焚，乡野村民尸横遍野。杨调儿写道，金兵"杀人如刈麻，臭闻数百里"。

冉珽不由得扬起剑眉，紧握双拳，忍耐着继续看了下去。

徽宗等人一行乘坐800余辆牛车，由女真武士驾车开始上路。徽宗见到韦贤妃（高宗赵构之母）等人乘马被押送先行，不敢发出一声。人走之后，他五脏俱碎，痛哭流涕。路上适逢大雨不断，牛车到处渗漏，妃嫔及宫女到金兵帐中避雨时又被金兵奸淫，一路死者无数。

钦宗出发时，头戴毡笠，身穿布衣，骑着黑驴，备受金兵的欺辱。钦宗每每仰天悲号，就会被打骂喝止，然后被绑缚在驴背之上。在巩县渡黄河时，驾车的人对随行的同知枢密院事张叔夜说，马上就要过界河了。张叔夜悲愤交加，仰天痛哭后投缳自尽。

后来二人抵达金国上京，金兵命令他们身穿孝服，拜祭金太祖阿骨打庙，被称为献俘仪。其后，二人被押到乾元殿拜见金太宗完颜晟。金太宗故作仁慈，招待他们父子后，封徽宗为昏德公，钦宗为重昏侯。但自韦贤妃以下300余人，全部进入洗衣院，即金国的官立妓院。之后钦宗的皇后朱氏不堪受辱，投水而死。

这两位皇帝后来被送到了金国五国城囚禁。这是徽宗在人世最后的日子。今昔天差地别的对比，让他的内心备受折磨，写下了许多悔恨、凄怨的诗句。一次，他与钦宗饮酒赋诗道："彻夜西风撼破扉，萧条孤馆一灯微。家山回首三千里，目断天南无雁飞。"钦宗看完此诗，放声痛哭。

此处已是书册的最末，冉珚问莫彬："还有吗？"

莫彬再次诡异地笑了，掏出了另一册："今日我只随身带了两本。"然后递给了他。

冉珚打开后快速地浏览了一遍。

这一册记录道，徽宗在五国城生活了几年后病死。他死后，尸体被金人以剿灭龙气为由，烧作了灯油。钦宗异常悲痛，心理和身体都再次遭到重击。10年后，金熙宗完颜亶为改善与南宋的关系，将死去的徽宗追封为天水郡王，将活着的钦宗封为天水郡公。宋金关系有所缓和后，高宗赵构之母韦贤妃踏上了回归南宋之路。在她离开时，钦宗紧紧抓住了她的手，苦苦哀求，请她转告兄弟高宗，自己若能回归南宋，当一太乙宫主足矣。

然而这以后便杳无音信。钦宗每日苦盼从南朝传来好消息，却等来了金国海陵王完颜亮。

完颜亮弑帝篡位之后着手迁都燕京，基于自己的政治谋算，又为了便于看管，将钦宗及太子赵谌一并迁到了中都居住。绍兴三十一年春，金主完颜亮南下出征大宋之前，让人将钦宗与辽末帝耶律延禧从监禁地带出，参加马球比赛。不料比赛中完颜亮令人射死了耶律延禧。钦宗赵桓见状大惊失色，跌下了马，之后也被乱箭射死，尸身又被乱马践踏。完颜亮兴致勃勃地看着这一幕。他认为，在出征之前这么做能带来吉兆。

冉班以前看过辛弃疾所撰的《窃愤录》，上面的记载终于得到了证实，不禁深叹了一口气，连连摇头。

这本簿册主要记录了太子赵谌在中都的很多秘闻。当初金国元帅完颜兀术十分厚待赵谌，曾几次三番跟赵谌深谈，有意扶持他南面称帝，帮金国治理淮河以北，直到河北、陕西的大宋半壁江山，用以跟南朝相互对峙，争夺正统之位。可赵谌熟读历史掌故，对金人这样的算盘当然心知肚明。所以他一直半真半假地应付着完颜兀术。

后来赵谌想尽办法，秘密地将这个消息通报给了当时驻兵荆湖的名将岳飞，希望他能派人将自己营救到江南去，不让金人奸计得逞。岳飞为人极为仗义，当即慷慨允诺，下令部将王贵挑选出一批精干的士卒，乔装为贩茶的商人，秘密潜入金国去营救赵谌。就在营救几乎就要成功时，不知出于什么原因，王贵等人被突然召回，以至于功败垂成。

这时冉班想起了曾经听师父杨钦说过，为了赵谌的事情，岳飞入朝觐见时向高宗赵构谏言，赶紧立养子赵瑗作为皇储，也就是后来的孝宗，以保持高宗的正统，打消金人的野心。

但令他始料未及的是，高宗听到这话顿时大为恼怒，只冷冷地回答道："你虽是一片忠心，但作为大将，在外手握重兵，这种事就不要干预了。"

这声音极其阴冷，令岳飞接连打了几个寒战，心知皇帝已经对他有了种种不满和猜忌……

冉班看着杨调儿的记载，失声叹道："岳武穆一心打仗报国，却实在是个政治素人。"

莫彬冷笑着说："高宗皇帝唯一的儿子，在兵变时死了。他本人在扬州时过度纵欲，身体渐亏。一次行乐时被突然偷袭的金军惊吓，从此丧失了生育能力。虽然遍寻天下名医，却再也没能产下一儿半女。"然后摇了摇头：

"那时很多人觉得南朝是一个'绝户'的朝廷。但高宗从未放弃生养，这时怎么可能考虑立赵瑗当太子呢？而岳飞公开催促皇帝立储，当然犯了他的多重忌讳。"

对皇帝的这种隐秘之事，冉琎并无兴趣，问莫彬："你给我看这些东西，到底是何用意？"

莫彬嘿嘿地笑着："先生听说过一件事情吧，后来岳飞屡立战功，即将收复河南。完颜兀术多次大败后，心灰意冷，准备渡过黄河北逃。这时有个大宋的太学生要求进见，对他说：'四太子不用走，岳少保马上就要退兵了。'完颜兀术忙问为什么。太学生回答说：'自古没有权臣在朝，而大将能在外立功的。在我看来，他马上祸事不远，还想什么立功呢？'完颜兀术经此人提醒后，决定绝不过河。后来，高宗果然用十二道金牌召回了岳飞，不准他继续用兵。不久之后，为了两国议和的大局需要，岳飞终究是难逃一死。"

冉琎眉头紧皱："你说这些，到底要干什么，就明讲了吧。"

"好。先生一定知道一句古话，'同天下之利者，则得天下；擅天下之利者，则失天下'。自从大宋南迁之后，几任皇帝屡屡失德，先是杀了中兴大将岳飞，后是将自己的宰相韩侂胄的脑袋送往金国。他们连自己的父兄和忠心耿耿的大臣都容不下，又怎么可能有心胸，去同天下之利呢？以先生的睿智，一定是洞若观火吧？"

第六十一章　古镇灵山（一）

冉琎淡然地问莫彬："你说了这么多，不就是要为自己的罪行开脱吗？"

"你在回避我？其实你也同意我所说的。"

冉琎冷冷地看着他："靖康元年金国入侵大宋，给的理由就是'南朝天子失德，大兵来此吊伐'。这话跟你刚才所说，是不是很相似？"

莫彬摇头："冉先生，如果大宋是一艘船，那它的船底已经腐朽通透，掌舵的那些人还在上面互相厮斗。这艘船怎么能经得住狂风巨浪？你才高八斗，何必跟着赵宋王朝一起沉没呢？"

"你说的狂风巨浪是什么？"

"当然是如日中天的大蒙古国。"

"你要去投靠蒙古？"

莫彬忽然一惊，自己的计划绝不可泄露，就摇头说："老僧已遁入空门，不再过问尘事。何况即使要去，也没有那门径前去投靠哪。"

冉琎听他辩白，知道他言不由衷，便笑了笑："莫先生还是随我回到南朝去吧，临安名寺云集，难道不比这里强上百倍？"

莫彬见终究无法说动冉琎，脸色顿时变了："老僧宁死不去南朝。"说完，将一颗念珠捏碎，用里面藏的一根针刺对着冉琎，阴恻恻地说道："这针上涂有剧毒，任何人沾到必死。你若逼人太甚，我跟你同归于尽！"

"刚才我说过，只要释放了杨涟，你马上就可以离开。"

这时王琬和彭渊急急地从外面走进小亭，看莫彬这副模样，彭渊大怒，就要冲过去拿下莫彬。

335

王琬连忙拉住了彭渊。冉琎觉察出王琬的神色有些紧张，难道出事了？王琬吩咐彭渊看住莫彬，然后向冉琎使了一个眼色。冉琎明白，便跟着她走出了亭子。

王琬立即对他说："冉兄，是我没安排好，出了一些差错。"

"发生了什么事？"

"刚才我们的人疏忽了，莫彬的手下趁我们不备，潜进客栈把卓玛给绑走了。"说到这里，王琬很是焦急，"冉兄，都怪我。"

冉琎查看了一下被扣押的莫彬手下，并没有刚才的完颜律和完颜忽二人。他琢磨了一阵，劝慰王琬道："琬妹不用急，我看他们不知道卓玛的真实身份。绑走她应该是为了交换莫彬，用不了多久，他们就会来人要求交换。"

王琬的情绪这才稍稍安定一点。可刚过了一会儿，心里又乱作一团，不安地期盼着莫彬的手下赶紧过来。

冉琎明白她的心思，便拉着她的手，再次回到亭子里。

二人坐定后，冉琎气愤地说道："你们的人做事，实在太过下作！"

莫彬见他这副模样，不由得猜测，一定是完颜兄弟他们干了什么让他们恼怒的事情。于是笑着回答："冉先生不要动怒，有话好说。"

冉琎指着王琬问道："你们把我夫人的姐姐绑走干什么？她只是一个出家人，跟这些事没有任何关系。"

莫彬知道，冉琎他们前几天在寻找一个女尼，没想到就是他夫人的姐姐，这就全对上了。他并没有丝毫怀疑，说道："跟我去万安寺领人吧，不过，这些蒙古兵绝不能跟着。"这时他见王琬正瞪着自己，便得意地说："你们放心，只要我没有事，令姐是不会受到任何伤害的。"

冉琎的面色很是无奈，只得答应了他的要求。

于是众人押着莫彬一起到了万安寺。

莫彬让一个手下进入寺里，找到完颜律兄弟，将被强行掳走的贞达卓玛和她的几个侍女带了过来。随后两边按照约定，互相换人。

换人之后，冉珽再次问起了杨涟。

莫彬意味深长地说："你完全不用担心他。这个孩子很投我的脾气，我已决定了，收他当义子。今后，我会把他抚养成人的。"

王琬微微冷笑："莫先生，你恐怕是黄鼠狼给鸡拜年，没安好心吧？"

莫彬摇头："绝对不是。我可以告诉你们，这孩子福缘深厚。万安寺来了一位吐蕃高僧，索南坚赞喇嘛。他看到杨涟以后，非常喜欢，决定收他进入本门。"

冉珽问："你说这话，是什么意思？"

"索南坚赞喇嘛说，这孩子的悟性不错。如果加以调教，将来学佛可能有成。"

"你要让他出家当喇嘛？"

"这看他自己的决定了。既然他的母亲是个西夏人，我已经为他改了一个那里的名字，现在叫杨涟真珈。"

王琬忍不住骂道："莫彬，他可是赵氏皇族的后人。逼他出家为僧，你未免太缺德了吧！"

"阿弥陀佛，他自祖父起就已经改姓杨了。佛祖面前，姓甚名谁，他是显贵，还是庶民，又有什么关系呢？老僧遁入空门，立地成佛，愿意做他的领路人，怎么会是逼迫？"

彭渊喝道："如果再不交人，我就跟你进去搜。"

对面的完颜律、完颜忽立即拔刀挡住。莫彬微微冷笑："他根本就不在这里，你们进来搜也没用的。"然后摇了摇头，对冉珽说："他的安全，请冉施主放心。今后，如果我们缘分未尽，一定还会再见面。"说完，双掌合十，带着手下人扬长而去。

彭渊看他这副模样，连连摇头，问冉珽："这人作恶多端，害人无数，怎么就立地成佛了？"

冉珽苦笑："孽海茫茫，回头是岸。可要说此人将回头从善，这话只有他自己才信。"

彭渊揶揄道："江山易改，本性难移。他就算进了佛门，照旧要干那些见不得人的事情。唯一的区别就是，他使坏的时候，会觉得自己更加有理了。"

冉珽与王琬听罢不由得笑了，回想刚才莫彬的做派，的确如此。

王琬问："要不然我将那百户叫过来，带人查抄万安寺，去抓这个假和尚？"

冉珽想了片刻，摇头说："这样怕是不妥。寺里情形不明，强攻不一定能找到人。逼得急了，他难保不会狗急跳墙。况且我们的动静闹得太大，对卓玛来说，只会更不安全。"

"那杨涟的事该怎么办？跟着莫彬这种人，他只有学坏的可能。"

"还是从长计议吧。不过如果索南坚赞大师愿意看顾杨涟，说不定还真是这孩子的福分，做一个正直的佛家弟子。"然而，冉珽做梦也想不到的是，几十年后，杨涟居然做了元朝高官，而且带着人明目张胆地盗掘了赵姓皇族在绍兴的所有皇陵……

一旁的李嵬名惊魂初定，对王琬和冉珽说："多谢你们二位搭救。现在可以回客栈了吗？我有事情跟你们说。"

王琬见李嵬名神色紧张，脸色发白，知道她受了惊吓，便拉着她的手一起上了马车。

随后众人返回客栈。回去的路上，李嵬名从怀里拿出一封刚刚收到的书信，递给了王琬。

王琬接信一看，是岐国公主锦璿写给李嵬名的，信上讲述了很多事情。自从送走李嵬名之后，不久也遂太后就病重离世了。但她在去世之前，帮助窝阔台跟许多宗王，特别是二兄察合台建立了牢不可破的同盟。

一个月前，蒙古各宗王和重要将领在漠北怯绿连河的大斡儿朵举行库里勒台，成吉思汗"黄金家族"的所有子孙，加上蒙古各大部落的宗王参会，推选新大汗。大会期间发生了激烈的争执，支持拖雷的人反对成吉思汗立窝阔台为汗的遗命，主张一切恪守"幼子守灶"的旧制。特别是军中带兵的许多大将，他们认为，拖雷多年来率军四处征战，立下了最大的军功，而且他率领的军队实力也最为强悍，当然应该推选他为新任大汗。

但是察合台系诸王全力支持窝阔台，力主一定要遵循成吉思汗的遗训，拥护窝阔台继任。在他们的带动下，一大批宗王站队了窝阔台。

虽然术赤的王位继承者嫡次子拔都亲自率领术赤系诸王支持拖雷，但因为术赤已死，而拔都的威信尚不足以服众，所以拖雷明显势单力孤，在慎重考虑之后，他终于表态拥立窝阔台。

其后，与会的王公大臣一起劝进窝阔台，但他总是以才干不足为由再三推辞。最后，察合台与拖雷领着部众，长跪不起。窝阔台这才走出营帐扶起了察合台和拖雷，以服从父汗的遗旨为名义，采纳了众弟兄的劝进，正式继任蒙古汗位。

锦瑢在信中通知李嵬名，她必须尽快赶到大同府去。因为窝阔台不日即将率军南下，在那里驻扎重兵，准备大举进攻金国。

王琬看罢摇头说："这么说来，即将又要有大战了。一旦开战，军队到处开拔，从燕京到大同的那几条路径随时都可能封闭。"

李嵬名有些焦急："妹妹你看该怎么办呢？"

"我们得尽快动身了，赶在道路被封锁之前到达大同府。"

"我们明日能出发吗？"

"得跟冉兄他们商量一下行程，还得准备一些旅途上的必需之物。估计最快后天，我们可以启程离开中都。"

"那一切都拜托妹妹你了。"

"姐姐请放宽心吧！"

这夜，冉珽让彭渊与何忍轮流带人值守在客栈四周，防止莫彬深夜带人来袭。而他跟王琬一边看图，一边商议去大同府的详细路程。第二天，冉珽和王琬带人在中都城里采买了旅程必需的食物酒水以及其他各种物品。

准备充足之后，众人终于启程出发，奔赴大同府。

第六十二章　古镇灵山（二）

这正是秋浓之日，一路之上，峰峦起伏，放眼望去，层林尽染，好似无边红霞，排山倒海而来。偶然遇到山间云雾飘起，秋风吹过，顿感彩林摇曳，若隐若现。一些松柏点缀其间，红绿相间，真是绚丽瑰奇。

车马载着众人不曾稍停，连续赶路。到了黄昏时刻回首远望，夕阳斜照远处巨大山峰，巍峨壮观又无比秀丽。真是落日长烟，万物争艳之境。这时，一个人字雁阵从山顶南飞，在众人头上发出阵阵雁鸣。

王琬对冉琎说："'塞下秋来风景异，衡阳雁去无留意'，这句说的不就是眼前的景象吗？"

冉琎看了看王琬："琬妹是不是想回去了？"

王琬悄声回答："只要有你在，去哪里都可以！"

于是两人对视，会心地笑了。

众人继续赶路。这一路之上，但凡见到农人房舍，基本十室九空。后来众人终于遇到了一个老汉，正带着一个小孙女在林间采食野菜。冉琎客套地上前询问。老汉见冉琎举止言谈非常有礼，知道他不是歹人，于是告诉了他此地的情形。

原来这一带多年来兵灾不断，溃兵的抢掠，加上山匪横行，附近的农人基本上都外出逃难了。一些走不了的人家，如这老汉，都躲在山里，在不起眼的山地角落里种些庄稼，只能苟活续命而已，老汉擦拭着眼睛说："可就苦了我这孙女了。"

冉琎和王琬不由得大为同情这祖孙二人。于是从车上拿了几袋粟米，要给他们送到家里。老汉感激不已，连声叫小孙女给二人磕头。王琬赶紧拉起了小女孩，又塞给她很多吃食。众人来到老汉的家里，看他们的草屋已经多年失修，土墙被雨水冲塌了一半，实在破败不堪。家里只有这一老一小，他们的生活该怎样的艰辛？众人心里全都唏嘘不已，帮他们收拾加固了一下房屋，这才离去。

不曾想到的是，之后众人一路行走，不断救济了更多孤苦的妇孺老少。众人的心里全都沉重不已。

这天，一行人的车马进入到了大片连绵的山地丘陵。只见四处都有曾经开垦过的山地，但如今都已荒芜。连续行走了大半天，竟没有遇到一人。眼见日头将晚，不知道天黑前能否走出这片山丘，冉珽便拿出图本查看起来。

王琬在一旁指着图说：“看方位前面应该是灵山镇。从这里到小镇能有十多里山路。快些的话，天黑前应该可以赶到镇子投宿。”

冉珽点头同意，便招呼彭渊、何忍他们加快行速。众人正赶路的时候，前面突然传来一阵急促的马蹄声，只见一个黑衣人惊慌失措地打马向他们疾奔而来，后面有三骑快马狂飙着拼死追赶他。

山道狭窄，黑衣人见冉珽这一行车马在前面挡了道，不由得急怒交加，挥着手大喊："让开！"

走在最前的冉珽便向后招手，众人停下车马，让出了一条边道来。

黑衣人并不稍停一刻，向这条边道冲了进来。这时后面的人已然追近，最前一人摘下了弓箭，冲着黑衣人"嗖嗖"连放两箭，只听黑衣人大声惨叫，被接连射中，从马上倒栽了下来。追击的三人瞬间跑到近前，下马检查尸体。其中一人出手对黑衣人连刺了几刀。这是在补刀杀人。

彭渊见状不由得大怒，上前喝道："你们是什么人？光天化日之下，竟敢如此猖狂行凶杀人？"

那射箭的人听到彭渊这样质问他，不由得一愣，随即他瞪眼反问道："这是杀人越货的强盗，难道不该杀吗？你们是什么人？"

冉珽观察这人，见他脸盘虽然不大，但颧骨高耸，眼睛很小而细长，嘴角向下撇着,下巴上有颗硕大的黑痣。看模样明显是个还未长开的少年,却有一种天生倔狠而狂傲的眼神,分明在向彭渊挑衅,似乎随时就要厮杀起来。

彭渊怒道:"如果真是强盗,你们应该抓了他去送官,为什么一定要杀人?"

这少年轻蔑地笑了,对另两人说:"他们不是贼人的同伙。牵了咱们的马回吧。"

冉珽这才注意到,那黑衣人骑乘的马通体紫褐色,全身上下没有一丝杂色,体态雄健,步幅极大,当真是一匹上等骏马。想来是黑衣人偷了这匹马后,被少年他们发觉,一路追赶了过来。

那两个人似乎是他的手下,对他非常尊重,立即牵了被杀黑衣人的马,骑上了自己的马后,跟随那少年一起向西奔回。这三人来去如风,只留下了一具黑衣人的尸身躺在地上。

冉珽让彭渊、何忍上前察看了一番,在黑衣人身上搜出了武器和绳索,便对二人说:"看来这黑衣人的确不是好人。"

何忍说道:"这就是弱肉强食的乱世。刚才那三个人视人命犹如草芥,应该都不是善类。"

彭渊叹了一声:"现在才有深刻感受,江南有幸,还享有太平日子,实在得来不易。真希望不要变成北方这样。"

何忍笑了:"你应该把南朝的那些大官带到北方来,好好体会一下。"

冉珽摇头说:"你以为他们当真不知道吗?"说罢让随从在树林边挑了个地方将黑衣人葬了。

王琬跟李嵬名在车上都看得清楚。李嵬名见识过残酷的战争,刚才目睹了黑衣人在眼前被杀,瞬间让她回忆起家乡中兴府被屠城的惨状,不由得脸色惨白。王琬见状,以为她受了惊吓,便握住她的手安慰一番。

众人随即继续赶路,终于在天黑前到达灵山镇,住进了客栈。

此时众人已是饥肠辘辘,冉珽吩咐小二赶紧准备一桌酒席,又给王琬和李嵬名她们在房内单独备了一席。众人等待小二布置酒菜时,冉珽问起灵山镇的情形。小二说:"这灵山镇已有千年之久,是南来北往大同府必经之地。

本地特产很多，客官要不要买些带走？"

冉珽笑着点点头："那此处距离大同府有多远？"

"已经不远了，如果不停歇的话，大半天车程可以到达。"

正说着话，何忍进来了，轻声对冉珽说："先生，刚才在马厩里，我又看到了那匹马。"

彭渊皱了眉："真是冤家路窄，竟然跟那恶少同住一店？"

冉珽说道："还是不要惹事吧，能平安到达最好。"

用完酒席之后众人休息，这夜倒也平安。

第二天黎明时分，众人用完早点，整理行装就要启程上路。彭渊奉了冉珽的吩咐，带人到客栈的马棚里牵马。几个人牵了马，正要走出去。这时有人由外向里走了进来。由于马棚向外的通道有些逼仄，这人恰好堵住了牵着马的彭渊。

彭渊没有细看，客套地说道："尊驾，麻烦让下。"

不料那人冷冷地回答："请你退回去。"

彭渊顿时大怒，仔细一看，正是那个恶少。他不由得怒极反笑："阁下小小年纪，为什么如此横行霸道？"

那少年的嘴角撇得越发厉害，反问道："这条道是我先进来的，你难道不该让吗？"

"哦，如果我不退呢？"

少年上前一把扯住了马的缰绳，就要将马拽回。彭渊哪肯忍耐，抓住少年的手腕就要扯开。于是两人便在过道厮打起来。彭渊身高力大，打出来拳拳生风。那少年知道他力大，绝不硬碰，只是贴身快打，一时间两人撕扯不开。只因通道狭窄，两人的帮手也插不进去，只得焦急地看着他们厮斗。

那边，冉珽将王琬和李岿名送上马车，在等待彭渊，约有半炷香工夫后，还是不见人影。

这时客栈里走出一行人，为首那人一看就是他们的首领。那首领出来时

343

跟冉琎相互对视了一眼。冉琎见此人身高体壮,黑红皮肤,方头阔脸,颏下蓄须半尺左右,目光锐利,精气四射,说出话来中气十足。这人的身后似乎都是他的随从,对他极为尊重。

等了片刻,这人不耐烦起来,问道:"德臣怎么去了这半天?"

他的身边有一个书生模样的少年,回答说:"爹,我去看下。"说完,带了一个人向马厩走过去。

片刻之后,那少年急急慌慌地跑了回来:"爹爹不好了,二弟跟人打了起来。"

那首领听到这话,立即带人向马厩走过去。

冉琎不由得心疑起来,向何忍使了一个眼色。何忍明白,带着人跟了上去。冉琎不放心,跟王琬说了句"稍等一会儿",自己也跟了上去。刚进了通道,冉琎就听到如雷一般的怒吼:"还不住手!"

这是那首领的声音。他疾步走到跟彭渊厮斗的少年跟前。少年听到后立即退开几步,低头垂手站到那首领跟前。不料,那首领伸手就掴了他一掌,然后走到彭渊跟前,作了一揖说道:"小儿无礼,都是我这个当爹的不是,没有管教好他。还请阁下见谅。"

彭渊见他谦逊有礼,两人发生争端,他并不偏袒儿子,反而先向自己道歉,顿时觉得很是尴尬,一时不知如何开口回话。

他正为难时,冉琎跟何忍到了,问道:"彭堂主,这是怎么回事?"

彭渊一时语塞。

那首领上前对冉琎说道:"这位先生,刚才是小儿不对,我给你们赔罪了,请各位原谅。"说完,又要作揖。

冉琎赶紧拉住,躬身对他作了一揖,说道:"年轻人血气方刚,相互置气,实在是平常之事。也是我们的不对,请阁下见谅了。"

那首领听了冉琎这席话,上下仔细地打量了冉琎一番:"不错,那依先生之言,我们就两免了。"然后一改刚才严肃的口吻,热情地拱手说道:"在下汪世显,有幸遇到阁下,真是三生有幸。我看先生气度不凡,请问尊姓哪?"

第六十三章　西京大同（一）

冉琏听汪世显自报家门，立时觉得这个名字如此耳熟。他反应极快，转瞬间想起，真德秀和赵汝说在潭州时拜访过被监禁的金国大将阿鲁达，他曾经提到，靠近中原的汪古部，有一支族人迁到了巩昌。这个部族里有一位世家豪杰，名叫汪世显。后来，冉琏在朝廷的邸报上，又曾几次见过这个名字，所以就记住了。冉琏拱手说道："久仰了，汪将军的大名，如雷贯耳。在下播州冉琏。"

"哦，冉先生如何知道在下的名字？"

"将军是巩昌豪杰，在下各地经商，早就听说过将军的大名了。"

"原来是这样。"汪世显大笑，"刚才是小儿无礼在先，实在抱歉了。不过，我们也是不打不相识哪。怎么，你们这就要离开了吗？"

"正是。"

"哦，先生要去哪里，是大同府吗？"

"不错。"

"那太好了，我们也正要去大同府，不如做个伴一路同行，如何？"

冉琏犹豫了一下，觉得此人太过精明，为了李嵬名安全考虑，还是避免不必要的麻烦为好，于是拱手致谢："多谢汪将军盛情邀请，只是这一趟行程有家眷随行，颇有些不便之处，还请将军见谅了。"

"理解的。如果我们有缘，还会再次见面就是。那就别过了。"说完，汪世显拉着儿子汪德臣给众人让道。

冉琏再次拱手谢过，领着彭渊与何忍将马牵出来，套好了马车，众人启程上路。

随后,汪世显父子一行人也骑马上路。路上,汪德臣问:"父亲,我不懂刚才您为什么对那些人如此礼敬?"

汪世显抚须回答:"德臣,你还年轻,缺乏阅历,你难道没看出来吗?这些人大有来历。"

汪德臣有些不服:"这些不过是贩卖货物的商人而已,能有什么来历?"

"商人?人家随口诓你一句,你就信了?"

汪德臣语塞,可仍是不服。

"你的毛病就是过于自负,看不起人。殊不知,人外有人,天外有天。"

汪德臣见父亲又教训自己,只好闭嘴不言,可心里还是不服。

一旁的大儿子汪忠臣问:"那父亲觉得他们是什么人呢?"

汪世显摇头说:"为父就是因为看不透他们,所以才更加小心。"

"他们会不会是大金皇帝派来的?"

汪世显赞许地看着他:"也许吧。那位冉琎先生气质非凡,他的几位随从精明强悍,都不是凡人哪。"

"他顶多就是个小官,能有多大能耐?"汪德臣撇撇嘴说道。

"不,这位冉先生的身上并没有官气,却有一种独特的气质。"

"父亲,那是什么?"汪忠臣很是好奇。

汪世显抚须沉思片刻:"为父自出仕以来,阅人无数。有他这样特质的,往往不是贤达,就是智慧之人。"

汪忠臣和汪德臣对视一眼,都是将信将疑。

"还有一件事,你们注意了没有?他们马车里的那个妇人,贵气逼人哪!"刚才汪世显在客栈里偶然看到了李嵬名一眼,立刻被她的高贵气质吸引了。

二人听罢,觉得这话更加无法相信,都只笑笑作罢。

汪世显知道儿子们不信,便不再说了,随后父子一行人也上路出发。

这行人的马脚力很快,不久就追上了冉琎他们。汪世显在马上冲冉琎拱了一下手，却并不停留，直接纵马而去。

彭渊指着汪世显的坐骑："这不就是昨天被盗的那匹马吗？"

何忍说道："估计是贼人看中了这匹马，想要偷走，不料却白白送了性命。"

冉玨若有所思地说："这父子几人全都不是易与之辈。"

"尊使，现在世道这么乱，到处都是杀人放火之事，又何止他们父子？"何忍觉得冉玨抬高了汪世显父子，颇有些不以为然。

"你们可能不知道，这汪世显被金主任命为巩昌府治中，辅佐主帅完颜仲德，参赞大小军务，防守陇右诸州。一个带兵的将军，重任在肩，怎么会莫名出现在这里？"

"也许他要回汪古部探亲吧。"

"那他应该从延安府直接北上，为什么非要远道走灵山，去大同府呢？"

彭渊问："尊使怎么看？"

"或许他此行的目的地，也是大同府。"

何忍接话说："我明白了，他应该听到了风声，蒙军主力将要向这里集结。所以就亲自来探看蒙军的虚实了。"

冉玨点头道："很有可能。"

几个人一边赶着路，一边说着话。约有一炷香工夫后，突然从前面传来了一阵嘈杂声，仔细辨听，清楚地听到有兵刃猛烈撞击的厮斗声音。"前面出事了。"彭渊警觉地拿起了武器说道，"尊使，你们停下不要再走了，我去打探一下如何？"

"可以。"冉玨对何忍说，"何堂主，你们一块儿去吧。记住，不要恋战，速去速回！"

彭渊与何忍齐声答应，检查了一下各自的武器后，飞马向前奔去。

二人纵马疾驰，远远地就看见大群的黑衣人正在围攻汪世显父子一行人。两人猜测，这必定是昨天盗马贼人的同伙来报复他们了。何忍问："彭堂主，我们要不要上去帮忙？"

347

彭渊仔细观察了一下："他们两边斗得势均力敌，不急，再看看。"

何忍笑了："咱们在这里悠哉看戏，那汪德臣要是知道了，会不会被你气死？"

彭渊学着汪德臣的模样撇了撇嘴，然后看了一会儿说："这个坏小厮，确实蛮能打。"

不过两人的注意力很快被汪世显吸引住了，只见他手执一把长柄大刀，纵马在黑衣人群里往来砍杀，声势着实惊人。这群黑衣人见敌不住汪世显，便一声呼哨，全都向远处的汪德臣围了过去。汪德臣倔狠的脾气被激发了上来，如同疯魔了一般拼死抵抗。

突然一个黑衣人手执圆盾，滚到汪德臣的马下，一刀将马腿砍伤。那马哀鸣着摔倒，汪德臣跌下马来。几个黑衣人见状大喜，一齐围了上去，就要当场砍杀了他。汪德臣招架不住，眼看性命不保。

彭渊见他不妙，一时动了恻隐之心，对何忍说："你回去向尊使报告，我去帮一下他。"说完，纵马冲进了黑衣人群，挥动朴刀，接连斩杀了几人。黑衣人乍见对方来了帮手，又是如此的凶猛，一时慌乱了起来，接着开始溃散。

不远处的黑衣人首领急得大叫："来的只有一个人，大家不要慌，一起上，杀了他！"

溃散的黑衣人很快被他喝了回来，将汪德臣与彭渊两人一起围住了。受了伤的汪德臣见彭渊不计前嫌，竟然来援救自己，不由得大为感激。于是他振作起来，跟彭渊相互支援，拼死抵抗黑衣人的大举围攻。

汪世显见他们势急，急忙带着大儿子汪忠臣与其他手下向他们这里冲杀过来，想要会合一处。然而黑衣人人数着实不少，一时间汪世显很难冲出包围，两边都陷在了苦斗当中。

就在这时，忽然传来一阵急促的号角声音，不远处一个山头上烟尘大起，夹杂着阵阵喊杀之声。黑衣人首领大惊失色，难道是金廷大队官军来了？情急之下他发出了几声呼哨。所有黑衣人听到后，全都停止厮斗，跟着他火急火燎地逃往另一侧山头。汪德臣恨意未消，追上去接连斩杀了几个黑衣人。他还要继续追击时，被汪世显喝止住了。

黑衣人退去后，汪世显带着两个儿子向彭渊走了过来。他吩咐汪德臣向彭渊跪下，行叩首大礼以表达对自己救命之恩的谢意。汪德臣刚刚跪下，彭渊就拉起了他："都已经说过了，不打不相识。大家都是朋友，不必行此大礼。"

汪世显向彭渊作揖谢道："您如此宽宏大量，世显衷心敬佩。"

这时冉琎带着众人到了。汪世显有些惊讶，他以为彭渊他们有大队人手过来救援，没想到只有十几个人。不过他反应很快，略一思索，就立即明白了，走到冉琎马前，拱手施礼问道："冉先生，刚才的烟尘是你们弄出来的？"

冉琎微笑着回道："区区小计，当然瞒不过将军。"原来刚才冉琎见黑衣人人数实在不少，急促中想到读过的兵法，于是吩咐何忍带人砍下很多树枝，拴在马尾上，然后纵马驰骋扬起烟尘，营造一阵大军来临的模样。结果黑衣人首领果然中计被吓退了。

汪世显鼓掌大笑："先生大才，汪某佩服之至。"

冉琎正色说道："这恐怕只能吓退他们一时，过一会儿他们醒过神来，一定会再回来。我们必须马上换道离开。"

"有道理，就依先生。"

第六十四章　西京大同（二）

经历了刚才的生死搏杀，汪世显父子对冉玭一行人亲近了许多。尤其是彭渊对汪德臣有救命之恩，汪氏父子对他自然特别感谢。随后由汪世显领路，众人走了一条相反的路径，然后在群山里面迂回辗转，终于安全抵达了曾经的金国西京——大同府。

在这里众人看到商旅车队明显多了起来，农人樵夫们全都在忙碌着，田地里也都种满了粟米。全然没有一路之上看到的各种凄惨之状。

不过众人进城时，城门下站满了警戒的蒙军士兵，气氛显得有些紧张。守城卫兵在一个百夫长的带领下，苛刻地严查入城之人。

汪世显不知如何弄到了蒙军的特别通行令牌，卫兵见了便没有阻拦，却挡住了冉玭他们。汪世显上前说道："我们都是一起的。"卫兵便将冉玭、彭渊与何忍等人放了行。

轮到王琬和李嵬名的马车进城门时，那百夫长又上前拦下了她们，命令车里的人全部下车，接受检查。

汪世显正要上前说话，却见马车的车帘掀起，一只玉手伸出，向百夫长出示了一个黄金令牌。

这百夫长看到后，顿时无比恭敬，弯腰行礼后，立即挥手让卫兵们全都退开。车队随即顺利地进了城。

进城后，汪忠臣好奇地问汪世显道："爹爹，他们似乎对那个令牌很是敬畏，车里的究竟会是什么人？"

汪世显若有所思，抚须不语。

不过，饶是他想破头，也想不到这令牌竟然是孛儿只斤"黄金家族"专有的通行令牌。不过，刚才那一幕证实了他原来的猜想：这些人果然大有来头。汪世显于是暗暗下定决心，务必好好结交冉班这些人。

进城之后，汪世显父子殷勤地邀请冉班等人同住一间客栈。只是他们随行人数很多，颇花费了一些时间才找到了一家合适的日昇客栈。

住进客栈之后，众人稍事休息、洗漱。李嵬名让冉班请来了店主，打听蒙古中书令耶律楚材和镇海的官邸所在。店主听了咂舌说道："这二人可是大同府的头面人物，客官们可是认得他们二位？"

冉班笑了笑："我们是往来的行商，听说这里的局势已经安定了，因此过来看一下情势。"

店主似乎恍然大悟，说道："我明白了，客官怕是要去聚贤馆吧？那您可是问对了，我们店里正住了不少将要去应聘的人，你们可以一道去。"

冉班很是好奇，便打听了一下细情。店主便详细讲述了大同府的情形。

原来，窝阔台继任大汗之前，命耶律楚材常驻大同府，打理中原北方地区。这几年，耶律楚材上呈了很多谏言给窝阔台，建议他在武力开国的同时，施行"以儒治国"的文治策略，尊儒重教，收服人心，逐步开始施行定制度、立宗庙、建宫室、创学校、设科举、拔隐逸、访遗老、举贤良、求方正、劝农桑、省刑罚、薄赋敛等措施。

由于蒙古军队对金作战连年获胜，新占了大量的中原土地，曾经有蒙古贵族建议，耕地不能放牧，留之无用，不如杀尽金国的汉人，把耕地变为牧场。耶律楚材竭力反对，劝说窝阔台道："中原地大物博，人口众多，只要能够均定赋税，再加上山泽的便利，每年可以征收银两至少几十余万两，粟米、粮草何止百万石，怎么会是没用呢？"

窝阔台对此将信将疑，就命令他试行。一年之后，耶律楚材果然将银50万两、绢10万匹、粟米50余万石收缴上来。刚刚继任汗位的窝阔台很是高兴，让他全权掌管黄河以北以及赋税征收事宜。耶律楚材最近创设了十路课税使等官衙，正需要大批人手，就设立了聚贤馆，邀请金国、西夏各地儒生前来效力。窝阔台又让耶律楚材派人到各州郡县寻访贤士，筹划事宜，准备开科取士。

冉琎、王琬听到这里，不禁互相对视，不约而同地想到，这是一副开国的气象啊。

王琬问起了镇海的情形。店主告诉她，镇海官任蒙古"心阁赤"，就是中书右丞相，最近正在大同府鹿苑修建行宫，准备窝阔台汗的驻跸。王琬又请店主送来一幅本地图本，随后跟李崽名商量了一下，决定不再逗留客栈，马上出发去寻找镇海。

这镇海多年来为窝阔台办理各种秘密之事，深得他的信任，当年就是镇海大力出手相助，才营救了李崽名。当他看到李崽名突然出现时，吃惊之余又很是惊喜。两人谈起了几年来的事情，都很是感慨，唏嘘不已。

镇海抚须劝慰她说："娘娘多年来隐姓埋名，忍辱负重，您受屈了。现如今大汗已经登位，您可谓苦尽甘来了！明天我就上奏大汗，恢复您的名位。"

李崽名摇头说道："千万不可。"

镇海笑着说："娘娘担心什么，谁还敢忤逆大汗不成？"

"不，镇海大人。我们凡事都得思虑周全一些，不要给大汗带来不必要的麻烦。他毕竟刚刚继位，人心初定，有许多重要的大事要做，此时我们不能让他分心。更不能因为我的缘故，让他受到小人的诋毁攻讦。"

镇海听李崽名如此明白事理，且行事低调，不禁心生敬意："娘娘放心，下官知道怎么做。您的身份暂时不公开是对的，一切等大汗来了，我们再仔细商量吧。"

李崽名点头同意，向镇海介绍了王琬，又讲述了从燕京过来的一路情形。当镇海听说，她是公主皇后派来接应李崽名的人，便立即起身，向王琬道谢。王琬回礼，随即问起锦瑢的近况。镇海说，很快窝阔台汗与几位皇后都要移驻大同府，届时自然可以见到。

三人正说着话，耶律楚材也赶到了行宫。他得到了镇海派人送来的密报，便匆匆赶了来。

令他惊讶的是，不但见到了昔日的西夏王妃李嵬名，还见到了王琬，不禁大为高兴。

耶律楚材跟镇海商议了一下，将李嵬名秘密地安顿在了行宫附近的华严庵里，又派了军士秘密保护起来。至此，李嵬名总算是安顿了下来。而王琬因为通晓几种不同的语言文字，被爱才如命的耶律楚材大力相邀，到他的中书令官署做了一个联络女官。

再说冉璡闲来无事，便跟汪世显在大同府各处游逛。几日下来汪世显已经知道了冉璡等人都是宋人。他不但没有特别防备之意，反而心存了结交的想法。汪世显是个带兵的，对军事最感兴趣。他知道冉璡颇通兵法，因此这几日跟冉璡畅谈军事，竟是格外投契，颇有相见恨晚之意。

这日，两人又骑马来到城外，登山远眺，俯瞰大同府。冉璡拿出了本地图本，汪世显指着地图说："先生请看，这大同府的位置，就是一个低洼的盆地。我们的所在是方山，西北有雷公山，东北白登山，东面纥真山，往南恒山、宁武等山十分高大险峻。看这图上，西北有金河，东面是御河，往南是桑乾河，南面十里河流汇合一处，又称武州川。此处有这许多山川环抱，当真是一个易守难攻之地。"

冉璡点头赞成："不错。这里周围尽管有众山环绕，但城北地形总体平坦，便于大军驻扎。所以不管是南下还是北上，这里都很适合大队马军集结进出。"

"依先生所见，蒙古大军会在这里集结南下攻金吗？"

"有这个可能。金国现在重兵严守潼关一带，又分兵把守黄河千余里防线。蒙古大军肯定会不断地尝试正面突破金国防线。如果将大军摆在这里，居高临下，可以随时出发攻击中部防线卫辉、濮阳一带，一旦成功，就将关河防线拦腰斩断。金国将陷入东西不能两顾的困局。"

"冉先生所说有理。不过我的推测是，蒙军的主要攻击方向还在西面，他们还是想打通庆阳、大昌原到彬州一线进入关中，然后沿河东下中原腹地。"

"如果蒙军重兵进攻西线，而将军一直领兵协防巩昌，为什么还能得空到这大同府来呢？"

汪世显抚着胡须，笑着却并不回答。

"我明白了，汪将军此行，是来观察蒙古新汗窝阔台的动向？"

汪世显仍然笑而不语。

"将军似乎认为，窝阔台汗所在的位置，可能是蒙军主力的进攻方向。"

"不错，应该是的。"

正说到这里，身后传来一个人的声音："二位都是高人哪。"

两人转头一看，这是一个中年儒士，身穿灰袍，头戴方巾，双目炯炯有神。这人走了过来，向两人作揖说道："刚才我听到二位高谈阔论，很是佩服，不觉叫出声来，打扰了。"

冉琎与汪世显都拱手回礼。汪世显问："请问先生怎么称呼？"

"在下高智耀，本是西夏中兴府人氏，由于战乱，辗转流落各地。最近受朋友邀请，来此地访问。今日到这方山游玩，不想遇到了二位，真是三生有幸！"

汪世显听罢，叉手致礼说道："高先生，久仰您的大名了！不想在这里相遇，在下巩昌汪世显。"

高智耀回礼："原来您就是远近闻名的汪将军，幸会。请问这位是？"他疑问的目光投向了冉琎。

冉琎拱手说道："在下播州冉琎，机缘巧合，也是到此地游历来着。"

高智耀点了点头："您是从大宋来的啊，幸会，幸会。"

随后汪世显向冉琎介绍了一下高智耀。这高智耀是个儒士，他的家族世代都在西夏为官，在西北一带颇有名气。汪世显问他："先生到这大同府来，可是有事？"

高智耀轻叹了一声，将自己的事情讲给了两人。原来不久前，窝阔台曾派人访求西夏名门大族中的人才，众人一致推举高智耀。窝阔台便派了人来，宣布对他委以重任。他便向窝阔台提出"请用儒士，蠲免其徭役"的建议，之后却一直没有被采用。高智耀就推说不愿只图一己富贵，而置天下士人不顾，谢绝了任用。最近皇子阔端镇守西夏故地，在境内大量征用儒生，强迫读书人去服劳役。高智耀非常痛心，就专程来到大同府，想找旧友耶律楚材帮忙，劝说阔端按照西夏国的旧例，免除儒生们的徭役。

汪世显问："那先生见到耶律大人了吗？"

高智耀摇头说："还没有见到。不过，听说他新设了聚贤馆，明日将举办招贤大会。我打算去会一会他们。您二位可都是高人，不如我们一起去看一看，如何？"

第六十五章　群英会聚（一）

　　冉琎与汪世显都已经听说了聚贤馆的事情，本来并没有特别的兴趣，现在听了高智耀一席话，不由得都生出一些好奇之心。于是，约定次日三人一起前往聚贤馆，去看看这个招贤大会。

　　等回到客栈时，已是黄昏时分。冉琎跟汪世显刚刚进了客栈，一个蒙军百夫长领着几个军士，挑了两个大盒子进来，问小二："这里可有一个冉琎先生？"

　　小二回答"有的"。军官说："我们是中书令衙门的差事，奉上官指令，给冉先生送来食盒。"

　　冉琎很是好奇，问道："请问差官，这是谁让送来的？"

　　军官摇头说："这个不知道，小人只是奉命前来。冉先生请接菜单。"说完将食盒盖子打开，里面分了好几层。军官将菜单递给冉琎，要求他核对一下。

　　冉琎粗粗看了一下，里面有烧麦、馅饼、奶菜、熏鸡、蜜麻叶、莜麦面、烤全羊、烤驼峰、手抓羊肉、清汤牛尾、马奶酒等。略一思索，冉琎明白了，这一定是李嵬名和王琬让人送来的。

　　送走差官后，冉琎吩咐小二将这些食物摆成酒席，叫来了彭渊与何忍等众人，还有汪世显父子三人，一同享用了这些蒙式美食。

　　第二天上午，高智耀如约来到日昇客栈，三人一道去了聚贤馆。

　　在冉琎想来，聚贤馆即便不是华屋美厦，也一定是本地最好的建筑之一。可到了之后，冉琎不禁失笑。这就是一个极普通的客栈。细想之下，当初蒙军攻打大同府，两军在这里展开艰苦的攻城拉锯战，导致原先西京的宫殿与官署全都毁于战火，这就是为什么他们要在鹿苑营造临时行宫的缘故吧。

虽然这里只是一个普通的客栈，但门口站着两排精壮的军士，人人都精神抖擞地挎刀而立。让人一看就知道，这个地方非同寻常。

三人进去之后，看到里面已经聚集了不少各地赶来的儒士。有一个年轻的官员正坐在前排，左右簇拥着几个书办。冉琎心想，这人如此年轻，一定不是耶律楚材。但周围的差事似乎都对他极为尊重。

高智耀见冉琎疑惑地看着那人，便轻声说道："此人名叫杨惟中，本是汉人，他的父母在蒙金战乱中离世，后来有幸被窝阔台收养，认作义子。"

"哦，窝阔台竟然有一个汉人养子？"冉琎很是惊讶。

"是的。窝阔台对他视同己出，待遇跟其他儿子并无差别，还请了师父教他学文习武。据说此人满腹才华，年纪轻轻就已经身负重任，20岁时奉命出使西域多国，全都不辱使命。窝阔台称赞他'宣畅国威，敷布政条'。"

一旁汪世显略撇了撇嘴，似乎有些不以为然。

这时，杨惟中见已经来了不少人，便站起身来。旁边几个书办挥手示意众人安静。

杨惟中对众人拱了一下手，不缓不疾地说道："在下杨惟中，受中书令大人的委托，今日跟大家先见一下面。各位都是有学问的人，在下万分感谢大家光临这次招贤大会。来之前，中书令大人亲手写下了一些考题交给我。这些问题不是诗赋经义，无关道德文章，只是随意交流一下，还请大家不吝赐教。"说完，举手向身旁一个书办示意。

那书办领命，从桌案上捧起了一个铜瓶，举起来向众人展示。铜瓶里插着几卷束起来的信笺。书办随意地抽出一个交给另一书办，这人打开后大声念道："第一题，《武经七书》分别都是哪些？"

众人一时面面相觑，他们怎么也想不到，竟然会有这种问题。因为他们很少读这些兵书，自然就无从知道。而冉琎、冉璞从年幼时，师父杨钦就让他们熟读牢记各种兵书，《武经七书》当然也在其中。但冉琎并不言语，只抚着短须，观看众人和杨惟中的动静。

杨惟中见无人应答，便问道："请诸位不必多想，即使答错，也是无妨。"

汪世显站了出来，回答说："《武经七书》是南朝官方颁行的系列兵书，具体包括《孙子兵法》《吴子兵法》《司马法》《尉缭子》《六韬》《三略》和《李卫公问对》，总共七本兵书汇编而成。"

杨惟中点点头："请问阁下尊姓？"

"在下巩昌汪世显。"

杨惟中转头对书办示意，记下了姓名："很好。这书既然是大宋官方刊印，说明他们非常重视兵法。可为什么他们百年来对金战争总是失败呢？"

这个问题出乎汪世显的意料之外，一时语塞，不知该如何回答才好。

杨惟中见他难住了，便问："那就换一个问题。如果任意选取一本以上的兵书，阁下可否背诵一段，让大家欣赏一下？"

汪世显立即回答："在下不能。不过在下以为，死记硬背，远不如灵活运用。"

杨惟中点头笑了，因看到汪世显身边的冉琎也在笑，便问道："阁下能背诵吗？"

冉琎点头。

"那就请教了，《司马法·仁本》的开篇。"

冉琎从容诵道："古者，以仁为本，以义治之之谓正。正不获意则权。权出于战，不出于中人。是故杀人安人，杀之可也；攻其国，爱其民，攻之可也；以战止战，虽战可也。"

杨惟中笑着鼓掌："好，好。那么请问大家，我们的大军攻打金国，灭亡西夏，是仁，还是不仁？"

这时，场内一片交口称颂的声音，蒙古兴义兵，讨伐无道的金国和西夏，是在替天行道，救民众于水火。

只有冉琎、汪世显和高智耀等少数几人默不作声。

杨惟中都看在了眼里，连忙说："是我不好，偏离今天的正题了。"然后示意书办继续。

那书办又随意抽了一卷,打开读道:"第二题:今有雉兔同笼,上有三十五头,下有九十四足,问雉兔各几何?"

读罢,场内一片哗然。有人抗议说,这并非任何经书里所记载,怎么会问这种问题呢?

杨惟中向众人摆了摆手:"诸位,我们中书令大人闲暇时候,喜欢算术,他想看看,这里有没有人也会这个。"

众人都有些泄气,竟是无人应答。

杨惟中看了一圈,最后目光停在了冉珽身上,见他正抚须微笑着。杨惟中便问:"这位先生,请教了。"

冉珽回答道:"将足数减半,再减去三十五头数,就是兔的数目。"

杨惟中听罢很是欣喜:"先生高明,请问贵姓?"

"在下播州冉珽。"

"冉先生真是大才,怎么会如此快地算出来呢?"

冉珽拱手回答:"杨大人,在下侥幸,读过《孙子算经》,所以知道。"

杨惟中知道他在自谦,笑着连声说好,转头示意书办记下,然后继续。

于是书办再抽一卷,念道:"第三题:两户相邻,所养之马撕咬踢斗,一马死去,一马受伤。二主争吵不休,前去报官。该如何判案?"

高智耀眼睛一亮,立即答道:"二马相斗,一死一伤。死者共食,生者共主。"

杨惟中问:"先生尊姓?"

"在下中兴府高智耀。"

杨惟中拱手作揖道:"原来是高先生,真是闻名不如见面。先生的见解很是高明,能否向大家解说一下呢?"

高智耀回礼说:"杨大人过誉了。在下是这么想的:如今天下大动刀兵,纷争已久。随着战事顺利地进行,金灭之后,北方将日渐平定,国家应当转上和平的轨道。提倡'和为贵'的做法,可以化戾气为祥和,让民众早日过

359

上富足安稳的日子。"

这时有人大声鼓掌喊道："说得好！"

杨惟中听罢，似乎有些激动，上前握住高智耀的手说："高先生说得太好了，这正是中书令大人的初衷啊。今后国家的恢复，就得靠先生这样有见识的人才行。"

而一旁的汪世显却沉下了脸，心想，这些人难道认定了大金国就是他们案板上的鱼肉，任其宰割吗？这岂不是太过狂妄了？

随后，书办又问了一些问题，众人全都争先作答。有答对的，也有答错的，但场面异常兴奋热烈。

过了一会儿，有差事将冉琎、高智耀和汪世显三人请了出来，问清他们客栈的地址后说："三位先生且请先回。我们中书令耶律大人，邀请各位今晚酉时到他的府上参加宴会，届时请务必准时赴会。请帖随后就送到各位的客栈。"

三人称谢后离开招贤馆。

路上高智耀一直若有所思，忽然对冉琎说："刚才耶律楚材大人所出的考题，全都大有深意哪。"

冉琎问："兄台怎么看？"

"我觉得他们在为开国做准备，新任大汗窝阔台，需要一个文班底。"

"哦，他们是不是太乐观了，觉得对金国的作战将会很快结束吗？"

"不错。他们刚刚召开库里勒台，推举了新的大汗，现在君臣上下的士气极其高涨。"

汪世显摇头说："骄兵必败，也许他们就要吃苦头了。"

这时高智耀忽然诡异地笑着对冉琎说："打仗不是我们的事，不去管它也罢。不过，我是看出来了，中书令大人一定会聘请冉先生，做个催赋讨债的钱粮主簿。"

汪世显问："哦，这是为什么？"

"因为他会算数字啊。"

汪世显笑了。

冉琎笑着回道："我看如果高先生做了掌管刑狱的判官，那些狱卒皂吏就要叫苦不迭了。"

汪世显不解地问道："这又是为什么呢？"

"他是要'和为贵'的，犯人迟早都会被他放光了，那他们那些人吃什么，喝什么？"

说完三人都是大笑。只因为意兴未尽，三人决定找一个酒馆喝茶饮酒，继续畅谈一番。

正在大街上寻找中意的酒馆时，只见汪忠臣慌慌张张地跑了过来喊道："爹爹。"

汪世显见儿子失态，不由得皱起了眉头："慌什么，出了什么事？"

"刚才二弟骑马在街上行走，被一队蒙古兵拦了下来，现在连人带马都带走了。"

汪世显连忙问："为了什么事？"

"具体我也不知道，二弟的随从跑回来说，应该是他们看中了我们那匹马，所以故意找茬儿。"

汪世显很是生气："德臣最喜欢炫耀，说了他多少次也不改。不过，抓人总得有个说法吧？"

"说是汉人不准养马，我们违反了规矩。"

"这是什么混账规矩？有哪条蒙古王法写着不准汉人养马了？"

汪忠臣带着哭腔回答："儿子不知道。"

"再说我们并不是汉人，他们不知道我们是汪古部族的吗？"

"说了，可那些士兵不相信。"

汪世显转头对冉琎与高智耀说："真是抱歉，我得先行一步，你们二位继续。"

二人跟汪世显拱手作别。可是出了这个事情，冉琎与高智耀也顿时没了兴致，于是心事重重地各自回到了客栈。

361

第六十六章　群英会聚（二）

再说汪世显带着大儿子汪忠臣，火急火燎地赶到二子汪德臣被关押的地方。多方打听之后才知道，抓汪德臣的那些士兵，是窝阔台二皇子阔端的部下。至于为什么抓走汪德臣，确实就是为了那匹马，他们看中了这匹纯种良驹，要献给阔端。

汪世显便赶去了阔端的王府，请管事通报阔端，请求会晤。不料管事的将他一顿呵斥，不由分说地就将他赶了出去。

汪世显被人羞辱一顿，怒气冲冲地回到客栈。恰好见到耶律楚材派人送来了请帖，盛怒之下，汪世显将请帖一把扯碎。汪忠臣心知不妥，却也无可奈何。

那边冉璡也接到了送来的请帖，他手拿着请帖并不打开，怔怔地陷入了深思。彭渊见他这样，问道："先生今天是不是遇到了什么麻烦？"

冉璡摇头："没有，就是有些乏了。"

彭渊关心地建议说："那今晚的宴会，不去也罢。"

"不，必须得去。这是一个绝好的机会，我可以亲眼见识一下这位中书令大人。"

酉时，冉璡准时到达了中书令官署，值日差事将他引导进了宴会大厅。高智耀正坐在席上饮茶，见他进来，便向他拱手致意。冉璡入座后，陆续又来了几位儒士。半炷香工夫后，中书令耶律楚材在几位官员的簇拥下入了席。

忽然冉璡眼睛一亮，只见王琬身穿官服，正站在耶律楚材的身后，听候他的吩咐各处传递指令。当冉琎跟王琬的视线对碰时，王琬对他嫣然一笑。冉琎知道了，她跟李嵬名现在已经彻底安顿下来。于是一直悬着的心终于放了下来。

耶律楚材一直在跟左边邻桌的杨惟中说着话，杨惟中不停地点头，然后起身说："诸位，我来给大家介绍一下，这位就是中书令耶律大人。"

耶律楚材的目光炯炯有神，微笑着向众人示意，说道："欢迎各位的光临。"他将所有在座的人看了一遍，向杨惟中点了一下头。

杨惟中会意，继续说道："下面我给大家分别介绍一下。"他手指着耶律楚材右手侧邻桌那人："这位是宣抚使，兼行尚书六部事王檝。"

王檝起身向众人拱手致意。

杨惟中接着指向王檝的邻桌说："这位是姚枢。"姚枢起身向众人作揖。

随后指着冉琎说："这位是大宋播州人氏，冉琎先生。"冉琎也起身向众人拱手作揖。

杨惟中又指着冉琎的下一桌说道："这一位是大宋来的特殊客人，余保保。"这时，席间有人开始窃窃私语。杨惟中接着说："他的父亲余嵘，正担任大宋同签书枢密院事。他的祖父，就是大名鼎鼎的前宰相余端礼。而余公子也非常知名，是大宋京城闻名的'临安四公子'之一。"

余保保起身向众人拱手行礼，当他的目光扫到冉琎时，傲然转开了去，似乎对被安排在冉琎的下首位很不满意，进而对冉琎很是不满。

这时耶律楚材微笑着问道："余公子，你的名字是不是有些来历哪？"

众人的心里也都在想，余保保这个名字确实有些古怪。因为按照大宋汉人的传统，叠字多用于女子，比如当年南齐钱塘名妓苏小小、中唐节度使张建封的小妾关盼盼、宋徽宗宠爱的名妓李师师等。但很少有男子取叠字名，何况余家世代高官显宦，岂有不知的道理？

余保保见众人都在关注他，顿时有些兴奋，回答道："世伯大人，晚生三代单传，祖父对我极为疼爱，请了方士，看过生辰八字后说，晚生取名可用'保'字，最好成双，可保一生顺遂，所以就用了这名。"

363

冉珊见他身穿白色丝袍，腰悬的玉佩约有手掌大小，玉色纯净，上有双凤盘旋，一看就是一块上品玉石雕琢而成。不由得心想，这样的一个临安富贵公子，怎么会到这酷寒的北方来呢？

接着杨惟中依次介绍另一侧被邀请来的宾客，分别是宣差军储使李邦瑞、高智耀。其他几位如刘秉忠、张文谦等人，看起来都非常年轻。

介绍完毕，耶律楚材起身拿起酒斛说道："老夫有幸，种得梧桐树，引得凤凰来。今天有这么多才俊之士聚在这里，当真是风云际会，令人激动啊。老夫先向大家敬一杯酒。"

众人也一起举杯，向耶律楚材致意。

喝完这杯酒之后，他接着说："刚才既谈到了名字，诸位可知道我这'楚材'二字的来历吗？"

余保保回答："虽楚有才，晋实用之。"

耶律楚材点头："不错。我本是契丹皇族出身，大辽虽被女真灭国，但我族中兄弟都曾为大金国效力多年，你们知道这是为什么吗？"

有人接话："中书令大人请赐教。"

"我曾写过一句诗：'泾渭同流无间断，华夷一统太平秋。'其中的意思，诸位明白了吧。"

杨惟中和高智耀拍手称好，其他人却一时默然。耶律楚材的话，将南朝大宋也包括了进去。这难道意味着蒙古大军灭金之后，就要对大宋开战吗？在座的基本都是汉人，心里自然不愿此事发生。

耶律楚材问余保保："世侄，你怎么看呢？"

余保保也听懂了，但他似乎过于年轻，一时怯场，嗫嚅着回答："世伯，一统太平……自然好。不过，能不动刀兵最好……"

耶律楚材笑着点点头："你的父亲余嵘是我的故友。他当年曾经跟我深谈过，我们那时都认为，蒙宋两家可以做盟国，一起对付共同的敌人金国。也罢，今天不谈这个了。你父亲的书信我看过了，他对你可是寄予了厚望啊，怕你在临安养尊处优惯了，要你过来访学，拜宋九嘉为师。有见地，好眼光。你要好好跟从师父学道，不可懈怠。"

余保保起身答道："一定的，世伯。"

众人知道宋九嘉是金国名士，但不清楚他已经出任蒙古官职，还推荐了不少儒士给耶律楚材与杨惟中。这余保保本就是名门之后，如今到北方拜访名师，又有中书令照顾，将来自然前途无量了。

这时耶律楚材指着姚枢对众人说："不久前，宋九嘉先生将姚枢推荐给彦诚。我们大汗跟他谈过几次后很是满意，说他有'王佐之才'。"

他所说的彦诚就是杨惟中。众人心想，怪不得越来越多金国和西夏儒士陆续为蒙古效力，原来是耶律楚材、杨惟中和宋九嘉三人在大力推动。

姚枢起身说道："大汗和中书令大人实在过誉了，在下万不敢当。"

耶律楚材笑着摆了摆手："你不要太谦虚了。今天邀请来的尊客都是贤士俊才，真可谓'群英会'。姚枢，我有一个问题。"

"耶律大人请问。"

"'以独茧丝为纶，芒针为钩，荆筱为竿，剖粒为饵，引盈车之鱼于百仞之渊、汨流之中，纶不绝，钩不伸，竿不挠。'姚枢，还有你们哪一位，可以解释一下吗？"

姚枢回答："这是治国至理，说的是君主治国应当顺应既成的趋势，才能以轻制重，以弱制强。"

耶律楚材点头："非常好。"然后转向高智耀："显达，你说说看，那现在的趋势是什么呢？"

高智耀沉吟片刻回答："在我看来，北方战乱已久，百姓苦不堪言，人心思定，大势所趋。"

"说得太好了！为了百姓免受荼毒之苦，我们的大军即将再次出发。各位，北方的战争将会结束，国家将会统一，百姓终将过上太平的日子。"

高智耀问："耶律大人，您所说的统一，该如何理解啊？"

耶律楚材转头，问一直没有开口说话的王檝："王大人，就请你说一说吧。"

王檝的面像极为忠厚，一看就是一个长者，他回答道："不，不，还是您来讲吧。"

听他的口气，两人以前一定探讨过这个问题，而且他们的观点似乎并不一致。

"那我就跟大家说一说大辽吧。大辽在圣宗之后，正式定国号为'契丹国'，契丹二字的意思就是'大中'。因此，'契丹国'就是'大中国'。"

这句话出乎众人的意料之外，一时无人应答。

耶律楚材接着说道："辽圣宗至天祚帝时，先后用过两个国号：'大中央契丹辽国'和'大中央辽契丹国'，都是'大中国'的意思。我耶律氏就是'炎黄子孙'，出自唐虞之后，实无愧矣！其后，大金国替代大辽；今后大金国再被我们替代，无论怎样，都是强盛而统一的中央大国！"

杨惟中听得频频点头，不时地击桌叫好。其他人包括余保保，也都先后附和称是。

只有冉珽，微微地摇了摇头。

耶律楚材看见了，问道："冉先生，你对此怎么看？"

第六十七章　三路伐金（一）

耶律楚材的突然发问，让冉琎愣了一下。这时王琬站在耶律楚材的身后，冲冉琎摇了摇头。这是让他不要说出让耶律楚材他们不快的话来。

冉琎想了一下，回答道："中书令大人高见。"

耶律楚材微笑着问："冉先生不必有所顾虑，还请畅所欲言。我相信您只要愿意开口，必定会有所助益，老夫在这里洗耳恭听了！"

众人见耶律楚材对冉琎非常尊重，不禁都有些好奇。特别是余保保，更是瞪大了眼睛，紧紧地盯着他。

冉琎拱手说道："在下非常赞同刚才几位所说，中原百姓屡遭兵灾，苦不堪言，的确是人心思定。在下到大同府这一趟行程，也目睹了中书令大人的政绩，佩服之至！"

耶律楚材抚须笑道："冉先生不可过誉，你无论看到了什么，听到了什么，有什么不对的，还请指教。"

"好的，那在下斗胆了。"冉琎就将汪世显父子刚刚遭遇的事情讲了出来。

耶律楚材问杨惟中："你们可是邀请了汪先生？"

杨惟中回道："是的，我们刚才还在纳闷，难怪他直到现在还没有来。"

"彦诚，这里结束后请你去跟阔端王爷解释一下，这就是一个误会。"

"好的。"

耶律楚材转头对冉琎说："让先生见笑了。先生所顾虑的，是不是不准汉人养马一事？"

"正是。中书令大人，看起来这似乎只是一件小事，但它意味着，汉人不会被等同对待。如果真是这样，在我看来，将来即使北方统一了，中原百姓必将遭受欺凌，物不平则鸣，因此北方未必能够安定。长此以往，恐怕……"

"会怎样？"

"恐怕你们会国祚不长。"

耶律楚材已经听惯了颂扬之声，这句话就犹如响了一记惊雷，将他的心猛然震动了一下，他的脸色为之一变，站起来对冉琎躬身施礼道："冉先生之言，一语中的，这也是老夫一直以来的担忧。"

在座的大都是汉人儒士，即便是耶律楚材自己，有时也将自己当作汉人。如今听了冉琎的话，不禁都深思了起来。

杨惟中说道："冉先生，我会向大汗谏言，废除这种荒唐的规定。"

耶律楚材摇头说："其实我们并没有这一条律令。"可是怎么会有这样荒唐的事情发生？耶律楚材不能自圆其说，只好尴尬地转移了话题："听说冉先生是明尊教的智慧尊使，还精通兵法，老夫有事要请教一下。"

在座的众人都没有听说过明尊教，就更加不知道智慧尊使是什么了，于是都很好奇，上下打量着冉琎。

"不敢当，耶律大人请问。"

"金国百年来一直欺压你们南朝，它就是我们的共同敌人。你认为我们是否可以联手，一起对付金国呢？"

冉琎笑了："耶律大人，在下并非朝廷官员，无法回答。"

"不，我的意思是以先生的睿智，你觉得我们要怎样做，南朝才会答应联合呢？"说完指了指李邦瑞，"我们曾经几次派李大人出使南朝，商谈联手对金作战的事情，可就是一直无法入境大宋。"

李邦瑞说道："有一次，李全护送我到了宝应，几乎就要成功入境了，可守城宋将一推再推，最终拒绝让我通行。他们到底是怎么想的，实在令人不解。"

这时余保保接话道:"那是因为大宋朝廷还不了解你们。耶律大人,李大人,你们何不多试几次?晚生愿意为你们引荐,促成此事。"

"哦,余公子愿意帮忙?"李邦瑞顿时极有兴趣。

余保保诡异地一笑:"只要你们出手大方,就没有办不成的事。"

李邦瑞似乎没有听明白:"余公子,您讲清楚些呢。"

余保保看了看耶律楚材,改口说:"我的意思是,你们既然希望宋、蒙两国合作,不如就做真正的盟国。将来无论是大宋还是蒙古,无论谁遇到了麻烦,另一方应该给予援手。"

耶律楚材听到这话不由得笑了,杨惟中和李邦瑞也都在窃笑。到目前为止,别国对于蒙古而言,如果不是敌方,那就只能是仆从国。即使曾经有过盟国,都不过是权宜之计罢了。

耶律楚材笑道:"余公子,这是很不现实的。两国结盟的谈判,需要很多时间,绝不可能一蹴而就。可战场千变万化,战机稍纵即逝。我们等不得。"然后转头问冉珽:"冉先生,如果退一步讲,我们在进攻金国时,万一需要借道大宋境内,先生认为大宋朝廷是否会答应呢?"

冉珽正色回答:"这是假道伐虢之计,耶律大人该不会认为大宋朝廷无人,跟当年的虞国一样愚昧贪利吧?"

"这么说来,先生认为宋军一定会阻挡我们的军队了?"

冉珽没有作答。

"如果那样的话,两国军队就要正面冲突了,后果会怎样,大宋朝廷不想想吗?"

冉珽沉默了片刻说道:"我认为不管怎样,大宋军队一定会履行自己的职责。"

这时,王檝有些着急地说:"冉先生,余公子,大宋军队不是蒙军的对手,你们应该尽力劝说大宋朝廷,不要跟蒙军作对。"

余保保愣住了,不知该怎样回答。

冉珽微微一笑:"王大人,你们为什么都如此自信?"

李邦瑞说:"宋军连金军都敌不过,又如何抵挡得住蒙古大军呢?"

这时冉琎想起了上次在徐州,自己跟白华、武仙以及国用安等人联手指挥,一战就重创了宇鲁,不由得暗自发笑。

李邦瑞见冉琎不再回答,便对余保保说:"余公子,你应该劝说你的父亲,向你们的皇帝陈说其中的利害,千万不要跟我们作对。"

余保保连连点头答应:"好说,一定。"

冉琎从李邦瑞的话里察觉出一种紧张,又或者是一种焦急。于是他判断,蒙金之间的一场大战很可能就要来了。

然而此时,只有耶律楚材跟杨惟中清楚地知道,大汗窝阔台正亲自率领着大军,马不停蹄地开往大同府。

酒宴结束后,众人一边饮茶,用些麻页和油馓等蒙式点心,一边互相闲聊一阵。耶律楚材、杨惟中跟李邦瑞带着余保保去了内室,众人猜测,他们是去商谈李邦瑞再次出使大宋谈判的事情。

冉琎坐在姚枢的邻桌,便跟他顺势谈了一阵。不承想两人竟谈得非常投机。

高智耀笑着对姚枢说:"公茂,你们二位,一个是智慧尊使,另一个是王佐之才。是不是觉得相见恨晚哪?"

姚枢回答:"的确是机缘巧合。今天我刚刚抵达这里,跟中书令大人办理粮草的事情,被他邀请赴宴,然后就认识了冉兄。"

冉琎心想,他是深受窝阔台重用的智囊人物,今天急急地赶到大同府,可见,不久之后窝阔台应该就要到了。于是试探地问道:"姚兄,你们的大汗就快到了吧?"

姚枢问:"冉兄如何得知?"

冉琎笑着回道:"兵马未动,粮草先行。姚兄既然先来办理粮草,那你们的大军也就快到了。"

姚枢知道,冉琎跟高智耀都是从聚贤馆选聘出来的,迟早会被聘任要职,所以并不把他们当作外人,回答道:"不错,几天之内,大汗就到,我们将要跟金国决战了。"

高智耀问："此战你们有把握吗？"

姚枢摇头："不好说啊。"然后转头问冉琎："冉兄从南朝过来，一定穿过金国境内，知道他们现在的情形如何吗？"

"我认为他们的潼关黄河防线，目前还是牢固的。"

姚枢点头："所以中书令大人才建议跟大宋谈判，合作攻金。冉兄觉得李大人去谈判一事能成吗？"

"恐怕此事很难谈成。"

"哦，何以见得？"

"虽然我并不了解这些事情，但可以看出来，大宋朝廷的态度就是两不相帮；而你们的大汗，似乎对跟大宋合作一事也没有多少兴趣。"

"冉兄洞察一切，在下佩服。以您的大才，不被南朝重用，他们这是弃美玉如瓦砾哪。"

"姚兄过誉了，不过这么讲并不合适。"

"冉兄，在下对南朝的情形多少知道一些。你们南朝的上层，最喜欢用裙带显贵子弟。你看几十年来，史弥远、韩侂胄、赵汝愚这些宰相，哪个不是世家之后？六部衙门、各地州官、带兵的将军都得是他们的门生故吏。寻常士子，如果不去攀附他们其中任何一位，哪有出头之日？"

冉琎并不答话。

姚枢继续说道："他们任人唯亲，不肯举贤用能，却不知先生到了这里，正可以大展奇才，成就此生一番事业。大汗到了以后，我一定向他大力举荐先生。"

"多谢姚兄了。只是在下到大同府来，的确是另有其事。现在已经办好了，过几日得回去了。"

姚枢一听这话愣住了："可先生不是去了聚贤馆吗？"

冉琎笑了，拱手对他说："在下只是跟友人一起去见识一下，并没有什么奢望。"

姚枢见他不像是在打诳语，不由得摇头："先生还是仔细考虑一下吧。现在可是建功立业的大好时机，等到桃子成熟时再想去摘，便没有你的机会了！"

高智耀也一起劝说。冉琎拱手谢道："多谢二位仁兄的好意，这件事我会认真考虑。"

姚枢待冉琎极为热心，紧握他的手说："那好，先生决定的话，可以随时过来找我。"

第六十八章　三路伐金（二）

第二天上午，一个百夫长差官来到日昇客栈，让店主叫出了汪世显，对他说："汪先生，我们王爷请您到王府去一趟。"

汪世显对昨日的事情仍然愤愤不平，冷冷地回道："昨天王爷将我轰了出来，现在又叫我过去，要再羞辱我一次吗？"

差官回答："不会的，请汪先生不要多想。"

汪世显见他们对自己的态度，似乎尊重了一些，心想难道事情有转圜了？于是请他稍等片刻，自己进去换一下衣装。

冉琎在里面看到，知道一定是杨惟中去过阔端那里后起了作用，于是将此事告知了他。汪世显对冉琎一躬到底："冉先生再次有恩于我父子，汪某铭记在心，一定后报。"

"汪兄别说了，赶紧去吧。"

汪世显到了王府后，被领进一个客厅，等了约一个时辰，却总不见人来。渐渐地，汪世显开始心焦了起来。就在此时，阔端在众人前后簇拥下终于来了。

阔端丝毫没有理会他，径直走上主位坐了下来，这才看了汪世显一眼，问道："你就是汪世显？"

汪世显起身回答："回王爷，正是在下。"

"你的马我看过了，不错。"

"哦。"汪世显猜测，阔端是看上自己的这匹马了吗？

不料阔端话锋一转："可是我不能要。"然后目光犀利地紧盯汪世显："我知道你也是个带兵的。你不去镇守城池,却跑到这里来干什么?"

"在下是汪古部人,回去探亲路过此地。"

阔端冷笑:"路过是假,献马是真吧?"

汪世显反应很快,立刻明白了,一定是阔端的手下诓骗了他,硬栽派自己是献的马,而并非他们强夺。如果阔端当真以为自己献马,而后杨惟中又去索要,难怪他的脸色如此难看。想通了这一层,他回答道:"在下不敢。"

"不敢?男子汉大丈夫,想要富贵荣华,做人上人,应该的。不过你得正大光明,一刀一枪挣出自己的功名来。可像你这样一味走捷径,靠行贿献媚,不觉得丢人吗?"

汪世显被这劈头盖脸的一席话骂得愣住了,似乎想明白了点,可是看阔端一脸的鄙夷,他的心里突然开始恼怒起来。

阔端见他红着脸,一声不吭,以为他知道理亏了,便点头说:"你虽是汪古部的,可也算是我们的人。回去后,把你部人马收拢起来,10天后我派人到你那里去,接收巩昌城。"

这是要求他投降。汪世显顿时怒火中烧,暗自下定了决心,一定要跟阔端在战场上见个高下。

又训了几句,阔端说:"马你领回去,打仗的将军,怎么能没有好马呢?就这样了,你去吧。"

说完也不等汪世显辞谢,阔端吩咐差事将汪世显带出去,汪德臣和那马都在外面等着他呢。

汪世显的脸一阵红,一阵青。出了王府大门,看到儿子汪德臣正站在那马旁边,不由得一阵狂怒,走上前狠扇了汪德臣一掌,骑上马,头也不回就走了。

回到客栈,汪世显立即收拾行装。收拾完后,他寻到冉琎,拱手说道:"冉先生,我来跟您告辞了。"

冉琎有些惊讶:"你为什么走得如此匆忙?是不是跟阔端发生了冲突?"

"不,不是这样的。冉先生,就要打大仗了。如果您也要走,就得赶紧了。不然大军一到，所有道路都会被封，就走不掉了。"

"多谢提醒，汪兄保重。"

"冉先生保重！今后有缘，我们一定还会再见面的。"告别之后，汪世显就带着儿子们星夜离开了大同府。

可二人怎么也想不到，短短一年之后，他们就要分属敌对两方，带着军队拼死厮杀了。

随后连续几日，接连有蒙古大军开进了大同府，连绵不绝的骑兵马队，一眼望不到尽头。

冉琎站在半山上，远眺蒙古大军的行进队伍，可以明显地看到，蒙军中战马之多，已经达到一人数马。站在他身旁一同观看的彭渊咂舌说道："我的天，只今天这一支队伍的马匹就有十多万。几天下来，不下百万了！"

冉琎也是暗自心惊。他知道在临安，购买一匹中等高度的良马，需花费白银50两。而且按照马的肩高每高一寸，加银10两。如果像蒙军这样大量配备战马，大宋朝廷的岁入无论多少，都是负担不起的。更何况，根本就没有这么多的战马供应。当初在大帅孟珙的忠顺军里，最为头痛的事情之一，就是军马的短缺。没有大量的战马支撑，军队的战力和机动都不能保证。这就是大宋军队长久以来的问题，如今西夏已灭，宋军最后一个大批战马的来源地也没有了。该怎么解决这个问题呢？冉琎陷入了深思。

此刻，窝阔台已经入驻了鹿苑行宫。刚刚抵达，他就召集了耶律楚材、镇海、杨惟中、姚枢和王檝等文官以及他的叔父斡陈那颜、儿子阔端，大将朵忽鲁、塔察儿、史天泽、张柔、塔思和抄思等一众武将，召开了一次重大的军事部署会议。

窝阔台首先问耶律楚材："中书令，前几天本汗命你准备粮草20万石，你们都备齐了吗？"

"回大汗，全部准备就绪，随时供大军支取。"

窝阔台夸奖道："非常好，晋卿。有你来张罗这些事，本汗真是无比省心。"

耶律楚材起身回答："大汗过奖了。"

窝阔台微笑着招手，示意他坐下："晋卿，惟中，最近你们又招到贤才了没有？"

杨惟中回答："回大汗，确实招到几位。"

"哦，都是些什么人？"

"有高智耀、冉琎等几人，还有几位年轻人，刘秉忠、张文谦等。"

"高智耀这个名字听说过，明天把他带来，本汗要见一下。那位冉琎是谁？"

"他是大宋播州人士，一位难得的大才。"

"哦，不知道他跟姚枢比如何？"说完笑着看了看姚枢。

姚枢站起身说："此人之才，十倍于我。"

窝阔台略带诧异地看着他："真有这么厉害吗？"

"不错，这位冉琎先生的确不是常人，只可惜他……"

"怎么，他不愿意辅佐本汗？"

"我向他当面说过，要向大汗举荐他。可他说要回到南朝去。"

窝阔台皱了皱眉头："哦，罢了，人各有志。"说完颇有些不高兴。

这时镇海走到窝阔台身边，轻声说了几句话，窝阔台点了点头，然后说道："不讲这事了。姚枢，本汗有一个差事交给你。"

"大汗请吩咐。"

"我们将要正式建国，可连个像样的都城都没有，这可不行。你带一些人，在我们大蒙古境内各地察看，寻找一个最佳的地点，准备建都。"

"是，大汗。有什么具体要求，还请大汗明示。"

窝阔台挠头想了一下："水草肥美，地形险要，这些都还在其次。关键是位置要好，军队从那里出发，到各个方向去都要方便。再有，你们汉人懂得风水，要挑一个最好的地方，明白吗？"

"是，大汗请放心。"

窝阔台点点头，继续说道："这次进入山西境内后我看了一下，治安还

376

是不佳，金国的残余仍然占据了不少地方。本汗已经派人去征剿了。这几天，我亲眼看到这里大量的土地被抛荒，百姓四处流散。"说到这里，他转头吩咐耶律楚材："中书令你想个办法，把那些流民招回来。要分给他们土地，再拨一些牛羊，让他们屯垦先养活自己吧。"

耶律楚材有些激动地回答："大汗英明。"

窝阔台接着说："今天我把这些将军也召来了，要议一下攻金的事情。来之前，四弟几次跟我说，必须要借道宋境，顺汉水东进，袭击金国腹地。你们觉得怎么样？"

这是在征求武将们的意见。众将都知道，借道宋境是成吉思汗临死前留下的攻金策略。斡陈那颜是窝阔台的叔辈，更是一位久经战阵的老将，他率先说道："大汗，该怎么打，派谁去打，您就定了吧。咱们绝不含糊就是。"

这个表态让窝阔台很是满意："很好。如果要借道宋境，我们就得跟南朝谈判借道的事情。可是如果他们不愿意借，怎么办？难不成还要连同大宋一起打吗？"

塔思因为父亲在徐州之战中受伤而死，一直耿耿于怀，所以对武仙、国用安这些宋人充满了仇恨，立即说道："一起打又能怎样？我们从来就没怕过谁。"

塔察儿见塔思有点意气用事，觉得他太轻率了，便劝道："大汗，南朝跟我们从无仇隙。如果为了借道而攻打他们，在道义上我们不占理。师出无名在兵法上是一大忌。"

窝阔台点了点头，将目光投向两位汉将史天泽和张柔："史将军，张将军，你们二位怎么看？"

史天泽跟张柔对视了一眼，异口同声地回答："大汗，怎么打还是您定吧，我们绝没有异议。"

窝阔台在成为大汗之前，带兵不多，参与的战役也不多。因此战功不如自己的四弟拖雷，在军中的威望也远不如拖雷。这一直就是他心里的大忌。他认为，拖雷之所以能担任监国很长时间，而自己迟迟不能接任大汗之位，

377

都是因为拖雷掌军的缘故。既然拖雷坚决要执行借道宋境的战法，那自己便坚决不能采纳。现在自己虽然即了位，但需要一次重大的战争胜利，来建立在军队里的威望。所以这次必须得自己亲自指挥，全力拿下金国。

于是窝阔台语气坚定地说道："现在的大金国，就是一间破屋子，已经千疮百孔。只要我们对着它的大门用力踹上一脚，它就会轰然倒塌。借道宋境，须得求人，太麻烦了。朕的计划是：兵分三路，直接对金国的关河防线发动正面攻击，要毕其功于一役。"

杨惟中问："大汗，那具体如何安排？"

"第一路，仍然是围攻庆阳，从大昌原、彬州一线进入关中；第二路，攻打卫州，目的是吸引金国主力过去救援，如果有机会，歼灭他们；第三路，攻打潼关，踹开中原腹地的大门。我要亲自领兵，去攻打潼关。"

第六十九章　蒙金大战（一）

听窝阔台说要亲自领军攻打潼关，阔端起身请战："父汗，您无须亲自去，就由儿子代劳好了。"

窝阔台见阔端毫不畏战，很是喜欢，说道："不，本汗对你已经有了安排。你带一支军队去袭扰巩昌、凤翔一带。"

阔端不解："父汗，这是为什么？"

"你带5000人去那里，但要装作几万大军，大张旗鼓地各处炫耀武力，吸引金军的注意，来掩盖我们真正的主攻方向。"

"那我们的主攻是庆阳，还是潼关？"

"当然是潼关。无论攻打庆阳，还是凤翔，都是用来分散金军的主力的。为了西线的决战，东面的戏一定要做足。"窝阔台对史天泽和张柔说，"史将军，张将军，本汗要你们不惜代价，对卫州发动前所未有的攻击。"

史天泽被封为万户，现在是东线蒙军对金作战的实际指挥人。他面有难色地说："大汗，只怕我们的兵力不够。"

"那好，本汗把塔思的2万精锐划拨给你，由你统一调动指挥。"

说完，窝阔台举起令牌。史天泽、张柔和塔思三人起身接过令牌。

随后窝阔台喊名道："朵忽鲁。"

"在。"朵忽鲁应声站起。

窝阔台又喊了一声："抄思。"

抄思跟着站起："在。"

"你们两人各领本部1万人马，狠狠地围攻庆阳，吸引其他金军主力前往救援，然后你们就在大昌原伏击赶来的援军。"

"大昌原？"蒙军在那里曾经遭到重创，两人对这个地方有点忌惮。

"对，就在这里。他们的英雄完颜陈和尚，不是在大昌原打败过我们吗？我们就要在这里消灭他们。放心吧，长生天会保佑你们，此战一举吃掉陈和尚统领的忠孝军主力。"

"是，大汗。"两人接过军令。

窝阔台最后对斡陈那颜说："皇叔，潼关就由我们亲自去打吧。"

"好啊，这块最难啃的骨头让我们来。"

部署完毕，众人陆续离开。只有镇海一人留了下来，他向窝阔台讲述了李蒐名从中都到大同府的经过。听到最宠爱的王妃现在安然无恙，正在行宫里等着自己，窝阔台心花怒放。不过他很是谨慎，问道："那个冉琎究竟是什么人？王妃怎么会由他送来呢？"

"据香妃娘娘说，他们是公主皇后派去接应她的。"

窝阔台点头："他是锦瑢的人？"

"这个奴才不知道。不过跟他一起来的王琬姑娘，是公主皇后在大金王宫时一道玩耍的闺中密友。据说那位冉琎先生是王琬姑娘的未婚夫。"

"原来是这样。"窝阔台点了点头，把心放下了一半，又问道，"这个王琬来之前是什么身份？"

"她是金国文官王鄂的胞妹。大汗放心，我已经派人去调查了。目前收到了一些密报，没有发现什么问题。对了，她是全真道丘处机真人的关门女弟子。当初丘真人访问先汗时，她本人也在场。就是那一次，她拜见过耶律大人和香妃娘娘。"

"哦，她是丘真人的女弟子，那太好了。"窝阔台的心里陡然对王琬有了不少好感，"南朝人物很多，刚才他们说这冉琎是个大才，只是他可能要走。你去想办法留住他。"

"大汗放心。只要有王姑娘在，还怕他不留下来吗？"镇海诡异地笑了，"对了，王琬姑娘非常有才，精通几国语言文字。耶律大人非常欣赏她的才气,把她留在中书令衙门做个联络官。"

"她愿意吗?"

"是的。"

听到王琬已经留下效力,窝阔台很是满意:"很好。"不过他又补了一句:"不管你用什么办法,都要留住那个冉琎,总之,不能让他回去。"

"大汗请放心,奴才明白。"

"王妃现在在哪里?"

镇海笑着回道:"平日里就住在行宫附近的华严庵,那里安静,无人打扰。我又派了军士把守在附近,一般人无法靠近。今晚,我已经把娘娘接了来。"

窝阔台非常满意,拍了拍镇海的肩膀,起身离去,来到了内宫。

而此刻的内宫里,王妃李嵬名梳洗停当,让差事准备了一桌丰盛的酒宴,正坐等窝阔台的到来。

期盼已久,终于见到他一路小跑闯了进来……

窝阔台跟最宠爱的香妃被迫分开了一段时间,此刻再次团聚,自然分外喜悦。佳人美酒,催出了无限浓情蜜意,二人比往日更加的恩爱。

第二天上午,两人起床洗漱之后,窝阔台拉着李嵬名的手说:"爱妃,这一向让你受委屈了。"

李嵬名的眼圈登时有点红了:"过去的事,大汗不要再讲了。颠沛流离倒也可以忍受,只是整日地提心吊胆,实在让人受不了。"

"爱妃,现在我是大汗,谁都不敢对你怎样!我马上就恢复你的名分,从此你就名正言顺地住在行宫里。"

"真的吗?"李嵬名欣喜万分,起身给窝阔台下拜行礼。窝阔台一把拉起,将美人抱在怀里,看她欢喜的样子,不禁万分怜惜。

这时,差事进来报说,耶律楚材和镇海来了。

"叫他们进来吧。"这两人都是窝阔台长久以来的心腹,可以直接进入内室跟他说话。

两人给窝阔台行完礼后，窝阔台问："马上就要出征了，有几件事必须办好。叫你们来就是要商量一下。第一件，本汗要恢复察合皇后的名号，你们看怎么样？"

耶律楚材和镇海两人面面相觑，马上就要出兵，千头万绪的事情等着去办，怎么会在最忙的当口想起这个事了？不过当他们看到窝阔台期待的眼神，还有旁边香妃李鬼名满脸幸福的笑容，立刻全都明白了。两人不约而同地都在心里想，咱们这位大汗当真是一位情种！

可耶律楚材摇头说："大汗，这件事恐怕还得慢慢来。拖雷王爷带着主力大军就要过来了。如果他知道这件事，一定会大发脾气，弄出事端来。"

这虽是一句实话，却让窝阔台大为恼火："中书令，究竟谁是大汗？是他，还是本汗？"

耶律楚材意识到自己说错了话，一时后悔不迭："请大汗息怒，是我说错了。"

一旁的李鬼名听到拖雷的名字，早就怒目圆睁，瞪着耶律楚材。

镇海拉了拉耶律楚材的衣服，让他退后，上前说道："大汗，现在正是用兵的时候，如果拖雷王爷跟您不是一条心，恐怕会影响战局。"

窝阔台很快冷静了下来，心里琢磨，速不台和绰儿马罕这些最能打的战将，都是拖雷忠实的部下，军队的主力怯薛军也在他的手里。如果惹怒了他，带着军队撤出战场，或者干出别的什么事来，那可真是大麻烦了。不过，爱妃怎么办呢？

镇海见他沉吟不语，知道他不忍心，怕对不住李鬼名，便笑着解劝："大汗真的无须心急。娘娘现在的处境，跟过去相比，已经很安全了。至于拖雷王爷那里，我们再想办法，争取说服他接受娘娘。"

"也罢，这件事就不要让他知道了。"

"是，大汗。"

窝阔台皱着眉头："军队的主力都在他的手里，迟早会出事的，绝对不行。这次出征是个机会，本汗要彻底掌控军队。你们说，该怎么办？"

耶律楚材回答:"大汗应该下明诏给拖雷王爷,向他说明利害,要求他为了大局考虑,交出大部分军队来。我想,他应该会同意。"

"那得有一个名正言顺的理由。"

"就以对金作战,统一指挥的名义。"

"不错。你现在就去拟旨,让我看下。对了,先调速不台过来。"

"是,大汗。"镇海和耶律楚材明白他的意思:速不台是军中第一大将,无论是讨伐西夏、金国,还是远征西域,特别大战钦察、罗斯各国联军,他都立下了赫赫战功。西域那些红发蓝眼的蛮夷,只要听到他的名字,往往就望风而逃,可见速不台名声之大。如果能把速不台从拖雷身边调开,就等于拿掉了他的一只臂膀。

耶律楚材躬身施礼后,离开办差去了。镇海上前说:"军中的其他将领,也大都忠于拖雷王爷。必须让他们知道,草原上只有一个太阳,那只能是您。"

窝阔台点点头,这一直以来就是自己的心病。现在大哥术赤系的王爷们,唯拔都马首是瞻。而拔都跟拖雷最亲,如果实力雄厚的两人联手来对付自己,那局面就不可收拾了。可真要对付拖雷的话,他毕竟是自己的四弟,如果处置不当,即便自己贵为大汗,各部落王公们说不定会联合起来反对自己,岂不是更糟糕吗?

该如何处理呢?一时间窝阔台紧锁眉头,沉默不语。

镇海是窝阔台的心腹,对他的心思最是清楚,便继续说道:"大汗,不管怎样,我们必须有所行动……但某些事,大汗不能做,更不要参与,就让我们这些奴才去干吧。"

窝阔台知道他要对付拖雷,犹豫了一下回答说:"你可不能胡来,一定得有章法。"

"大汗请放心。说起来,也是天佑大汗,最近有一位高人前来助我,此人奇计百出,智慧无穷。有他助我,成功的可能性很大。"

"哦,是什么人?"窝阔台很是好奇。

"他是一位僧人，本是汉人，尊号萨巴喇嘛。大汗，此人的道行极为高深。"

借外族人之手对付拖雷，可以摆脱王公大臣们对自己的猜疑。窝阔台顿时有些释然，便点头答应了："好吧，你们去办。但是你一定要记住，大事之前必须征得我的同意。"

"是，大汗。"

第七十章　蒙金大战（二）

这几日，王琬一直在帮耶律楚材处理那些做不完的公务，因为见不到冉琎，心里挂念，便时常派人给他送些书籍图本或者佳肴美酒。冉琎静极思动时，就带着彭渊在大同府各处转转，观察蒙古的军情、民情。而何忍则利用这个时机，在大同府开建了一个明尊教新的分堂。

几天后，蒙古大军按照窝阔台的部署，陆续启程向各自的预定目标开拔。

这天上午，冉琎正坐在客栈的茶馆临窗的位置，一边饮着茶，一边观望行进中的蒙古军队。正在沉思时，店主过来说："冉先生，有两位官员要见您。"

冉琎向店主身后望去，只见王琬身穿官服走了过来，后面的人居然是姚枢。冉琎便起身迎了过去。姚枢笑着问道："冉先生好兴致，闲暇工夫在此饮茶？"

"姚大人。"冉琎拱手致意，然后用疑问的眼神看向了王琬。

王琬笑着说："姚大人一定要我陪他来一下，说有事找你呢。"

姚枢接话道："是啊，是我有事想请先生帮忙来了。"

冉琎吩咐小二再添上两副茶盏。三人落座后，冉琎说："姚大人有事请讲，只要在下能力所及，一定乐意效力。"

姚枢就把大汗窝阔台安排给他的差事讲述了一遍："冉先生，我知道您学问广博精深，对《易经》、地理和算学都有涉猎，所以斗胆想请您跟我一道，各处走走、看看，帮我拿个主意。不知冉先生愿意吗？"

"姚大人,您太过誉了。只怕在下才疏学浅,会辜负了大人。"

"冉先生太过谦虚啦,我知道您一定行的。来之前,耶律大人跟我说,这可不是一般的差事,得多一些有大学问的人一起参与才好。"

冉琎忽然心里一动,自己一直有个愿望还未实现,就是到目前蒙古的境内各处看一看,可以从山西出发,到甘陕、河东,再向北去西京路汪古部、辽东,然后到漠北草原,甚至一路向西直到波斯、钦察、高加索等广袤的区域,去访察各地的民情和军力分布等实际状况。于是他问道:"姚大人,不知这是您自己的主意,还是……"

王琬笑着说:"来之前,我就问过他了,可姚大人不肯说呢。"

姚枢拱手笑道:"您二位不是外人,我就实话实说了。这的确是我自己的想法,不过也是耶律大人的意思。"其实姚枢的本意是想留住冉琎,让他看看己方强大的军力、国力,相信以冉琎的睿智,应该会做出明智的选择。

冉琎回答:"这件事短时间里做不好的。可是在下本就打算回去了,只怕会耽误了姚大人的公事。"

将香妃李嵬名送达大同府后,冉琎本来计划带王琬一起回到大宋,免得牵涉进不必要的麻烦里。可王琬并没有马上离开的想法,而且似乎蛮喜欢这里,这让冉琎觉得很是为难。这几天他一直矛盾重重,现在听到姚枢的邀请,恰好又可以遂了自己的一个愿望。这是两全其美的事情,他不禁有点动了心。

姚枢说:"我理解先生。不如这样,冉先生,我们就以一年为限。一年之后,不管差事是否完成,先生是去是留,一切悉听尊便,如何?"

冉琎抚着短须寻思起来。

姚枢又诚恳地劝道:"这件差事,干系重大。窝阔台大汗极为重视,一旦完成,便是先生的莫大功劳。我想,大汗一定会对先生非常感谢的。"

这时王琬笑着向他点点头。冉琎知道王琬并不想自己很快南归,思忖了一阵后终于点头答应:"那好,姚大人,就照您刚才所说,一年为限。"

姚枢是个至诚的性情中人,听到这他非常高兴,向冉琎击掌说道:"太好了，一言为定！"

三人商定之后，姚枢很是知趣，先行离去了。

冉琎问王琬："琬妹，一年后你如何打算？回金国吗？"

王琬摇头："只怕一年后，金国未必存在了。"

冉琎的眼睛闪出了光："那随我去大宋吧？"

王琬深思了一会儿："冉兄，距离我们家乡不远的大海上有个蓬莱仙岛，建有上清道宫，那里气候宜人，物产丰饶。不如我们到那里隐居如何？"

冉琎毫不犹豫地答应了，又轻声说道："琬妹，万一金主真的派人找到了你，千万不要答应他任何事情。"

"冉兄放心，我知道该怎么做。"

冉琎点头，随后叫来了彭渊与何忍。几个人为下面的行程仔细商议了一阵，决定由何忍留在大同府，照应王琬的安全。彭渊则跟随冉琎一路护卫。

几天后冉琎收拾了行装，带着彭渊跟姚枢会合，按计划先到西京路丰州，随后去中都，再到漠北蒙古汗庭，最后去西域考察。

临行之前，王琬陪着冉琎来到城外，二人执手同行，依依不舍，少不得互相叮嘱一番。

再说史天泽奉了大汗窝阔台命令回到河北，随即统领蒙、汉军5万余骑再次围攻卫州。

塔思自告奋勇，一定要做先锋，带着自己的2万骑兵如同狂风一般扑向卫州城。结果在卫州城外不到30里的五陵，意外地撞上了刚刚从徐州调来支援卫州的汉将夏全军。

塔思恨透了国用安和武仙这些汉将，立刻亲自带了一队骑兵冲杀了上去，将夏全军截成两段，后面赶上的大队人马将夏全军团团包围。夏全军几乎全是步兵，又是野战，毫无险要可以拒守，根本无法抵挡塔思骑兵的冲锋，顿时溃不成军。

卫州城内武仙得到了夏全紧急求援的军报，顿时陷入了两难当中。如果自己带兵去五陵营救夏全，只怕史天泽和张柔两路人马突然攻城，卫州城很难守住；可如果不去援救，难道眼睁睁地看着他被塔思歼灭吗？

这时他想到了白华，如果他在卫州，完全可以放心地把城池交给他守着，然后自己率军出去援救夏全。可他自从上回以监军的身份夺了蒲察官奴的军权后，一直率军驻守滑州脱不开身，该如何是好？

正为难的时候，探马来报，平章政事完颜合达同副枢密使移剌蒲阿率军来援，大军就在50里外，前锋完颜陈和尚带领一千忠孝军精骑兵就快到城外了。武仙听罢大喜，却又感到有些疑惑，自己并没有接到兵部的通报说他们要来，他们怎么就来得这么及时？来不及细想，武仙立刻交代副官守好城池，自己点了2万兵马出城接应陈和尚。

此刻陈和尚的骑兵将围城的史天泽军冲开了一个缺口，正在军阵里往来冲杀。史天泽和张柔都没有料到金军来得如此之快，更没有料到陈和尚如此勇猛。他带领的一千精锐，人人手执一把马刀肆意砍杀，兵锋到处锐不可当。史、张二人的军阵被冲得七零八落，一时间失去了控制。正好武仙赶到，两军合力将史天泽和张柔大军杀退。

陈和尚见到武仙时说："武将军，来之前完颜合达元帅让我转告你，卫州一战必须速战速决，之后我们还要赶回潼关，再到庆阳去。"

武仙纳闷地问："完颜将军，你们不是一直就在潼关吗？"

"前天我接到元帅的紧急命令，就到卫州支援你来了。"

"哦，那为什么又如此着急地要走？"

"具体我也不知道，你去问元帅或者移剌蒲阿将军好了。"

武仙点头，又问："不知将军是否愿意跟我一起去救夏全？现在他们被塔思包围了。"

陈和尚慨然应诺。两人率领各自军队一刻不停地赶到五陵，却还是来迟了一步，夏全军已经被塔思全歼，夏全战死。两人无奈，只好下令向卫州撤回。

就在这时远处响起了号角，只见烟尘大起，刚刚结束战斗离开的塔思军突然杀回，2万骑兵呐喊着向他们冲了过来。随后两军搅在一处，厮杀得难解难分。

幸而半个时辰后，完颜合达与移剌蒲阿大军赶到，几路人马合力将塔思杀败，逐出了五陵。

得胜回城的路上，武仙问完颜合达："大帅，我并没有接到兵部通知你们会到卫州来，这是怎么回事？"

完颜合达哈哈一笑："出发之前我才向皇上请了旨，恐怕兵部的急递现在还在路上。"

"我有些糊涂了，难道大帅你未卜先知，就知道卫州有大批蒙古军到吗？"

"不，是白华通知我来的。他得到了可靠情报，说史天泽和塔思就要进犯卫州，之后就是庆阳，还有潼关都有蒙古军来，所以我们不能停留太久，马上就得赶回潼关。"

武仙诧异："皇上和兵部都不知道这些消息，白华怎么会知道？"

完颜合达摇了摇头："他的消息来源，我也不知道。不过我对白华很是了解，他这人做事一直极为稳妥，所以当然信他。"

武仙心想，也许是白华在枢密院时，秘密派遣了一批人到蒙古去打听消息。不过，完颜合达和移剌蒲阿未经皇帝批准就擅自出兵，事后一定会引起皇帝的猜忌。于是他对完颜合达说："大帅，今后用兵，还是得皇上批准才行。"

"武将军说得很对。但这次军情紧急，将在外君命有所不受。你放心，皇上绝不是那种量浅猜疑的人。"

武仙摇头叹气："大帅你是女真亲贵，自然不会有事。但白华还有我，就不好说了！"

完颜合达慨然说道："武将军请放心，我马上就向皇上写奏表解释，还要为白大人和武将军请功呢。"

第七十一章　蒙金大战（三）

　　武仙连连摇头："大帅，请功的事就不要提了。您在奏表里一定要写上，这次事出紧急，不得不擅自出兵。皇上细想后，可能对白华跟我，就功过相抵了。"

　　完颜合达忽然有些生气："武将军，你们都是这么猜疑皇上的心思吗？"

　　武仙苦笑："大帅，您可以等着看，我的话很快就会验证。"

　　旁边的移剌蒲阿劝解道："大战在即，皇上用人要紧，不会计较那么多的啦。武将军，你尽管放宽心。"

　　大军随后进了卫州城，休整了一夜。

　　第二天黎明时分，完颜合达、移剌蒲阿和陈和尚率领大军离开卫州，火急火燎地赶往潼关。刚到了潼关休整一日，三人接到前方军报，抄思和朵忽鲁大军正在围攻庆阳，现在那里危在旦夕。

　　完颜合达跟移剌蒲阿和陈和尚商议："二位将军，庆阳现在危急，你们看，要不要派援军去支援一下？"

　　移剌蒲阿摇头："这里到庆阳之间，一定要经过大昌原。上回我们在那里重创了蒙军，按照他们一贯的习性，必定要报了这个仇才行。所以那里一定会伏有重兵，我们过不去的，不如大军收拢，坚守潼关。"

　　完颜合达有些生气："难道因为害怕伏兵，我们对庆阳就见死不救？"

　　"小不忍，则乱大谋！大帅，越是这种时候，越得冷静啊。"

　　"那你留守潼关，我亲自带人去救庆阳。"

　　两位主帅争执了起来，几位部将樊泽、杨沃衍和高英等人面面相觑，不知道如何是好。

正在这时，陈和尚从关上督察备战回来了，听说庆阳有事后，立即向完颜合达请战："大帅，你们二位身上担着大金国的安危，不能轻动。庆阳还是我去吧。"

陈和尚是移剌蒲阿的副将，前次大昌原一战，以几百骑兵大破蒙古军上万，从此名震天下，金主拜他为定远大将军。可这一次再去大昌原，必定要遭到蒙军疯狂报复，所以此行凶险无比，只怕九死一生。移剌蒲阿舍不得他去，就将目光投向了樊泽和高英他们。

可几个人全都默不作声。

完颜合达起身说道："就这么定了，我跟陈和尚带兵去，其他人守潼关。"

杨沃衍跟着起身："大帅，我也去。"

完颜合达点头同意。随后三人点了5000名骑兵、1万名步军。完颜合达下令陈和尚带领3000名骑兵当作先锋，自己居中，杨沃衍殿后，全军立刻出发赶往庆阳。

陈和尚率领的这3000名骑兵，是金军的主力忠孝军里最精锐的部分，里面有女真、汉人、乃蛮、回纥、契丹各族猛士，极其骁勇善战。金主以倾国之力保障他们的军需供应，军纪极其严明，对庶民秋毫无犯。可以说，这支军队就是当下金军的中坚力量。

此刻，抄思带着军队正在庆阳攻城，而朵忽鲁率领另一半军队，在通过大昌原的官道四周密林里悄悄埋伏了下来。

行军路上，陈和尚问部下们："各位，前面一定有蒙古伏兵。你们说我们该怎么办？"

这些从忠孝军里精心挑选的部下大都悍勇好斗，有人接话道："大将军，跟他们又不是没打过，咱们不怕。你说怎么打，我们就怎么打。"

陈和尚见他们士气高涨，点了点头说："蒙军已经重兵设下了埋伏，我们的兵少，不能硬拼，应该绕过去。"

"绕过去？大将军，那后面的步军怎么办？他们可抵抗不住骑兵的冲击。"

陈和尚笑了笑："我算过了，如果我们绕过大昌原，路程会多出一倍。但我们都是骑兵，速度快。在大帅他们到达大昌原的时候，我们已经绕到蒙军的背后了。"

有人立即恍然大悟："我明白了，大将军，你打算从背后去踹他们的屁股？"

所有人听到顿时哈哈大笑。

陈和尚笑着点头："对，就是这个打法。"随后叫了一个亲兵，让他火速赶到中军，通知完颜合达，自己带着3000名精骑改变了方向，绕道插向大昌原的背后。

一切正如陈和尚所料，当他们赶到的时候，完颜合达的大队步军刚刚进入大昌原，就立刻遭到了朵忽鲁的突然袭击。

完颜合达下令全军收缩，用大盾牌和长枪阵挡在前面，抗住蒙古骑兵的冲击。后面的士兵一刻不停地向蒙军发箭，一时间双方都是箭如雨下，不停地有成片的士兵惨叫着倒下。

片刻之间，朵忽鲁的大队骑兵发动了数次冲击，都被金军挡了回去。见冲击不动，朵忽鲁有些焦急了，下令后队弓箭手全部换上火箭，对缩成一团的金军发起火攻。一时间，大昌原上烽烟四起。

此刻正是秋冬时节，草木干枯，沾火就着。完颜合达军立时就乱了起来，士兵们到处乱窜，军官的号令已然无法约束。完颜合达紧急下令，将逃跑的军官和士兵立即斩首，防止他们带动更多队伍溃散。

朵忽鲁见金军乱了阵脚，立即吹起号角，下令全军出击，很快地双方军队混杀在一起。金国的步军无法抵挡蒙古骑兵的疯狂冲击，渐渐地招架不住了。

正当完颜合达万分危急的时候，蒙古军背后突然传来震天般的喊杀声和马蹄声。朵忽鲁以为抄思带兵来了，不假思索地骂道："这秃厮早不来迟不来，现在过来抢功了。"

然而瞬间之后，他看清了旗号，不由得惊得呆住了。因为这些骑兵根本不是抄思的人，全都是金国忠孝军。

是陈和尚到了！朵忽鲁后军顿时大乱。

陈和尚带着三千精锐四处出击，挥动着马刀，凶煞一般，见人就杀。

很快蒙军士兵到处传说陈和尚到了，一时间军心惶惶，不战自乱。陈和尚所到之处，蒙军士兵四散溃逃。完颜合达看到陈和尚已经得手，下令全军立刻反攻。随后两边合力，向朵忽鲁围了上来。

朵忽鲁见大势已去，下令全军撤出战场，带着部下拼死杀开了一条血路。蒙古溃军慌不择路地从大昌原蜂拥而逃。

完颜合达跟陈和尚会合之后，乘着士气无比旺盛，率军一直追击到庆阳城下，在那里跟抄思的军队大战了一场。抄思实在敌不住他们，只好下令退军。至此终于解了庆阳之围。

此时窝阔台正率领大军开往潼关，听说东西两路已经兵败后，顿时大为恼火，问身边的斡陈那颜："这次出动了三路大军，现在两路已败，如果我们再不能有所收获，那不是要三路全败吗？"

斡陈那颜摇头回答："绝对不会，大汗放心。"

"哦，皇叔好像很有把握打赢这一仗？"

斡陈那颜诡异地笑了："大汗，潼关天险，确实易守难攻。不过，我们抓到了一个本地人，据他讲，潼关附近有一条小路可以绕过去。唯一的麻烦是，这条道似乎很难走通。"

窝阔台一听就有了兴趣："那这条路通向哪里？"

"他说能通到南面的蓝关，再转向东，到小关。"

窝阔台向左右招手："拿地图过来。"

手下们就在马背上打开了潼关图本，窝阔台仔细查看了一阵，欣喜地说："如果能拿下小关，我们就可以在那里集结，东进中原了。"

"是的，大汗。我们可以尝试一下，派一支奇兵绕开潼关，出其不意地攻下蓝关、小关，然后转回头从背后攻打潼关。"

"那皇叔看，派谁去好？"

"这支军队将要在敌后发动袭击，山道崎岖狭窄，路上多有障碍，对马军很是不利。万一敌人再设有埋伏，他们的处境将会极其危险。因而带队的将领必须意志坚韧，深孚众望，能让士兵无条件地相信跟从。"

"那就让速不台亲自出马。这次行动不成功，便成仁。"

斡陈那颜点头赞同："也只有他能去了。"

窝阔台随即派出差事，快马奔回漠北向速不台传令，要他加快行军，早日跟自己会合。随后，窝阔台亲自率领大军正面强攻潼关。

潼关位于关中东部，雄踞三省要冲，地形险要。书上记载："河在关内，南流潼激关山，因谓之潼关。"当年曹操为了防御关中兵乱，在崤函古道西面设立修建了潼关。关口之南是秦岭；东南有禁谷，设有十二连城；向北有洛水、渭水，汇黄河抱关而下；向西则靠近华山。这里谷深崖险，山高路狭，狭窄的羊肠山道仅能容下一车一马同时并行。

窝阔台率领20万大军行走在山道上，俯瞰四周绝壁，不禁倒吸了一口凉气。大军出发前，姚枢曾经对他说，潼关极其险要，自古就有"人间路止潼关险"的说法。当时自己还不以为意，现在看来，果然所言不虚。

因为行军缓慢，20万大军用了近10天时间，这才在潼关前方集结完毕。然而因为山道太过难行，只有少量的攻城利器炮车随军运了上来。可即便军力准备尚有不足，窝阔台依然决定强攻潼关。这日清早，窝阔台一声令下，蒙古士兵全都下马，扛起云梯呐喊着开始攻关。

第七十二章　蒙金大战（四）

移剌蒲阿连同樊泽、高英等人带领5万金军死守关上，士兵们全都手持弓箭、长刀严阵以待。当第一队蒙军士兵冲到关下时，高英带领上千名弓箭手开始射击，刹那间，箭如雨下，一队队蒙军不停地被箭雨射倒，后面的士兵架起盾牌，扛着云梯踏在尸体上继续冲击。

片刻之后，成功冲到关下的蒙军开始架梯登关。金军向下面拼命投掷礌石滚木，又浇下烧得滚烫的沸油，上面的蒙军士兵惨叫着不断跌下来，下面的士兵叫喊着继续攀爬攻城。

窝阔台正在远处的山包上立马督战。在他的记忆里，自己经历过无数次残酷的战争：从统一蒙古各部落的内战，到西征惩罚花剌子模，再跟金国大军决战野狐岭，中兴府血屠了西夏人。窝阔台自认自己已经是铁石心肠。如今对金国实施最后一战，想不到一再受挫。现在潼关这里，战斗又是如此的血腥。看着自己的士兵们不断倒下，窝阔台开始心痛了。

这些都是自己的兄弟、子侄，金国灭亡在即，可他们都在即将享受荣光富贵的那一刻前倒下了！为了拿下潼关，还要赔上多少兄弟？

令窝阔台无比失望的是，自己亲自指挥大军连续攻击了一个多月，士兵死伤无数，可潼关看起来丝毫无损。随着己方进攻一再受挫，潼关金军的士气，似乎越来越高涨了。拿不下潼关，包括自己在内的三路大军，即将以全部失败而告终。

这样的连败，分明是打了自己这个新任大汗一记响亮的耳光！拖雷和拔都那边的王公们本就认为自己不会打仗，完全可以想象，他们一定会在私下里放肆地嘲笑：看看，这个大汗是多么的无能，还得他拖雷上阵才行！

想到自己的名声将要一落千丈，窝阔台的心都要炸了。他咬牙切齿，指着关上骂道："移剌蒲阿，如果能破关，我一定要活剐了你！"

又是一天惨烈的进攻，再一次无情的失败，蒙军士兵的士气开始低落了……

就在窝阔台感到绝望的时候，他一直期待的大将速不台终于赶到了！

速不台确实是一个神奇人物。随着他的到来，窝阔台全军上下顿时走出失败的阴影，全都兴奋了起来。因为速不台就是蒙古军中的无敌大将，一生征战从未遭遇过败绩。他是成吉思汗留给后任大汗的"战神"。

窝阔台带着所有的将领，一起走出中军行辕之外，以最高的礼仪欢迎速不台的到来。

而速不台对这样的最高礼遇坦然受之。他参与过蒙古至今为止所有的重大战役，灭亡花剌子模和西夏；野狐岭歼灭金军主力40万；西征途中横扫波斯、高加索；将花剌子模苏丹摩诃末追得吐血而死；迦勒迦河之战，大败罗斯、钦察联军20万。这些战役中他全都立下了汗马功劳。如今对付被认作困兽犹斗的金军，他当然充满了自信。

窝阔台携手速不台一起步入军营，士兵全都看着他们，齐声欢呼。中军大帐里已经排开了宴席，窝阔台与众将陪着速不台用了晚宴。结束后，窝阔台单独会见了速不台，将军事部署详细交代了一遍："大将军，你此去绕开潼关，孤军深入敌境，只怕极其凶险，有把握打赢吗？"

速不台慷慨领命："大汗放心，如果拿不下蓝关和小关，咱也就无颜再见大汗，你就拿掉我'巴特勒'的称号吧。"

窝阔台一直期盼着速不台的到来，原本很是高兴，可听到他说出了这样的话来，觉得有些不吉，顿时很是不快。但他话已出口，窝阔台只得继续笑容满面地表示期待，希望他一举成功，扭转这次攻金的颓势。

次日清早，速不台点齐了1万名精兵，来到中军向大汗辞行。

窝阔台亲自为他执鞭牵马，一直送出了辕门之外。速不台在马上回首，向窝阔台行礼致意，然后毅然转头，带着大军出发了。

由本地向导领路，速不台大军在潼关南面的群山当中迂回行进。

此地名叫商於，这里的山道更加狭窄逼仄，不时还有巨石封住了道路。速不台派出了几队工兵，不时地搬开横挡的石块巨木，砍开疯长的灌木藤条，所以行军速度很慢。

速不台见自己的大军被堵在几十里长的狭窄通道上，正进退两难，不禁头上冒出了一些冷汗。如果此时四周的山上敌人发动袭击，哪怕只是几千弓箭手，都可以让自己损失惨重。

万幸的是，直到目前为止并没有敌人出现。

缓慢行军一天一夜后，速不台大军终于出山了。向导手指前面的关隘："将军快看，那就是蓝关。"

速不台大喜，命令大军就地隐蔽警戒，休整半天。天黑以后，利用夜色的掩护，速不台率领大军向蓝关快速逼近。蓝关的守将根本料不到这里会有敌军过来，因此防守极其松懈。速不台大军几乎兵不血刃就占领了蓝关。

速不台下令将被俘的金军主将和副将押了过来，要求他们向自己投降。

那主将不肯屈服，大骂鞑子不绝于口。速不台冷笑了几声，猛然拔刀将他砍倒在地。

副将见状，脸色惨白，嘴角接连哆嗦了几下。速不台看在眼里笑了起来，命令手下将捆缚的绳子解开，然后亲自扶着他坐了下来。又让本地向导过来，帮着一起安抚了一番。随后让人端来了一盘银锭赐给副将。这副将本就惧怕速不台，这时哪有不降的道理，表示愿意为他带路。

速不台看着归顺的副将，得意地哈哈大笑起来。

这之后由副将引路，速不台顺利攻到了小关下面。这副将跟小关守将熟识，进关后一番游说，小关守将随即投降了蒙军。

进关之后，小关守将设宴迎接速不台及手下各将。速不台没想到能如此顺利地拿下了小关，心情大好，跟诸将痛饮一番。席间，有人大笑着说道："大将军，来之前大汗说我们此行有很大危险。你看我们这么快就拿下了，大汗也忒多虑啦。"

旁边有人说："那得看是谁了。这是大将军来了。要是大汗自己来打，嘿嘿，只怕未必会这么顺……"

这时速不台已经喝了很多酒，但头脑还保持着清醒，听到这话立即呵斥骂道："你这厮喝醉了！再要胡说八道，我把你扒光了抽一百鞭子，扔到马厩去。"

众将听了，顿时一阵嬉笑。

又有人向速不台敬酒，然后抱怨道："大将军，咱们胜得太快了些，弟兄们可都还没有尽兴哪。"

速不台明白他在说什么。这些人攻城略地之后，习惯性地要大肆抢劫杀戮一番，除非敌人投降归顺。按照军法，在蓝关和小关都不能这么干，所以他说没有尽兴。速不台瞪了他一眼，叫副将拿来了地图，上前指着图说："这小关的东面有两个县，分别是卢氏和朱阳。明天你们带上各自的兵，攻下了就都是你们的！"

手下各将听罢，人人喜不自胜。

第二天，速不台的大军分作几路，在两个县到处烧杀抢掠。由于各将对自己的士兵都不加以约束，于是蒙古军骑四处出没，深入金国境内几百里杀人放火。

一时间金国大乱，到处人心惶惶。金主完颜守绪接到急报，顿时大惊失色。此时留在汴梁的将领已经不多，大多已经派出带兵。朝上只有完颜白撒和蒲察官奴等少数将领还在，其余的基本都是文官。

金主惊慌之下问道："众位爱卿你们看，这伙蒙古兵到底怎么回事？朕的潼关还没有丢，他们怎么就过来了？"

官员们众说纷纭。有人认为这只是蒙古兵的小股军队，不足为虑；有人说他们既然能过来，那么潼关一定岌岌可危了；还有人弹劾说，这是完颜合达、移剌蒲阿的失职，竟然放蒙古兵进入境内。一时间，朝上文武官员吵吵嚷嚷，可就是没有人提出退敌的办法来。

金主失望之余，渐渐地开始恼怒起来。

完颜白撒见金主的脸色难看，出班奏道："陛下，完颜合达元帅前几天仓促带兵去了卫州，然后急匆匆地返回潼关，紧接着又到庆阳打了一仗。劳师远征，这犯了兵家大忌。虽说最后都打赢了，可这次是天佑大金，下次还能这么侥幸吗？在臣看来，正因为我们的大军一直疲于奔命，这才让蒙古兵乘虚穿过了潼关，深入我境内数百里。"

蒲察官奴立刻附议："老将军说得对。陛下，完颜合达元帅之所以到卫州去，是听了白华的话才去的。"

金主摇头："白华并没有兵权调动老元帅的兵。"

"是的陛下，白华并没有兵权，可他们就是这么听他的话！即便是合达元帅都在听从他的调派。陛下啊，这才更加可怕。白华严重越权，臣在这里参劾他胆大妄为，擅自调兵。"

金主并不糊涂，他知道蒲察官奴在卫州时，被白华以监军的名义强夺了军权，所以他深恨白华。但是白华竟然能在自己不知情时，调动了完颜合达和陈和尚的精锐主力，这不能不让他深感忌惮。

完颜白撒再次出列："陛下，前些日子微臣听到了一些传言，说白华就是太白星君转世。臣对此很是忧心哪！"

"哦，你在担心什么？"

"臣记得，史书上有过这么一句话：'太白经天，乃天下革，民更王。'微臣担心，有人不但造谣生事，而且居心叵测，要谋夺兵权！"

金主完颜守续听了这话，顿时脸色惨白，随即转为通红。他出离愤怒了，随即命人下旨给完颜合达，严厉地斥责他擅自动兵，致使蒙古兵越境而入。再命人带着圣旨，星夜赶到滑州，免去白华一切官职，立即回京……

再说蒙军入境烧杀的急报迅速传到了潼关。刚刚从庆阳回军的完颜合达闻讯大怒，立即下令陈和尚率领精骑三千，都尉樊泽、高英带领步军一万前去歼灭这支蒙军孤师。

路上三人约定，樊泽、高英率领大部军队赶去收复小关；陈和尚率领所

399

有骑兵，将分散的蒙军赶到蓝田七盘山倒回谷，然后在那里聚歼速不台。

由于速不台的大部分军队已经散开，一时间收拢不及，小关在樊泽、高英的猛攻下迅速失陷。速不台无奈撤离小关，传令各处士兵，向他的位置倒回谷靠拢。

在倒回谷里，速不台好不容易收拢了大部兵力，正准备向西撤退，却迎面撞见了正在猛冲猛杀的陈和尚精锐骑兵。

这是蒙、金两军第一大将的正面对决。两人都杀红了双眼，领着各自的骑兵来回冲杀。终于，两位大将相遇了。他们手执长刀，端坐马上瞪着对方。随着一声呐喊，各自打马向对方冲了过来。二人拼尽全力狂剁猛劈，直至双方的刀刃全都砍出了无数缺口，也不能分出胜负。

两人回马换刀之后，率领士兵继续厮杀。这一战直杀得天昏地暗，难解难分。

两军交战一个时辰后，速不台发现己方的骑兵逐渐稀疏，而对方士气越来越高。他知道自己大势已去，如今败局已定。不过他毕竟身经百战，临阵不慌，吹起了号角，下令余下的所有部众跟他会合，向西撤退到蓝田去。

但陈和尚紧追不舍，一路跟到了蓝田。速不台无奈，只得领着败军继续撤退。一直退到了渭水边上，这才摆脱了金军追击。

第七十三章　借道宋境（一）

速不台在倒回谷大败的消息迅速传到了窝阔台那里。

窝阔台将诸将召集到中军大帐，铁青着脸开口问道："速不台轻敌冒进，更放纵士兵不守军纪，贪图小利，致使大败。你们说，下面该怎么办？"

众将的心思，都想退兵了。可在这时谁都不敢先说出来，害怕这位大汗迁怒于自己。

已经强攻潼关两个月，损兵无数，其实窝阔台也早有了退兵休整的想法。怎奈诸将没人愿意替他说出口来，众人便一时僵持住了。

正在尴尬的时候，探马来报，皇子阔端在巩昌遭遇汪世显伏兵袭击大败，现在退回长安。

这个消息让窝阔台更加恼怒。记得当初父汗亲自指挥，自己跟大哥术赤、四弟拖雷率领几路兵马攻打金国，那时他们的主力在野狐岭和中都就已经被消灭殆尽。没想到，现在他们残余的军队竟然这么能打。

窝阔台起身看着巨幅金国地图，陷入了深思。忽然，他的目光停在了凤翔。当初父汗临终前交代：要借道宋境，攻灭金国。如果占领了凤翔，就可以从这里南下，长驱而入陕南。之后可以要求宋廷放大军进入，再从汉水东进，进兵河南腹地，在侧后夹攻潼关、汴梁。

正在想着，有差事送来速不台的军报，他已经跟阔端合兵一处，将要去攻打凤翔。

众将听罢，窃窃私语，都明白他们两个是想通过攻下凤翔，来将功赎罪。

窝阔台一直紧绷的脸色渐渐缓和了。他指着凤翔说:"潼关,不打了。我们现在退回去,一起攻打凤翔。"

有将领建议道:"大汗,如果我们撤走的话,完颜合达跟移剌蒲阿可能会追出来。我们得做些准备才好。"

但窝阔台轻蔑地一笑:"一群只知道龟缩守关的鼠辈,还有胆量出来吗?"于是窝阔台大军连夜撤出了潼关,并没有派兵殿后。

第二天清早,完颜合达得知窝阔台大军撤走后,火速带了5000名骑兵尾随追击,竟然抢到了大批蒙军战马和辎重。

窝阔台被一再打痛,这才懊悔不迭,真不该轻视了这批金军将领。

这些天来,一连串的捷报,不停地送到汴梁。金主本来万分紧张,现在化作了欣喜若狂。他带着所有文武官员,再次到皇室宗庙,举行盛大的祭祖告捷庆典。

白华虽然被免了职,但也接到了通知去参加庆典礼仪。可是他没有了官服,不能站到官员的队列里去。正当他有些难堪时,完颜赛不看见了,便走过来将他拉到了自己的身后。

祭拜仪式结束,金主走下祭坛时看见了他,却故意将头扭开,不跟他目光交会。白华心情郁闷,正要离开时,完颜赛不拉住了他:"文举你且等等,待会儿我有话跟你说。"说完,他追上金主耳语了片刻。金主点头离开,他又跟后面随行的蒲察官奴交谈了几句。蒲察官奴转头恶狠狠地瞪了白华一眼。

他们离开后,完颜赛不走过来问白华:"文举,你让完颜合达、陈和尚他们出兵支援卫州的事情,有没有奏报皇上?"

"老将军,这是必须的。在下当然上报了,只是因为军情紧急,为了节省中间传递的时间,下官便同时发给皇上和完颜合达元帅了。"

完颜赛不重重地叹气说:"问题就出在这里。你的奏表可能并没有送到皇上手里。"

"老将军这是什么意思?难道有人故意截留下官的奏章不成?这可是欺

君哪！"

"唉，有的人，太不像话了！"

"哦，他到底是谁？"

完颜赛不摇头："文举，我不能告诉你，这是为了你好。"

"下官已经猜到是谁了，是蒲察官奴？"

"算了文举，大敌当前，你就不要再追究这件事了吧。我马上进宫向皇上进言，将你官复原职。"

"这，那就多谢老将军了。"

"只是有一件事，还请文举照实告我。"

"老将军请问。"

"你如何知道蒙军的最新动向？"

"自然是有内线通知我的。"

"文举，能不能告诉我，他是谁？如何跟他联络？"

白华一时愣住了，回答道："抱歉老将军，这是一个绝密，目前连皇上都不知道。为了他的安全，我暂时不能泄露此人的情况。"

完颜赛不有些不悦："文举，我是外人吗？连我都不能告诉？"

白华沉默不答。

完颜赛不只好拱手说："也罢。那你等皇上召见吧。文举，皇上好像对你颇有怨气，你可要小心应对。"

"多谢老将军。"两人拱手别过。

完颜赛不随后进宫觐见金主，先汇报了从山东到徐州、海州一带的军情以及在海州修造兵船的事情。然而因为接连大胜蒙军，此刻金主无比乐观，对从海上撤退辽东的事情已然没有了兴趣。

完颜赛不只好草草结束，最后他问起了白华的事情。

金主一听到白华的名字，脸色立即阴沉了下来："老将军，白华的事情就不要说了，也不要再为他求情。朕自有主张。"

"可是的确是事出有因哪。如果白华不那样做的话，只怕来不及救援卫

403

州。"

这种说法让金主完全无法接受，冷冷地回答道："这样的事情一旦有了第一次，就会有第二次、第三次。即便有再大的功劳，朕也绝不能容忍这样的人！"

"可是他的确向陛下奏报了啊。"

"朕不想再谈这件事了。老将军请回吧，朕现在乏了。"说完，示意内侍送他出去，自己起身进内宫去了。

完颜赛不无法，只好讪讪地退了出去。出来的时候，恰好遇到了平章政事完颜白撒。他们都是宗室亲贵子弟，相比别人自然更加亲热一些。完颜白撒见他很是沮丧，便询问发生了什么事。完颜赛不将刚才为白华求情，却被金主斥退的事情告诉了他。

完颜白撒劝道："兄长，我劝你不要再管白华的事。"

"可白华、完颜合达他们的确不是擅自调兵，这都是上报陛下了的。"

完颜白撒嘿嘿笑了："你以为皇上没有看到白华的奏章？"

"这……难道……"

"这样的军国大事，谁敢拦着不报？皇上动怒，不为别的，就因为白华犯忌讳啦。处置他，是为了震慑那些将军！"说完，他拍了拍完颜赛不的肩膀走开了。

完颜赛不呆立原地，愣怔了好一会儿才回过神来，长叹了一口气，自言自语道："陛下，你大错特错了，这是在自断臂膀哪！"

再说窝阔台大军合力攻下了凤翔，总算是出了心里恶气。在凤翔他召来了耶律楚材和镇海，问道："这次攻金不顺，是我轻敌冒进了。你们说，下面我们该怎么办？"

镇海回答："大汗不必懊恼，胜败本就是兵家常事。凤翔这里我们不就打赢了吗？"

对于窝阔台为什么要撤兵潼关，转而攻打凤翔，耶律楚材心里跟明镜似的，他上前从容地说道："大汗，先汗去世前制定的借道宋境，迂回攻金的策略应该是我们的最佳战法。现在凤翔又打下来了，看来时机已经成熟了。"

窝阔台点点头："可是这个道怎么借呢？"

"我们应该再派使臣过去。"

"过去他们不愿意接见我们的人，为什么现在就愿意呢？"

镇海诡异地笑了："我们不是有那位'临安四公子'之一的余公子吗？"

窝阔台不认识余保保，好奇地问："你说的是谁？"

耶律楚材就将余保保的来历简短地介绍了一遍："余公子现在在我们这里做客。大汗，他的父亲是南朝同签书枢密院事，可以直接见到皇帝和宰相。前些天我们跟余公子谈过两国合作的事情，他很愿意帮忙。"

这样的军国大事，却需要利用裙带关系贿赂他国，窝阔台很不喜欢，皱着眉问："他需要什么条件？"

镇海接话道："花钱那是少不了的。"然后看到窝阔台的脸色不好，犹豫了一下劝说道："但这笔买卖绝对值得。"

窝阔台哼了一声："打下了金国，金山、银山都能抢到手，本汗怎么会吝啬钱呢？可要跟这种纨绔子弟合作，花钱去贿赂南朝的官员求借道，你们不觉得丢脸吗？"

镇海笑了："大汗，如果不用打仗就能达到自己的目的，难道不是更好吗？当年韩信还有胯下之辱，何况是军国大事。做生意从来不丢人的。"镇海以前是一个豪商，在他的心里，不管是跟敌国打仗，还是行贿他国，全都是买卖上的事情。

窝阔台点了点头，算是同意了。

耶律楚材又补了一句："大汗如果觉得气还不顺，那就想想将来。等我们灭金之后，再顺势灭了南朝，统一天下，怎么样？"

窝阔台听了这话，顿时舒展了眉头："那好，就这样。这次仍是派李邦瑞去南朝。你们一起商量一下，叫他尽快出发。"

"是，大汗。"两人躬身领命。

第七十四章　借道宋境（二）

白华自从被罢官免职之后，一直闲居在家里。这天，元好问又来看他了，见他正在收拾一应家用，似乎准备搬走的模样，便问："文举，你这是在干什么哪？"

白华笑了笑："裕之，还记得上回我们说过的，该我离开的时候，现在到了。"

元好问很是失落："你要到哪里去呢？"

"顺州。"

"你要回到你们宗主那里？"

"不错。我已经离开明尊总坛太久了……最近，我总是梦到醉峰观那里的一草一木。特别是宗主谢昊，我已经几次梦到他，也不知道他老人家现在怎么样了。"

"看来你真的是想念故人了。唉，这里的事情实在是太过烦累，而且……令人沮丧。也好，你先去那里休养一阵。"

白华不语，竭力压制自己愤懑的情绪，站到窗口向南方眺望："只怕这一别，我们此生再难见面了，裕之！"

这句话一下子感染了元好问，他的双眼不禁有些湿了，勉强挤出一丝笑容："文举，你太悲观了。"

白华揉了一下眼睛，转头说："裕之，大金国就要崩溃了！你也得赶紧寻找一个安全的去处。要不，跟我一起南下如何？"

元好问犹豫了，想了一阵摇头说："我家乡还有一些田地。真到了那一天，我就回家去，自耕自种，再设帐授徒，做一个逍遥先生吧。"

白华长叹一声："只怕覆巢之下，没有完卵！"

"文举，时局哪里就会坏到那种地步！"

"不，大金国只会越来越差，最后彻底崩溃。"

"何以见得？不是刚刚接连打了胜仗吗？"

"唉，你还记得上回宗庙祭祖大典吗？从皇帝到将军们，人人都有骄矜之色，他们开始轻敌了！大胜之后，他们本应该全力追击，但只有完颜合达老将军一人去了。这种战机一旦失去，就永远不会再有了。可惜！可叹！可悲！"

"那又会如何呢？"

"裕之，皇帝这次取胜以后，更加坚定了据关守河的决心。可他轻敌了，这条关河防线的致命缺点就是北重南轻。蒙军最擅长的，就是长途奔袭，迂回包抄。如今凤翔已经被他们占领了，他们完全可以从这里出发，借道大宋的凤州、金州，沿汉水东下均州，包抄邓州、唐州，大金就危在旦夕了！"

"你既然看出来了，为什么不上书皇上呢？"

"你看。"白华指着桌案上的奏本，"没用的，全被退回了。今天我又亲自送到了宫里，却没有任何宫里的差事愿意为我呈递。"

元好问慨然说道："交给我了，我亲自去递。"说完拿起白华的奏章。

"这是我在大金国最后的未了之事，多谢裕之兄了。"白华向他深深一躬。

"那你现在还要走吗？"

"我去意已决。不过，还有一件事情。"白华从桌案上拿起一封密函，"裕之，此事绝密，你一定要保守好它。"

元好问见他说得非常郑重，回答道："文举尽管放心。"然后接过了密函。

白华接着说："我在蒙古那边有一个单独联系的内线，他时不时会传来最新的蒙军动态。这一次就幸亏了他，及时报给我蒙军的三路进攻路线，所以完颜合达和陈和尚他们才能从容地来回调动军队。这里面有他跟我联络的

407

方式，今后你收到什么紧急通报，要尽快交给完颜合达元帅。"

"不上奏皇上吗？"

"绝对不可以。皇上的身边有人不可靠，会误大事。"

"你是说完颜白撒和蒲察官奴他们？"

白华没有表示赞同，但也不否认，只说道："蒲察官奴此人，心地险恶，睚眦必报，将来恐怕会犯上作乱。裕之，你要上奏皇帝，对此人千万小心。"

"好的。"

两人又推心置腹地交谈了许久，这才依依惜别。

元好问离开后，白华站在楼上窗口，远眺南方，久久不语。他忽然露出了一丝久违的笑容，自言自语道："难道我现在不是解脱了吗……"

再说李邦瑞接到大汗窝阔台出使的命令，就跟余保保仔细商量了行程，很快两人带着车队就出发了。一行人从凤翔出发，在凤州进入宋境，亏得余保保持有大宋的特别通关文书，倒是一路顺畅，经过金州、均州和光化军，最后到达襄阳。在这里，由余保保引荐，李邦瑞见到了驻守襄阳的史嵩之。

这时的史嵩之，经营襄阳军政多年，因为政绩卓著，更有叔父史弥远大力相助，所以屡次受到宋廷褒奖、提拔，年纪虽轻却已担任了京西、湖北路制置使兼知襄阳府，是大宋荆湖战区的最高统帅。

史嵩之搞清楚李邦瑞出使的缘由，就热情地问道："李先生这是第一次来襄阳吧？"

"是的，史大人。"

"你看这样可好，就由余公子陪着您在襄阳稍住几日。此地有几处名胜很值得一游，三国时期蜀国丞相诸葛孔明出山之前，就在本地隆中躬耕务农。那里山清水秀，值得去看一看。"然后转头对余保保说，"你务必替本官好好招待贵使，就到隆中和鹿门山游玩一趟，所有花销都由我襄阳府支付。"

李邦瑞见他如此盛情款待，知道很难开口拒绝。如果硬要拒绝的话，只怕自己不能在襄阳通关，只好装作兴致很高的样子，接受了安排。

史嵩之随即将李邦瑞出使大宋的事情，详细写了一份奏报，派人快马递送到临安去。

自从上回宰相史弥远突然中风之后，便再没有上过朝。而余天锡的病情时好时坏，大部分时间里痴痴呆呆的，时不时说些吓人的疯话。理宗派来的御医诊治开药，却是毫无起色。

因此各种繁琐的朝政，就落在了以郑清之为首、乔行简和赵汝谈为辅的三位参知政事的肩上。三人都是疲于应付，郑清之便向理宗提出，在大臣中间挑选一人，暂时代替余天锡的职位。而理宗却迟迟不予回复。

这日，郑清之接到了史嵩之的紧急汇报，他跟乔行简、赵汝谈二人商议道："蒙古军队要向我们借道去攻打金国，你们二位怎么看？"

乔行简看完之后，将奏报递给了赵汝谈，对郑清之说："郑相，此事断然不行，如果任由蒙古灭了金国，那我们不是除狼而得虎了吗？难道蒙古大汗真的认为，我们会非常愚蠢地接受他们的借道要求吗？"赵汝谈看完后，表态也不赞成。

郑清之说："我当然也知道这事不能做，可是蒙古势大，我们不能就这么得罪了他们。该如何巧妙地回绝蒙古来使呢？"

乔行简抚须笑道："这有什么难的？郑相，你可以让史大人派人整日陪着他饮酒玩乐，却绝口不提公事。他耗不起时间，自然就回去了。"

"那也只能留他在襄阳一时，不能长久的。"

乔行简呵呵一笑："襄阳下来就是江陵、鄂州，然后是金陵、扬州，等等，每个地方留他几个月，不就行了吗？"

赵汝谈正色说道："郑相，乔相，这样一味地回避终究不是办法。该如何应对越来越迫近的蒙古威胁，我们必须制定一个长久的策略。"

郑清之轻叹一声："我何尝不知道呢。可现在史相中风不能理事，余相也是一时好不了。我向皇上建议了，挑选一位大臣暂时接替余相的差事，皇上到现在都没有说法。"

乔行简和赵汝谈明白，一旦有人被选了出来，应该就会长久地担任参知政事了。而皇帝是舍不得余天锡离开的。

但朝廷政事无论如何都是耽搁不起的。乔行简建议道："要不这样，我们几个一起去跟陛下谈一次。去之前，我们先拟一个名单，就请陛下定夺此事。"

赵汝谈很不赞成，建议道："这是一件大事，不能由我们几个就决定了名单。不如明日朝会我们向陛下奏明，如果陛下已经有了人选，自然会向大家明示。如果还没有，我们可以在朝会上公议此事。"

郑清之点头同意："还是履常的办法比较好一些。"

乔行简也答应了，又说："在新的参知政事到任之前，不要让那蒙古特使过来，就按照刚才的办法待他，如何？"

郑清之和赵汝谈都表示同意。

于是第二天朝会，郑清之当众向理宗再次奏报此事。理宗知道，最近一段时间他们每日处理大量的公事，肩上的担子实在繁重，便问："那你们可有合适的人选？"

"还请皇上定夺此事。"

其实为了这件事情，理宗一直在思来想去，每每想到一个人选，就都能找到不合适的理由，所以他很是为难。现在郑清之在朝会上又提此事，他便回道："这样吧，你们几位加上枢密使、六部尚书、侍郎，三日内一起公议此事。不愿意表态的人，可以单独向朕奏明人选。"

"是，陛下。还有一件事情，蒙古大汗窝阔台的特使李邦瑞，想要觐见皇上。"

"哦，他此来为了什么事情？"

"陛下，据臣得到的急报，李邦瑞此来是为了向我们借道，方便蒙军进攻金国。"

"你们几位怎么看？那位特使现在在哪里？"

乔行简奏道："陛下，李邦瑞一行人正在襄阳，我们已经让史嵩之想些办法，就把他留在那里，不让他到临安来。"

理宗听罢皱了皱眉头："不跟他们接触？这不是长久之计，必须想一个长治久安的办法。"

这时有人站出来说:"陛下,微臣认为,这世上从来就没有任何一个办法能长治久安。"

第七十五章　君臣密议（一）

众人一看，是监察御史洪咨夔。他曾经被贬回乡居家读书，后来有人举荐，理宗又将他征召了回来。

理宗问："洪爱卿有何看法？"

"陛下，臣不懂军事，但读过兵法。兵书上说：'兵无常势，水无常形；能因敌变化而取胜者谓之神。'现在蒙古和金国的军势时刻在变，我们的御边之策，也得随时调整。"

"那你如何看待现在的局势，该如何处理蒙古借道的要求？"

"回陛下，臣不在兵部，所以不了解军情。臣以为陛下可以召集了解金、蒙两国最新军情的官员，详细研判对策。"

理宗点头问道："大臣当中，都有谁懂得金、蒙两国的最新军情？"

洪咨夔回答："除了枢密院和兵部几位大人，臣推荐潼川路安抚使魏了翁大人。他现在驻守泸州。那里是大宋的藩屏，控制范围长达千余里。但泸州长期武备不修，城廓废弛。魏大人去了之后，全面修缮了泸州城楼、垣墙和雉堞，又增造弓箭军械，训练军队，申明军纪，兴办学校，现在那里是百废俱兴。"

听到魏了翁这个名字，理宗不禁精神一振。

这时有人站出来说："陛下，魏大人是文官，他不懂军事。"旁边立即有一些官员随声附和。

洪咨夔反驳道："魏大人曾经担任武学博士，教授军官兵书、战阵、弓马和武艺等。嘉定十五年，他就被拜为兵部郎中。我朝现在文武兼通的官员，屈指可数，魏大人就是一个。"

理宗连连点头："传旨，宣魏了翁回朝，暂任……"

这时，郑清之出列奏道："陛下，魏大人泸州练军就要完成，此时调他回来，臣恐怕他们练兵半途而废。如果等他功成之后再回临安，那不是更妥当吗？"说完，向理宗轻轻摆了摆手。

理宗一向尊重郑清之，便对洪咨夔说："那这样，洪爱卿你去一封公函询问魏大人，泸州练兵什么时候可以结束。"

"是，陛下。"

理宗转而又问兵部尚书余天任："兵部有非常了解蒙古军力的人吗？"

余天任回道："回陛下，过去没有。"

理宗愣了一下："你是说，现在有了吗？"

"是的，不过臣要向陛下单独陈奏。"

"那好。各位臣工，还有事要奏吗？"

因见一时无人回话，理宗看向一旁的董宋臣。

董宋臣明白，上前一步喊道："散朝。"

随后，余天任跟着理宗进入内殿。理宗入座后问道："你刚才的话，是什么意思？"

"陛下，自从上回蒙古军队突然袭击我们西和州与阶州之后，兵部痛定思痛，派了几拨探马专门去了蒙古。"

"哦，现在有了成效，是吗？"

"目前只能说小有成效。陛下，有一件绝密的事情。余嵘余大人的公子，名叫余保保，前些日子受我的委派，从金国秘密潜伏进了蒙古境内。现在他已经成功打进了蒙古上层，深受他们尚书令耶律楚材的重视。几个月来，余保保已经成功地传递回很多极有价值的消息。这一次，耶律楚材又派了他陪同李邦瑞一起出使。"

理宗听了非常满意："嗯，兵部这个差事办得很好。"

"谢陛下。"

"那他对蒙古借道的要求怎么看？"

"昨天我特地跟余嵘余大人讨论了一下，都认为不能答应他们的要求。余保保的密信里也是这么建议的。"

理宗自言自语道："可是蒙古势大，该如何处理才好？"然后接着问："余保保信里还说了什么？"

"他说应该尽力让蒙、金两边势均力敌，处于长期的战争当中，这样对我方最为有利。"

"金国军力比蒙古弱，难道要我们出兵帮助金国？这岂不是太可笑了？"

"陛下，同样是帮，不一定非出兵不可。比如上回在楚州，我们用粮换盐，就是间接地帮了他们。再有，传递消息给金国也是在帮他们。"

理宗听罢，忽然醒悟问道："金国最近接连打了胜仗，莫非余保保在里面起了一些作用？"

余天任意味深长地笑着点点头，然后说："陛下，我们跟金、蒙两国是和还是战，有一个人的意见，陛下可以多加参考。"

"你说的是谁？"

"史嵩之。"

理宗知道，他是史弥远的侄子。但余家跟史家是通家之好，余天任当面推荐史嵩之，即便是无私也是有私了。

余天任仿佛知道理宗会这么想，紧接着说："陛下，臣之所以推荐史嵩之，并非因为他是史相的侄子。而是因为他长期镇守荆襄，常常跟金国作战，又跟蒙古那里有所往来。我以为，他的意见最值得陛下听听。"

"那好，你去一份公函给他，要他详细奏报自己对此事的看法。"

"是，陛下。"

散朝之后，梁成大、李知孝、赵汝述、胡矩、聂子述等人都聚集在薛极的官署，商议接任参知政事的合适人选。

李知孝率先发话："各位，余天锡大人德高望重，朝野敬重。他对我们这些人也一向亲近。现在要选人接替他，这个人选必须还是我们自己人。当然，他必须资历深厚，深孚众望才行。"

其实，众人聚到薛极这里来，用意当然是不言自明的。

薛极在宁宗嘉定元年就被召为大理寺正，历任吏部尚书、知书枢密院事等要职，在这些人当中他的资历最深。当然，众人各自还有各自的小算盘：薛极的年纪最大，而且体弱多病，可以先利用他占住位子，然后……

赵汝述说道："我推举薛大人，因为他的年资最厚，人望也深。"

薛极连连摆手。众人全都热情地劝说薛极不要推辞。

梁成大说："我们绝不能让外人得了余大人的位子。薛大人，为了大家您得挺身而出啊！"

众人连声附和，可薛极还是摇头，只是态度似乎有了一点松动。

这时胡矩说道："各位，除了薛大人，赵善湘大人也是不错的人选。我们干脆来个双保险，如何？"

众人都在想，赵善湘的资历肯定是够的，而且他是史弥远的亲家，多年来在官场上跟自己这些人合作融洽，也不算外人。

于是赵汝述表示赞同，问众人："那我们是分别上书皇上，还是联名上奏呢？"

薛极咳嗽了几声，回答道："各位，如果你们一定要推举赵大人跟我，那么千万不能联名，不要被别人扣上同党的帽子，事情反而弄糟了。老朽已经年迈，没有几年可干了，可你们的路还长……"

这个话听起来有些让人泄气。过去20多年来，众人从不忌讳被其他官员攻击自己结党，甚至朝中有人给他们起了一个极为难听的绰号"四木三凶"，他们也丝毫不在乎。背靠宰相史弥远这棵大树，他们从来就不需要害怕。

然而，现在一切似乎都变了。

史弥远中风已经不能理事，余天锡即将退出，莫泽锒铛入狱。他们对"同党"一说，开始万分忌讳了。李知孝甚至对人放话说："我最无法忍受的，就是将来跟梁成大同传。"这话被人传到梁成大那里，恼怒之下，他差点公开宣示要跟李知孝从此绝交。

现在薛极又提到"同党"一词，众人沉默了。

过了一会儿，有人站出来说："薛大人，各位，你们不必多虑。"这是赵汝述。他冷笑了一声："如今史相虽然卧床不起，但不管候选人都有谁，最后还得他点头同意才行。魏了翁很可能就要回朝了，我们必须在他回来之前，将生米做成熟饭，免得他也来争抢位子。"

以魏了翁在朝中的人望和资历，只要他愿意，这个参知政事非他莫属。可魏了翁跟真德秀一样，都是自己这些人最大的对头。众人的心里不由得紧张了起来，于是全都赞同赵汝述，并委托他去见一下郑清之，争取得到他的支持。

随后赵汝述到郑府拜见郑清之，转达了自己和众人的关切。令他喜出望外的是，郑清之非常爽快，一口答应了他提出的所有请求。

这夜，郑清之独自来到史弥远的宰相府。自从宰相府出事之后，史弥远重病在床，不能理事。以往宰相府门口官员的车马络绎不绝，现在都全然不见了。高大的相府前门已经很少开启，显得很是冷清寂落。

万昕将郑清之领进了内室。

史弥远正躺在床上，有一个丫鬟正在喂药。史弥远的额头上头发散乱，面容蜡黄枯瘦，脸颊深深凹陷下去，口里时不时还发出奇怪的声音。因为他的半边身体不能动弹，另外一个丫鬟扶着他的身体和头，两个人配合着将药送进他的嘴里，因而喂药的过程极其缓慢。

万昕陪着郑清之等了一会儿，走上前要跟史弥远通报，却被郑清之拦住了。

"不要打扰史相，我就在这里等。"

"那郑大人受累了。"

随后万昕搬了一个凳子放在床边。郑清之便坐了过去耐心地等着。

第七十六章　君臣密议（二）

片刻工夫后，史弥远轻轻地摆手，嘴里发出"啊"的声音。丫鬟们知道他的意思，于是收拾了药碗离开了。万昕也知趣地走开了。

郑清之坐得靠近了一些，说道："史相哪，皇上准备挑选一位大臣，暂时代替余大人的职位。等余大人病愈之后再回来。"

史弥远点头，表示明白他的意思。

"皇上让我们这些人，跟六部尚书、侍郎这些官员公议，推出几位候选官员，最后由他定夺。我们今天议了一下，有了三位人选。我现在报给史相，你如果同意，就点一下头；如果摇头，就是不同意。怎么样？"

史弥远点了下头。

"第一位是赵善湘。"

这是自己的亲家，史弥远当然要点头的。郑清之就在赵善湘的名字下面做了一个标记。

"第二个是薛极。"

史弥远没有任何表示。

郑清之等了一会儿，问道："史相，你觉得薛极怎么样？"

史弥远却闭上了眼睛。过了片刻点了点头。

"第三个是赵汝述。"

史弥远摇了一下头。

"那梁成大怎么样？"

他继续摇头。

"李知孝？"

史弥远还是摇头。

"史相，我还得再提一个人选，你看崔与之和赵范二人如何？"

崔与之曾任四川制置使。他为官廉洁奉公，举贤任能，治理川蜀，政声卓著。十年前他辞官归乡，朝廷曾经八次征召，但他都以年老为由，八次辞谢对他参知政事和右丞相的任命。

史弥远看着郑清之，没有任何表示。

郑清之忽然有些紧张，他感觉昔日那个目光锐利的史弥远似乎又回来了。难道史相的身体已经恢复了吗？他的眼睛紧盯着史弥远。

可史弥远依然没有任何动静，过了一会儿，他竟然睡着了。

郑清之无法，只好起身辞行。

第二天朝会结束之后，郑清之留下向理宗单独陈奏。

理宗对郑清之说："师父，今早董宋臣说翠含堂、藏书阁后面的桂园都开花了，不如我们去那里一边赏花，一边谈事吧？"

"是，陛下。"

两人在宫里通往桂园的小径上边走边谈，很远就闻到了似有若无的淡淡甜香。稍近时，桂花的香气变得十分浓郁。因为知道理宗的喜好，过去几年里董宋臣命人在园里种满各种名贵的品种，诸如金球、九龙、朱砂丹、罗汉紫和佛顶珠等互相间杂其中。理宗边走边说："朕最喜欢这状元红，郑师父你看，一簇簇花球挂满整棵树，这里像是全都披上了红纱。"

郑清之见他兴致很高，便附和道："臣在临安见过无数桂园，陛下此园排作第一，当之无愧！尤其是这状元红，还有那些紫砂丹桂，不但花色罕见，而且香气与众不同，甜而不腻，经久不散，沁人心脾啊。"

理宗听罢脸上乐开了花，笑着说："我知道师父十分喜欢此花，所以特意请了你来一道观赏。对了，听说师父近来颇有佳作，何不写来给朕欣赏一下？"

"陛下，真是巧啊，最近刚刚写了一首《咏桂》，那微臣就献丑了。"

"师父写的，必然是好的。"桂园里有一个小亭，理宗常在此逗留赏玩，亭里的桌案上笔墨纸砚都是现成的。

郑清之拿起笔蘸了墨，不假思索地写道："金阙真黄入靓妆，仙葩何事到鳣堂。只缘风雨要人甚，窖取旃林百斛香。"写完后留了题款，又盖了自己随身携带的"安晚堂"印章。

"好，好。"理宗连声啧啧称好，吩咐董宋臣将字幅收好，又让他去叫人送两盏贡茶过来。

"是，陛下。"乖巧的董宋臣立即带着随侍的几个宫女一起离开了。

随后理宗问道："师父今天找我，是不是公议有了结果？"

"是的，可也不是。"

"哦，为什么？这里没有外人，有什么话，师父请尽管直说好了。"

在郑清之的心里，理宗是君，自己是臣；可还有一层，理宗是自己最为牵挂的学生。这种师生情谊，在理宗心里当然也是有的。

"陛下，目前有两个人选，官员们和史相都没有意见。"

"哦，他们都是谁？"

"赵善湘和薛极。"

理宗略皱了皱眉头："有没有第三人？"

"暂时……没有。"

理宗听罢有些失望，问道："史相的身体，恢复得如何？"

"没有任何起色。"郑清之明白皇帝的心思。有宰相史弥远在，他从来不愿意过问太多政事。可是皇帝一直在隐忍，因为他心里有一个愿望，那就是：要做一个有为之君。如果不是担心史相，皇帝早就把魏了翁和真德秀都上调中枢了。但现在还不是最佳时机，毕竟史弥远还在。这两人都调回临安的话，一定会惹出激烈的朝堂纷争。这绝不是国家之福。

理宗沉默了一阵，终于开口问道："郑师父，国家之事，现状究竟如何？"

郑清之有些惊讶，年轻的皇帝开始在自己跟前直接问政了。他小心地回道："请问陛下，为何有此一问？"

"因为朕曾经听到过十二字的评语,'冗员、冗兵、冗费;民穷、兵弱、财乏'。是不是这样?"

郑清之呆住了,尽管他完全无法接受这样犀利至极的评语,可觉得它们的确是一语中的。

理宗接着又说:"除了以上十二字,还有三句话:'贪腐之辈层出,裙带之风横行,党争之祸不断。'"

郑清之听罢,只觉得头脑"嗡"的一声,顿时惊出一身冷汗。这些对大宋官场现状的批判,竟然如此不留情面,全都一针见血。是什么人,竟敢在皇帝跟前如此直言?

忽然,他明白了,此人应该就是西山大人真德秀。

"请问陛下,这些话是谁跟您说的?"

"你认为会是谁呢?"

"不是真德秀大人,就是魏了翁。不,一定是真大人。"

理宗赞许地点了点头:"你们二位都是我的老师。郑师父,你觉得真大人说得如何?"

郑清之肃然起敬:"陛下,微臣此刻想起了一句话。"

"哦,哪句话?"

"良药苦口,忠言逆耳!"

理宗默然良久,叹道:"朕哪里能想到,国势竟然如此不堪!"

郑清之哪里能受得住这话,立即拜倒回答:"臣无言以对,只有羞愧而已!"

理宗起身扶起了他:"郑师父,这不是你一人之责,朕也有很大过失的。"

"陛下这样说,更叫微臣无地自容了。"

"现在该追究谁的责任?史相,还是你们几位辅政的参知政事,还是别的什么人?"

郑清之无法回答,只好沉默。

"记得朕年幼读书时,郑师父教过圣人的一句话:'往者不可谏,来者犹

420

可追.'一切都还可以改变的。"

这是皇帝向自己要求做出选择和承诺了，郑清之回道："陛下，真大人所言句句在理，意义深长。其实，微臣也一直在思考这些事情。为了大宋长治久安，我们的确需要改制更化了。微臣愿为陛下效犬马之劳！"

理宗看着郑清之，意味深长地说道："郑师父，你跟真德秀大人一样，都是朕的左膀右臂。你们二位，各有长短，真大人能深刻地发现并揭示弊端；可要说实实在在地制定相应国策，平衡上下，兴利除弊，还得郑师父你才行。"

郑清之有些感动了，这个学生到底是知道自己的。受到了鼓舞，他不再保留了，回答道："陛下，下面我们更化改制，就得针对刚才您提到的那些弊端。我已经想过无数次了，可以从这四条开始做：整顿吏治、更换台谏、重整税政和尊崇理学。"

"可以讲得具体些吗？"

"陛下，臣回去就写，会呈交给陛下一份详细的密章。"

理宗点头："朕翘首企盼啊。不过，一定要再加上一条，练军备战。"

"陛下所言非常有理。"

"朕以为还有一事：在推行这些措施之前，首先必须罢黜奸党！"理宗对梁成大、李知孝这些所谓"四木三凶"深恶痛绝。他觉得这些人的所作所为，实在被世人诟病，让朝廷蒙羞。但这些人都是聚在史弥远周围的人。如果说他们就是奸党的话，那郑清之和余天锡会不会受到牵连呢？而且宰相史弥远今后又如何定位呢？

理宗就又补了一句："我说的是梁成大、李知孝这些人。郑师父听说过'四木三凶'的说法吗？"

郑清之抚须笑道："他们是什么样的人，没有人比我更清楚了。不过，还请陛下慎言。我们君臣私下对话，说这些不妨事。可如果在朝堂上，无论任何人，只要提出'罢黜奸党'，必定会引起一场轩然大波，朝野震动！"

"做事情总要迈出第一步的。"

"是的,但我们可以去做,而不用去说。可以缓缓实行,按部就班,毕竟……"郑清之停顿了下来。他的暗示非常清楚,可以等史弥远归天之后再去做这些事。

理宗点了点头:"也好。不过有件事情已经刻不容缓,那就是练兵备战。蒙古跟金国随时可能发生最后的决战,不管他们两家胜负如何,只要我们军力足够强大,就可以应对任何状况。"

"陛下英明!"

"要练军,将领是第一位的。郑师父,你们跟兵部商议一下,为朕挑出一批可用的将领来。"

"是,陛下。"

"要推行新政,就需要一批以天下为己任,有操守、有才干的大臣,你觉得都有哪些人可用呢?"

郑清之再次拿起笔,写下了一些人的名字,分别有崔与之、真德秀、魏了翁、洪咨夔、赵范、赵葵、范钟、杜范、李韶、徐清叟和李宗勉等共36人。

这些人除了崔与之、赵范和赵葵,其他人都是颇有名气的清流。

理宗点头说道:"师父选出的这些人,跟朕的所想不谋而合。对了,朕想把真德秀、魏了翁两位大人升职并调回临安,来参与实施更化改制。怎么样?"

郑清之搁下笔犹豫了一下说:"可以的。不过前一阵子,我听到风声,有人想要谋刺真大人。具体情形如何,真大人那里并没有传来什么消息。"

理宗听罢不禁皱起了眉头:"郑师父觉得那些都是什么人?"

"陛下还记得吗?一年前,魏大人在金陵就遇到过行刺。凶手竟然就是在临安杀人放火的明亮一伙人,他们都是李全的属下。"

"李全已经兵败被杀了,还有人想对真大人不利吗?"

"陛下,不可不防啊。我建议下达调令之前,先宣布接替余大人的人选,这样可以稳住他们。"

理宗不假思索地回答道:"好,那就是薛极吧。"

第七十七章　西山归来（一）

郑清之拱手向理宗赞道："皇上此举，实在高明。"

第二天，一道明旨发了出来，任命薛极为参知政事。梁成大、赵汝述和李知孝等人不约而同携带了各色厚礼，兴高采烈地在薛府大开宴席，庆祝薛极的高升。

酒酣耳热之际，梁成大突然发问："各位，你们注意到了没有，郑大人跟乔大人他们怎么没有来？"

众人这才注意到，几位参知政事今天一位都没有出现。都是同僚，互相捧一下场，这是官场上起码的惯例。那几位可都是久历官场多年，怎么可能不知道呢？

于是众人的心里开始狐疑起来。薛极摇头笑道："梁大人，他们都已经送过贺帖了。"

这时有人说："今晚乔大人当值，他是来不了的。"

众人心里琢磨，郑清之是第一副相，将来史相的接班人，这次又是他提议薛极的，他不来可以理解为避嫌；至于赵汝谈，本就跟众人不同道，来与不来都无所谓的。想到这一层，众人这才心安，兴致勃勃地继续把酒言欢。

可是随后几天，一个消息不胫而走：原来宣布薛极升任参知政事的那日，洪咨夔奏请召真德秀、魏了翁二人还朝，被理宗批准。朝廷随后静悄悄地发出了一道旨意，调任真德秀为翰林学士兼侍读；魏了翁被提升为华文阁待制，赏赐了金带，暂仍留居原任。再过几日，朝廷又发出了一道明旨，将真德秀升任户部尚书。

给真德秀的一明一暗两道旨意，让官场上的大小"史党"们惴惴不安了。而其他官员们，也都觉察出朝廷的气氛开始变化了。清流官员们自然对真德秀回朝欢欣鼓舞，都期盼着真德秀、魏了翁二人早日回到临安来。

而此刻，真德秀在冉璞和丁义的护卫下来到了泉州城外。

泉州应天寺有一片啸庵竹林，这里满眼望去，到处都是青翠如水，四周一片静谧。真德秀和冉璞沿着林间小径走到一个庄园。

冉璞上前叩门，一个庄客出来，拿了冉璞的名帖进去通报。不一会儿，出来了一个人，很远就向冉璞拱手说道："冉兄，你终于来了。"

说话间，此人已经走近。他正是梁光。

冉璞微笑着向梁光介绍："梁兄，这位是真大人。"

梁光向真德秀深深一揖："久闻真大人的大名，学生梁光。"

真德秀扶起了梁光，上下打量了一阵，说道："早就听冉璞提过你了，果然是一表人才哪。"

"真大人过誉了。"

"惠净太师是在这里修行吗？"

"正是，学生这就领大人进去。请跟我来吧。"

二人跟着梁光走进了庄园，不一会儿走到一个园中别苑，门口悬着一块匾额，上面写着"紫竹苑"三个字。进去之后，里面果然种的都是紫竹。更奇的是，这竹还发出一种清香，让人顿时觉得心旷神怡。

进入内堂后，一阵浓重的煎药味道传了过来。梁光见真德秀疑惑地看着他，便解释说："惠净太师最近身体越发不好，我找了最好的郎中给开了药，每天都得煎两三服服下。"

真德秀问："她的年纪比我小将近30岁，怎么就病成这样？"

梁光紧锁双眉，语气很是沉重："郎中说，她可能没有多少天了。"

真德秀叹息道："唉，我们该早些来看望她才是。"

"惠净太师一直有个心病不能治愈，所以郁结在心里不能纾解，致使身体每况愈下。"

冉璞问:"她还在想着给济王翻案?"

"正是。"

真德秀沉默无语,跟梁光进了内室。

这时惠净刚刚服下一剂药,斜躺在病榻上看着窗外竹影,怔怔地出神,以至于几个人走过来,都没有察觉。

梁光上前说:"你看是谁来了?"

惠净转头一看,顿时脸上露出惊喜之色。真德秀当年做过济王赵竑的讲读师傅,所以她自然认得的。惠净挣扎着坐了起来,想要从病榻起身。两个侍女赶紧过来侍候。

真德秀上前说:"王妃不必起身。老臣来迟了,早就该来看望您了。"

冉璞仔细看着惠净,见她的面色比上回在临安时更加发暗,甚至于出现了褐斑。她的脸部因为瘦削,而显得颧骨高高突起,身上看起来更是瘦骨嶙峋。

这让冉璞立即想起了形槁心死几个字。

惠净半躺在病榻上,冲真德秀和冉璞点头示意,吩咐侍女去端茶来,然后对真德秀说:"多年不见,真师父你也见老了,身体可好吗?"

"多谢王妃记挂。老臣的身体也是一年不如一年,年岁不饶人了!"因为是故人相见,两人都有些忆旧,而且惠净又是带发修行不曾剃度,因此真德秀继续称她为王妃。

惠净并不在意这样称呼她。对她而言,在这个世间称她王妃或者太师,并没有什么分别。

她用期盼的眼神看着真德秀:"真师父,您可千万要保重哪。"惠净几乎就要脱口而出,您可是平反济王冤案最后的希望了!但是她忍住了。

真德秀看懂了她热切的眼神:"王妃请放心,老臣的心里一切都明白的。"

惠净点头问:"在临安发生的事情,真师父都已经知道了?"

"是的,冉璞都已经告诉我了。"

惠净摇了摇头:"都是冤孽,该来的总会来的……"

正说到这里，侍女将茶水送了进来。惠净停口不言，等茶水和点心摆好后，吩咐她们出去等候，然后接着说："听说真师父这次要调回朝廷了？"

"皇上将我调任翰林学士兼侍读，老臣可以直接跟皇上对话，有机会一定会再跟陛下讲一讲济王的事情。"

惠净沉默了一阵，摇头说："'诸法从因，缘灭诸苦尽灭。'一切都过去了，真师父，你肩上担着大宋的重担，有更重要的事情等着去做。不要再为这件事给自己带来麻烦。"

真德秀很是不忍："济王的冤案，事关皇家人伦和朝廷元气。如果不能平反，老臣担心，大宋的国运会……"

惠净笑了："真大人，国运、气数一说，不可不信，也不可尽信。自从济王受冤起，我日日夜夜诵经礼佛，悟出了一个道理：这世间一切都有定数，强求不来的。人大都是来渡劫的，即便贵为皇上、皇子，也是如此。而史贼这种人活在世间，就是给别人造劫的。我想通了，济王虽然受冤，但终有一天真相会被世人了解，史贼终将被世人唾弃。真大人，我不愿你和其他人再受此案牵连了。"

真德秀听了这些话非常感动，但于心不忍，回答道："王妃放心，老臣知道该怎么做。为济王平反是老臣此生最后的心愿，一定会尽力而为。"

这时梁光说："我们刚刚得到了消息，圣上已经将真大人升任为户部尚书，恭喜大人了。"

真德秀很是惊讶，这个梁光当真是消息灵通，不可小觑。

冉璞问："我们来之前，并没有接到什么旨意，你如何知道这消息？"

"宗政司每天都会收到很多消息，可能比别的衙门早一点吧。不过，我也是刚刚接到了通报。"

惠净微笑着说："真大人得到起复重用，看来皇上要振作起来开始新政了。"

"只怕未必那么简单。"梁光脸上又闪现出他常有的诡异神色。

真德秀问："哦，为什么呢？"

"史贼一党，盘根错节，朝中大半官员都跟他们有着千丝万缕的勾连。皇上要办新政，必然要推翻史贼过去的很多做法，一定会动到这些人的既有利益。就算他们不敢明面上反对皇上，也必定在暗地里拆台掣肘。"

真德秀抚须点头，暗想这个梁光其实是个人才，只是可惜了！他便问梁光："那么依你看该如何呢？"

梁光拱手说道："真大人，您回朝之后，可以向皇上进谏，如果要推行新政，就必须使出雷霆手段，将史党彻底清除，那些人已经无可救药。如果不去除干净这些官场上的污秽，迟早会坏了皇上的振兴大计。"

"哦，史党？那你知道他们都是谁吗？"

梁光刚要继续侃侃而谈，却被惠净拦住了："真大人，我有些话要单独跟你说下。"随即对梁光说："你不是有事要跟冉捕头讲吗？"

梁光便向冉璞做了一个请的手势，领着他到屋外的竹亭里小坐片刻。

第七十八章　西山归来（二）

冉璞和梁光走开以后，惠净说："真大人，上次在临安我们火烧了佛塔，事后回想经过，我着实后悔了。"

"都已经过去了，王妃养病要紧，不要去想那些事也罢。"

"我们那样做，多年积下的怨气虽然没了，但对朝廷、对皇上的声誉也造成了无可挽回的损害。我想济王在天有灵，也应该不会愿意看到这些。思来想去后，我决定在有生之年做一件有利于朝廷的善举。做了这件事，即便我今天就走了，也可以心安理得。"

真德秀不解地看着她："王妃这是什么意思？"

惠净从榻旁的书架上取出了两本书册递给真德秀。

他接过仔细一看，两本书的封面都写着"十地秘册"，分别是上下两册。真德秀好奇地问道："这是什么书？"

惠净郑重地回答："这是我朝很多官员的密档，里面大都是些见不得人的肮脏丑事和官员们招权纳贿的记录。"

真德秀顿时惊讶地愣住了："王妃，这是怎么回事？"

惠净就将白云宗原宗主莫彬，化名上官镕，多年来走私盐茶牟取暴利，拉拢贿买朝廷官员，在聚仙山庄聚敛巨额不义钱财，尤其跟莫泽一道，设下毒计陷害济王的种种恶行讲述了一遍。

这些事情，真德秀已经从冉璞那里知道了大致的情形，如今亲耳听到惠净一一道来，尤其是济王受到无辜迫害的真相，更让他惊怒交加，愤恨不已。

"这两本密档，是莫彬多年来搜集、记录下的大量官员的不法行为。他和莫泽这么干的目的，就是去要挟、操控这些人为自己谋利。被他们控制的官员中，有为数不少的各部堂官，还有大量的各州府知州、判官、提刑使，等等。"

"那它们怎么会到了您手里？"

惠净苦笑："我是白云宗后任宗主，有人把这些密档呈交给我，可我并不想保留这种东西。真大人你去临安，就带上它们，交给皇上处理吧。"

真德秀抚须深思，这些年来，被莫泽、莫彬还有赵汝述、梁成大他们拉下水的高层官员，必定不在少数。他们一荣俱荣，一损俱损。查处他们，一定会牵连大批的官员，震动朝野。可如果不去查处他们，官场贪腐之风就难以遏制，总有一天会让朝廷陷入危机！

忽然他闪过了一个念头，或许这两本秘册就是一个契机。如果处理得当，对皇帝新政的开局会有意想不到的奇效。想到这里，真德秀双手接过了书册："王妃，你为朝廷立下了如此大功。济王在天有灵，一定会感到万分欣慰。"

惠净释然，双手合十念道："阿弥陀佛，但愿此举能有圆满功德。"

这时，屋外的竹亭里，梁光问冉璞："这段时间真大人在任上一直平顺吗？"

冉璞点了点头，回答道："只遇到过一次突发状况，有人深夜谋刺真大人，但被我们制服了。"

"那刺客招供了没有？"

"服毒自尽了。"

"太可惜了，那就没有线索了吗？"

"我们已经画了像，发往刑部和各地提刑司一起调查刺客。"

梁光摇摇头："只怕多半是泥牛入海，杳无音信。"

"梁兄没在公门干过捕快，未必了解这种抱了必死决心的刺客。他们要么受制于人，要么受人恩惠，但一定会留下蛛丝马迹。凭我的经验，多半在死囚里面能找到线索。"

梁光笑着说："有道理。如果是我，会重点调查刑部赵汝述他们。"

"嗯，自然会调查他的。"

梁光忽然郑重地说道："真大人此去临安，最需要提防的，应该还是史贼。"

"哦，他不是中风在床吗？"

"老贼不死，世道难安。离开临安之后，我仔细回想过那夜在宰相府的全部过程，忽然有了一种奇怪的感觉，我们那次闯进、撤出宰相府也太顺利了。会不会有什么事情被我们忽略了？"

"那是什么？"

"到现在我还想不清楚，总之你们到了临安后，对史弥远还是要千万小心。回想以前跟他打交道，这个人心思之深，直到现在都还让我有些畏惧。"

冉璞点了点头："可你这样说，毫无头绪啊。"

梁光掏出了一个信札："这封东西对你们一定会有帮助，你到了临安后再拆看吧。对了，这个东西请务必不要给真大人，如何？"

冉璞犹豫了。

梁光解释道："这里面的事关系到一个人。此人十分重要，对真大人有大用处。而且他跟你还是旧友。我能为你们做的，就是这么多了，一切珍重。"

冉璞接过了信封："好，多谢梁兄。"

"冉兄，我们也算生死之交了。能跟冉兄认识结交，是我梁光此生一大幸事。今后你我天各一方，临别前有一句话相赠。"

"请说。"

"冉兄，你做人光明磊落，侠义忠正，我很佩服。真大人是清流领袖，政声卓著，在朝堂上一向敢言。他又写书立说，匡扶大义，可谓世人所望。听说皇上对他更是十分敬重。只是很可惜啊，当下这个世道，士大夫们已经变得寡廉鲜耻，你们跟他们是格格不入的。所以我觉得，即使你们再入朝堂，恐怕还是不能长久。"

冉璞听罢笑了笑："皇上对真大人非常信任，还有魏大人，将来都要回朝的。"

梁光摇头叹息说道："就凭你们这些人，难以扭转乾坤的。不管怎样，将来冉兄如果有事，可以到这里来找我。只要我力所能及，一定不会袖手旁观。"

"那就多谢梁兄了……"

两天之后，真德秀收到了任命自己为户部尚书的圣旨。他跟众人收拾了行装，乘船辗转北上。一行人在温州停留了几日。真德秀带领冉璞和丁义一道拜祭了赵汝谠。

祭奠完毕后，赵汝谠夫人设宴款待真德秀一行人。席间，夫人向真德秀发出请求："真大人，您此去临安，我有一事相托。"

"夫人请讲，但凡真德秀能做到的，一定尽力。"

"我家大人突然去世，听说这件事情颇有蹊跷，还望真大人能向皇上提及此事，彻底调查清楚。如果真有隐情，就请皇上还拙夫一个公道。"

真德秀慷慨应允："夫人请放心，即使您不说，我也会全力查清事实真相。"

坐在夫人身旁的蒋奇眼圈红了，起身向真德秀行礼道："真大人，此事的真相，赵善湘、赵范和赵葵三人全都心知肚明，但他们就是包庇凶手赵胜，不肯查办。"

丁义冷笑一声："都说世间恶人暗室亏心，终究逃不过神目如电。他们就不怕事情回转，报应到自己身上吗？"

冉璞说："赵胜是赵范、赵葵的宗亲兄弟。而赵善湘跟他们没有这层关系，他没道理冒天下之大不韪，一味地袒护包庇赵胜。我查到的证词现在在赵善湘手里，相信他不会也不敢毁掉。至于他为什么不肯照实查案，一定有他自己的理由。"

真德秀点头说："上任之后，我会去一封信给他，详细询问此事，且看

431

他如何作答吧。夫人，圣上那里，我一定会向他仔细汇报。赵大人是朝廷任命去淮东的高级官员，出了这种事情，圣上一定会派人追查。"

赵夫人便起身敛衽行礼，真德秀连忙还礼。

第二天，真德秀率领众人准备再次启程。众人来到海港码头，准备上船。此刻风和日丽，海面之上波澜不惊，一群海鸟尖叫着从船头飞过。

蒋奇陪同赵夫人一起前来给真德秀他们送行。冉璞见他一直沉默不语，便问道："蒋兄，你再考虑下，我们一起再到临安去，辅佐真大人如何？"

蒋奇目视远方，意兴阑珊："临安，我真是不想再去了。"

"那你什么时候返回潭州呢？"

"我要在这里为赵大人守陵，满一年后就回去。"

"这之后蒋兄有什么打算？"

"冉兄弟，为兄从此不再出来做事了。我累了，想要好好归家休养。"

冉璞忽然有些动情，紧紧地握住他的手说："等真大人在临安上任之后，我也要回去的。到时候我去看你。"

"说好了，一定……"

10天之后，众人乘船到达了临安。这时天色灰蒙蒙的，半空中飘散着雨丝。冉璞跟丁义站在船头，注视着缓缓靠近的码头，不知不觉身上的衣衫居然被细雨打了半湿。

因为雨雾很重，船停靠码头之后，他们才发现有人正在迎候。冉璞仔细观看，原来是赵汝谈和李韶两位大人。

真德秀得知他们正在岸上等候，急忙整理了衣冠，走出去跟二人见面。三人互相作揖礼毕，赵汝谈笑着说："真大人，几年前你从潭州上调临安时，也是我给你接风的哦，还记得吗？"

"当然记得，犹如昨日一样，历历在目。赵大人，您一向可好？"

"还好，还好。那次来迎真大人的还有魏了翁大人，他现在不在临安。不过，我相信再过一些日子，我们要一起给魏大人接风洗尘了。"

"那真是太好了，皇上英明。"真德秀听到这个消息，有些喜出望外。

一旁的李韶说道："真大人，皇上让我到码头来迎接你。下官代表礼部全体同僚，对您表示由衷的欢迎。"

"多谢李大人。"

"真大人，几年前在临安，你住在孤山延祥观。我听说了，你很喜欢那里，我已经派人将院子打扫清理干净。你就还住在那里，怎么样？"

真德秀很是喜欢："很好，有劳李大人费心了。"

赵汝谈说："真大人，来之前圣上给我口谕，你到了后马上进宫去。皇上对你可是非常想念啊！"

"那好，我现在就随赵大人进宫吧。"

三人进宫后，内侍将他们领进了御花园绣春堂。

此时理宗正在这里读书写字。接到通报得知真德秀已经进宫后，理宗立即起身，连鞋子都没有来得及穿好，就向外走了出去。

"皇上慢点，外面正在下雨哪。"董宋臣急急忙忙地追上去，将雨伞打开，遮护在理宗身后。

第七十九章　朝会惊变（一）

过了片刻，真德秀渐渐地走近，看到皇帝站在门口，亲自来迎自己，心里大为感动，疾步上前拜倒："陛下，老臣来了。"

理宗双手扶起了他："真师父，你终于回来了。朕日日期盼着这一天，实在太久了！"

真德秀听到理宗如此温暖的话语，心里大为感动："陛下，老臣也是啊！无论在哪里，微臣总是惦记着陛下，还有陛下对我说过的那些话。"

理宗拉着真德秀的手，一边往里走，一边说道："师父这些年受委屈了！"

这是无比的慰藉，霎时间，真德秀觉得多年来心里堆积的委屈和愤懑，一下子全都消散了："陛下，臣全都知道的，臣全都理解的。"

进入内堂后，理宗盼咐赵汝谈和李韶，要将真德秀家眷及属下一行人安顿好，然后命董宋臣准备宫宴，过一会儿，君臣几人一道给真德秀接风洗尘。

赵汝谈和李韶很是知趣，两人答应后便退开了。

理宗递给真德秀一本厚厚的奏章："郑清之大人最近呈给朕一个方略，是关于更化改制的详细举措。朕觉得，里面有很多观点跟真师父不谋而合。"

真德秀接过奏章，快速地浏览了一边，赞道："真知灼见哪。"

"真师父，你们两位都是朕的师父，朕对你们自然最是信任。改制这么大的事情，朕不能交给旁人，只能有劳二位师父了。朕的意思是，请你们二位通力合作，设计并主持这件事情。怎么样？"

真德秀起身答应："陛下放心，这是朝廷的第一等大事，也是臣多年的夙愿。老臣必定全力为之，鞠躬尽瘁，死而后已。"

理宗听罢，起初很是高兴，可是当听他提到"死而后已"几个字，心里不禁浮起一阵阴影："真师父，这些年你身体可好吗？"

"谢陛下关心，老臣的身体尚好。可毕竟上了年纪，臣觉得自己的精力大不如从前了。"

理宗心里不禁有了一丝愧疚之心。这样有才有德的贤士被罢黜冷落了多年，不能为朝廷施展抱负。等到终于有机会出来做事时，可他也老了！理宗看着真德秀一头的白发，心情不由得沉重起来。

这时真德秀起身向理宗呈上几本书册："陛下，这是老臣最近完成的《大学衍义》，专门讲解修身、齐家、治国、平天下之道，倡明君主为治之理。"

理宗接过了书说："师父写的，一定是好书了。"然后拿起翻看了一下，过了一会儿，他发现下面的两本有些异样。"咦，这是什么？"理宗拿起一本看了下书名："十地秘册"。

这时真德秀却向理宗拜倒说："陛下，臣有一事要启奏。"

理宗见他忽然变得非常严肃，不由得愣住了，上前扶起了他："真师父请讲。"

"陛下，这上下两本书册，乃是我大宋第一阴险狡诈的贼子所编！"

理宗听得糊涂了："这是怎么回事？"

真德秀将此书的来龙去脉讲述了一遍："这两本记录，就是莫彬、莫泽用来挟制操控我朝官员的秘密工具。"

理宗明白了，有了这些把柄，那些官员怎么敢不听从他们的要求呢？莫泽、莫彬兄弟俨然暗中组建了另一个吏部。理宗被气得脸色铁青，双手紧紧地攥起。

"陛下，臣不敢有所隐瞒，还有重大内情禀告。臣先请陛下恕罪。"

"这是怎么说的，真师父有什么事情，尽管直说，朕绝不会怪罪师父的。"

435

"这书是济王妃吴氏在泉州亲手交给我的。"

"谁？"理宗愣住了。

"就是惠净太师。"

"她不是……这到底怎么回事？"

真德秀就将惠净约他在泉州见面的情况详细告诉了理宗。

惠净竟然还活着？理宗大为震惊的同时，又深深地感到不安，以至于开始恼火起来。原来济王妃火烧皇妃塔，根本就是一场精心策划的闹剧！理宗的脸开始涨红，竭力压住了怒火问："她怎么会有莫彬的东西？又如何去了泉州？"

"她是白云宗宗主，前任宗主就是莫彬。因为被追捕得急迫，那莫彬来不及带走很多钱财资产，还有这两本记录，就都落在惠净的手上了。如今她已病入膏肓，命不长久，想在离世之前把东西交给朝廷，好积些功德。"

理宗这时心里冷笑起来，这个东西竟然也可以成为功德？理宗面无表情地说："真师父，她的确是病重了吗？"

"是的，老臣也颇通些医理。惠净太师的气色非常不好，身体极为衰弱。以我过去的经验，她恐怕最多也就半年光景了。"

理宗暗暗嘘了一口气，心里的一块巨石终于可以搬开了。忽然又想，应该派人到泉州去看个究竟。也就是这一瞬间，他脸上露出了一丝杀气。很快他转念又想，惠净既然愿意现身让真师父向自己通报，就必定留了后手的。这时尽管他脸上的杀气转瞬即逝，还是被真德秀看到了。

真德秀心里重重地叹了一口气，说道："陛下，老臣认为，现在国家多事，争取朝野祥和，气氛融洽，才能凝聚人心共商大计哪！"

理宗听到这话，以为他有意为济王妃和济王说情，便转移了话题："济王妃的事情不能公开，今后也不要再提了，真师父。"

"是，陛下。"

"真师父，你刚到临安，朕给你三天时间好好安顿一下，再到户部交接，不要着急。对了，这两天郑相会去找你。你们二位好好商议一下该如何更化改制，之后一起向朕汇报如何？"

"臣谨遵圣命。"

随后，理宗赐宴，赵汝谈跟李韶一起陪着为真德秀接风洗尘。

结束后，李韶陪同真德秀一起来到住处孤山延祥观。这里已经事先清理过，冉璞和丁义一行人已经安顿了下来。真德秀见住处跟当初几乎没有分别，一切恍如昨日，只是自己更加苍老了。他不由得在心里万千感慨，又再三向李韶表示谢意。

真德秀已经到达临安，并立即入宫觐见皇帝的消息不胫而走。梁成大、赵汝述和李知孝等人迅速知道了，随即不约而同地聚集到薛极的府邸。

梁成大不安地问道："薛大人，赵汝谈把真德秀带进宫了，而且皇上还赐宴了，你知道吧？"

薛极对梁成大的慌张有点不屑："那又怎样？他虽然被提拔了户部尚书，可还不是郑大人和我的下属？"

"我的老大人哪，现在不一样了。真德秀、魏了翁这些人一旦翻过身来，今后就不是我们能压得住的了！"梁成大又转头埋怨赵汝述道，"老赵，当年你怎么就拿不下他们呢？棋差了一步，现在让他们逃脱升天了。"

"拿下他们？"赵汝述微微冷笑一下，"当年我们弹劾他二人的奏章，都堆在皇上的龙案上，高得像小山一样，皇上可曾回应过我们半句？"

"皇上的心偏向他们又怎样？你掌管刑部，当年要是把指控真德秀的那些证据都坐实了，他今天能翻身吗？"

这是在指责他办事不力，赵汝述预料不到他会这样讲，顿时气得脸色铁青，坐在那里一言不发。

李知孝看不上梁成大气急败坏的模样，讥讽道："他们那些人都说你跟万昕的关系最铁。现在有事了，你为什么不去找万昕诉苦，却来这里做什么？"

这些年来，梁成大为了奉承宰相府的管家万昕，不惜自降身份跟他称兄道弟，逢年过节都要送些贵重的礼品给他。万昕的儿子万仕达，更是经常去找梁成大托办各种私事。梁成大对他有求必应,事必躬亲,以至于他被太学的学生们嘲笑是"梁成犬"。所有的人都明白,毋庸讳言,他做的这一切,自然都是为了宰相史弥远。梁成大被李知孝噎得满脸通红。

可如今史弥远还能做众人的靠山吗?难道真要树倒猢狲散不成?众人的心思乱极了。

薛极见众人都不说话,自己也觉得不耐烦了,便对梁成大说:"李大人所说,不无道理。你们几位要不就到史相那里看看去。要是见不着,也可以去郑相那里嘛。"

郑清之?众人忽然恍然大悟,于是纷纷起身离开了。

然而他们先是在史府门外吃了闭门羹,随后到了郑清之府邸,管家说他并不在府里。众人虽然满腹怀疑,却只好无比失落地各自回府了。

只有赵汝述,一直留在薛极府里。他在跟薛极商量一件大事:"薛大人,我想了一个对策,你看行不行?"

"赵大人请讲。"

"薛大人,你有没有这样的下属,他明面上是清流,常常自称是真德秀的学生,而事实上却是我们的人?"

薛极抚须想了想说:"有,你要怎样?"

"我想让他去联络一批清流官员,一起上书替济王鸣冤!"

薛极一下子就明白了:"赵大人,你这是要搅浑水啊?"

"正是,我们得让皇上明白,真德秀他就不是个省油的灯!"

"好,好计策。明天我让人去找你,你们好好商量,要谨慎行事,千万不要留下什么口实给别人。"

"老大人放心,下官明白。"

梁成大这些人接连来找郑清之,却不得而见。其实他正在府里,只是不愿意见他们。他正在忙于策划几件大事,头等大事就是更化改制。他要抓紧时间完善自己的方案,然后跟真德秀最后磋商敲定。

然而今天余嵘和余天任来了,报说蒙古使臣李邦瑞已经到达了临安。是不是允许他觐见皇上呢？两人不敢擅作主张，就带着余保保来见郑清之了。

余保保向他汇报了蒙古大汗窝阔台以及最新的蒙古军政情况。几人商议了一下，决定由余嵘和余天任接见李邦瑞。无论他提出任何要求，都不拒绝，可也不答应。只说皇上需要跟大臣们协商后，才能做出决定。

郑清之知道一味推托躲闪总不是办法，现在迫切需要持久有效的对蒙政策。如果处理不好对蒙关系，一定会拖累即将实施的更化改制，进而影响大宋中兴的进程。兹事体大，郑清之觉得左右为难，于是第二天他就来找真德秀了。

第八十章　朝会惊变（二）

郑清之与真德秀二人见面，寒暄已毕，他直奔主题说道："真大人，皇上已经把更化改制的千钧重担交给了我，可我感到实在力不能及。现在好了，有真大人来帮我共同分担了。"

"郑大人过谦了，皇上已将你的奏章给我看过了。"

"真大人觉得如何？"

真德秀拱手回答："我有四个字评价，'切中时弊'，非常好！"

郑清之笑了："过奖了，真大人。皇上希望你我一起把它完善起来，早日开始实施。"

"在下义不容辞。"

"好，那我把这最新一稿留在这里。真大人辛苦些，有什么增加改动，改好后尽快送我，怎么样？"

"郑相放心，在下一定尽快。"

"真大人，今天来另有一事，我想听听你的看法。"

"哦，请讲。"

"蒙古刚刚派来使臣，想要跟我们借道去进攻金国。直到今天，皇上并没有接见他。真大人觉得我们该如何处理呢？"

"皇上不见他是对的。鞑靼想要称霸，我们当然不应该支持它灭亡金国。但我们也不能把自己的安全寄望在金国身上，那种把金国当作屏藩的想法，在战略上大错特错。当年停止交付金国岁币时，我曾经上书说，朝廷应该奋起自强，用贤人，收众心，修政事，积粮草，练军力。总之，只有自己尽快强大起来，大宋才可以立于不败。郑大人，说到底这也就是我们更化改制的最终目标啊！"

郑清之听了备受鼓舞，起身拉着真德秀的手说："皇上一定要你参与改制的事情，真是太英明了。你刚才所说，都是我想做的，我们不谋而合啊！"

真德秀被郑清之的高昂情绪感染了，忽然产生了一种肩负共同使命的知己之感。他想，看来自己以前认定郑清之就是史弥远一党，的确是有所误解了。

郑清之接着说："不瞒真大人，皇上即将要大批撤换官员了。真大人你，还有魏大人，迟早都要返回中枢担任参知政事。还有一个人，皇上一直非常想用，可是他总是推托。"

真德秀笑了："是崔与之大人吗？"

"正是。听说你们是莫逆之交，真大人能不能写一封书信，请他出山支持我们的新政？"

"义不容辞，我今晚就写。"

"如此多谢了。"

就这样，两人的谈话越来越投机，竟然有了种相见恨晚的感觉。

郑清之辞行时，天色已经很晚。真德秀送走了他，回来遇到丁义，便问道："这两天为什么没有见到冉璞，知道他去哪里了吗？"

"属下也不知道，他说要去见几个故交，其中有一个人很重要。"

"哦，是谁？"

"他没说，大人等他回来问问便知。"

真德秀点了点头，走进书房立即全神贯注地读起郑清之给他的改制草案，以至于就将这事忘掉了。

随后几天，朝廷接连传出几个惊人的消息。

第一是皇帝即将要更化改制了，可是怎么改，改动什么，没有人知道内容。官员们全都惴惴不安，生怕自己在这一轮的清洗当中，被无情地淘汰出局。尤其是以所谓"四木三凶"为首的史党们，因为以往整人太多，生怕对头们此时乘机报复，因此更加惶恐不安。

第二个消息是，皇帝有意任命真德秀和魏了翁为参知政事。这让梁成大这些史党的心情沮丧到了极点。

但是第三个意外的消息却让他们兴奋了起来。有一个叫秦泽民的太学讲师上书皇帝，要求给济王平反。而这个人，平日里经常自称他是真德秀的学生。那么应该是真德秀让他上书了，至少他也脱不了干系。众人心想，真老西刚调回临安，就去触碰朝廷的这个禁忌，岂不是太狂妄了？又或者他根本就是当年济王的死党，这一次是有备而来的？

然而朝廷对这些传言既没有承认，也没有否认，更没有理睬秦泽民。这种诡异暧昧的情势，越发令官员们忐忑不安地猜测：会不会高层之间的厮斗将要最终摊牌了？

这天清早五更时分，官员们陆续乘轿到达皇宫门口。今天将有一次盛大的朝会，临安三品以上文武官员必须全数到齐。这也是真德秀回朝后第一次参加这样的朝会。

冉璞和丁义护送真德秀到了皇城门口，真德秀让他们先回去，过了中午后再来接他。

可是冉璞有些不放心："大人，不知为什么，我有一种预感，今天可能有不好的事情发生。"

真德秀笑着问道："这里是皇宫，会有什么事发生呢？"

"大人，朝会上您千万小心。千防万防，小人难防哪！"

"这个自然。你们就回去吧。"说完，真德秀就走进了皇城。

然而两人并未离去，一直守在了外面。

随着朝起的钟声敲起，内侍将宫门缓缓打开。高官们身穿紫色朝服，手拿着笏板，依次走入宫门。今日朝会选在端诚殿。进入大殿之后，大臣们按品级序列排队朝班。与往日相同，郑清之站在队列中的首位；所不同的是，站在他后面隔了几位有一个人，正是新任户部尚书真德秀。

梁成大、李知孝和赵汝述他们紧盯着真德秀，各怀心思，默然无语，等待着皇帝开始上朝。

片刻之后，理宗在宫人的簇拥下登上御座。众臣向皇帝拜礼后，理宗开口问道："众位爱卿，今日可有事情要奏？"

李知孝率先出列："启奏陛下，最近朝野风传一个消息，说朝廷将要更化改制，臣等的心里十分疑惑，所以想请问陛下，这是否属实？"

理宗并没有回答他，将目光看向了郑清之和真德秀二人。

郑清之转身对李知孝说："李大人，更化改制一事，三年前朝廷就在酝酿了。此事属实。"

"请问郑大人，这些年来我朝风调雨顺，百姓安居乐业，是我大宋南迁以来最好的日子。我们还要改什么制呢？"

梁成大立即附和："陛下，李大人所言在理。史丞相多年来殚精竭虑，国事蒸蒸日上，我们可不能任意改动他老人家的章程啊。"

赵汝述也向理宗作揖奏道："陛下，史相操心国事，积劳成疾，现在卧病在床，将养身体。如果这时我们违背他的意思，去搞什么更化改制，对得起他老人家吗？不会令世人寒心吗？臣奏请陛下三思啊！"

几个人一连串的公开反对，让郑清之皱起了眉头，他将目光投向了真德秀。

真德秀会意，站出来奏道："陛下，微臣有话要问李知孝大人。"

"爱卿你问。"

真德秀先是扫视了一遍赵汝述三人，然后走到李知孝身旁，问道："刚才李大人说，现在是我大宋南迁后最好的日子，请问是吗？"

李知孝将头昂起："当然。"

"错了，大错特错！"

"真大人，你又要诋毁朝廷吗？"

这就是李知孝的策略，不等真德秀开口陈说，先给他扣上一顶污蔑朝廷的大帽子。

真德秀轻蔑地看着他："李大人，本官尚未言事，你为何有诋毁朝廷一说？"

李知孝"哼"了一声。

"李大人，各位大人，皇上任命我担任户部尚书，那我就谈谈户部以往的税政吧。本官长期任职地方，看到了很多乱象。曾几何时，很多地方的税赋极其混乱，各种名目如大斗、大斛、加耗、预借和重催等轮番上阵，使农人们根本无法负担。很多地方还按人头征收费用，那里的乡民交不起，竟然出现了大量弃婴、杀婴的现象，各地对此屡禁不绝。"他提高声音说，"各位大人，大家想一想，那些乡民被逼到什么样的地步，才会有这般违背人伦的悲剧发生？"

"你造谣！"李知孝立即抗议。

真德秀冷冷地看着他："各地的民情奏报上面都有。只要你李大人关心，都能看到。"

梁成大"嘿嘿"冷笑一声："真大人，你的意思是：现在充裕的国库，都是搜刮老百姓得来的吗？"

"梁大人，现在国库当真充裕了吗？那些税赋收的钱粮，真的都进到国库里了吗？"

"你什么意思？"

真德秀转向赵汝述："赵大人，几年前曝光的潭州私盐大案，你还记得吗？"

赵汝述将头转开，并不回答。

"各位大人，事实是：朝廷的盐政，早已经沦为一些官员敛财的工具，每年有巨额本该进入国库的钱，却进了贪官墨吏的腰包里。"

这时官员们全都窃窃私语。乔行简是知道内情的，不住地抚须，向真德秀点了点头。

真德秀侃侃而谈："本朝开国以来，征收盐税就是官榷与商办，南迁之后也是如此。因为有一些弊端，就总有官员利用手中权力，在二者之间来回

444

渔利。经过核查，有很多在外的盐引在京师榷货务，并没有找到对应的存档。经查，前任户部尚书莫泽，伙同他的族弟莫彬，化名上官镕，多年贩售私盐和腊茶，牟取暴利不说，还拉拢腐化了各地大批的官员。"

莫泽已经被捕入狱，私盐的这些事情他已经认下了。因此赵汝述他们无法反驳。

真德秀再次提高了声音："难道有司不知道他们的恶行吗？当然不！可恶的是这些人黑白不分，是非不论，一起上下其手，大肆敛财。"

此时大殿上一片静穆。

李知孝阴恻恻地问道："真大人，你能不能说清楚，这都是哪些人？"

真德秀一时沉默了。

理宗一直在认真地倾听他们辩述，听到这，他招手把董宋臣叫过来吩咐了几句。董宋臣点头，走到真德秀跟前，将两本《十地秘册》交给了他。

真德秀接过书册，用犀利的目光紧盯着李知孝："李大人，知道这是什么吗？"

"我怎么知道？"

"各位大人，前户部尚书莫泽伙同莫彬，多年来贿赂公行，他们把所有行贿纳贿的官员名单以及事实，全都记在这两本簿册里了！"

听到这话，跟他们有所牵连的官员犹如陡然跌进了冰窖，他们的心彻底冰透，止不住地瑟瑟发抖。

众官员全都沉默了。此刻大殿异常安静，官员们紧张得似乎能听到彼此的心跳⋯⋯

过了片刻，宫外突然传来一阵嘈杂。一个内侍急慌慌跑进来喊道："陛下，史丞相带人进宫了！"

这消息犹如当空炸了一个暴雷，官员们顿时惊呆了。

第八十一章　盟友决裂（一）

宰相史弥远进宫了？众官员先是惊呆了，随后一片哗然。

理宗愣住了，史相不是中风卧床不起吗？他疑惑地看向郑清之。

而郑清之也在发愣，脸上没有任何表情。

那些史党立刻变得欢欣鼓舞，有人不住声地喊道："太好了！"梁成大跟赵汝述他们得意扬扬地看着真德秀，有人甚至悄悄地击掌相庆。

但清流官员们全都皱着眉头，露出厌恶而无可奈何的神情。

说话间，几个内侍将史弥远用软榻抬了进来。史弥远歪躺着，身上还盖着厚厚的波斯骆驼绒毯。进来之后，史弥远轻轻拍了拍坐榻，内侍放了下来后将史弥远搀扶了出来。

他竟然可以走动？

理宗很是惊愕，很快回过神来，吩咐董宋臣给他送过去一个软座。然后笑着问："丞相大安了吗？可喜可贺。"

史弥远向理宗施礼，然后坐了下去，连喘了几口气。

看得出来，他仍然非常虚弱，两眼无神，眼窝深深地陷了下去。史弥远喘定了以后，冲真德秀点头说："真大人，有什么事情，不能好好商量，非要在朝堂上掀起风波来才好吗？"

真德秀拱手问道："史相，刚才所议的都是朝廷亟待解决的急务，请问你说的风波是哪一件？"

史弥远指了指他手里的《十地秘册》反问："你拿的这个东西，就是莫彬他们搞的？"

"正是。"

史弥远转头吩咐赵汝述："你派人去，把莫泽提出来，当着文武百官的面，问个清楚。"

赵汝述犹豫了一下，回答说："丞相，莫泽前日突发心疾，已经病死了。"

众人听了，窃窃私语。

"那就是没有人证了？"

"是的。"

史弥远问真德秀："莫彬逃亡，莫泽已死，难辨真假。真大人，你怎么可以拿这样的东西，来瞒天过海，搅动朝局呢？"

这时大殿里一片哗然，官员们议论纷纷。李知孝得意地向众人连连摆手："肃静。"

众官员的眼睛都紧盯着真德秀，猜想他会如何作答。

真德秀微微一笑，举起两本簿册说："丞相，下官这几天调阅了刑部的莫泽卷宗，他的供词跟这本簿册的记载基本吻合。"

史弥远冷笑："不过是巧合罢了。如果有人伪造它，当然要放一些真事进去。"

这句话是在当面指责真德秀伪造证据。众官员都能听得出，史相是在强词夺理了。

李知孝立即站出来奏道："启奏陛下，臣要参劾真大人。他妄图用耸人听闻的假证，来指控大臣，其用意就是要攻击朝廷，污蔑我朝一片漆黑。他用心之险恶，实在令人发指！"

理宗面无表情地回答："李爱卿，那你能证明这书册的记录都是假的吗？"

李知孝一时语塞，嗫嚅着无法回答。

监察御史洪咨夔出班奏道："陛下，臣以为真假容易分辨。"

"哦，你有什么办法？"

"臣想问真大人一个问题。"

447

"准。"

"真大人，这簿册里有没有跟李知孝、梁成大和赵汝述这三位大人有关的记录？"

"有的。"

"臣奏请陛下，让三法司联合着手调查，看书里对他们的记录究竟是否属实。如果确属虚假构陷，那就请还给三位大人一个清白，册子里所牵涉的其他人也就都不必查了。"

李知孝顿时气得暴跳如雷："洪咨夔，你要借机整人吗？"

而梁成大不知为何，此时竟然一声不吭。他的心里早就万般困惑，这东西不是在惠净和侄儿两个人手里吗？怎么会到了皇上手里？难道他们被抓了？想到这里，他一时心乱如麻。

此刻群臣议论纷纷，一些御史言官向理宗建议说清者自清，三人如果无事，就不应害怕被查；去查一下是否属实，也可以验证这两本记录的真伪。

过了一会儿，一直没有说话的薛极站了出来："陛下，臣以为洪咨夔的建议绝不可行。"

"哦，薛爱卿说说看，为什么？"

"陛下，这三位大人无辜遭人陷害，即便事后证明了他们的清白，他们的声誉却已遭到无可挽回的损害。臣以为这对他们太不公了。"

理宗很是不以为然，脸上却毫无表情。

薛极见皇帝不表态，继续说道："陛下，作为朝廷的高阶官员，他们的尊严就是朝廷的脸面哪！"

真德秀反驳道："薛大人，我们要维护的是朝廷的尊严，不是那些贪官污吏的尊严。我们要维护朝廷的清白，恰恰就要激浊扬清，惩恶扬善。"

史弥远冷笑了起来："真大人，满朝官员，就只有你是善，别人都是恶？就只有你是清，别人都是浊吗？"

真德秀听罢，一时不知如何恰当地反驳回去，只好默然。

站在队列里的赵汝谈无法忍受，走出来说道："史相哪，平生不做亏心事，夜半不怕鬼敲门。李知孝、梁成大、赵汝述三位大人，如果真是清白的，就不怕让别人来查。"

赵汝谈是宰辅之一，他站出来公开顶撞宰相史弥远，这是极其罕见的一幕。官员们紧张地看着他们以及一直没有说话的郑清之和乔行简。

郑清之依然面无表情地站在那里，保持沉默；而乔行简似乎事不关己，闭着眼睛打起了瞌睡。

赵汝谈一直被史弥远视作强敌，他的话让史弥远突然双眼精光四射，刚才的龙钟病态仿佛瞬间消失了，他盯着赵汝谈说："我如果不答应呢？"

赵汝谈慨然回答："那么天下人就会说，史丞相徇私包庇；他们还会说，那些人之所以横行无忌，贪墨受贿，是因为背后撑腰的人，就是史相你啊！"

这句话虽然语调平静，却犹如又在朝堂上响了一记惊雷。很多官员已经心惊胆战地不敢再听了。

史弥远点了点头："好啊，好啊，终于露出真面目了！你一个，真德秀一个，今天要图穷匕见了，是吧？"

赵汝谈昂首回道："不知史相说这话，是什么意思？"

史弥远冷笑："你们今天在朝堂上突然发难，用不知真假的所谓证据，无端指控几位重臣，就是要拿他们为所谓的更化改制开刀祭旗，对不对？"

"史相，这是两件不同的事情，绝不能混谈。"

史弥远"哼"了一声："有什么不满就冲我来吧！说穿了，你们不过是要用什么更化改制，来清算我过去的20多年吧？告诉你们，这绝无可能！"

这番话似乎将郑清之也捎上了。官员们的目光，不约而同地都投向了他，这位被公认为宰相史弥远长久以来的政治"盟友"。

不料，郑清之依然一声不吭地站在那里，似乎眼前的事情跟自己毫无关系。

真德秀上前一步："史相，更化改制的初衷是为朝廷兴利除弊，增强国力，抵御外患。不是为了清算什么人。"

史弥远再次冷笑:"真大人,冠冕堂皇的话不用说了,你就说些实在的吧。"

真德秀开口正要回答,却又收了回去。他很犹豫是否有必要再跟史弥远正面硬碰了。

史弥远盯着真德秀:"怎么,你不肯说,还是不敢说了?那好,我来替你们讲:你们搞什么更化改制,全盘推翻朝廷的既定大政,不就是为了抢班夺权吗?你的野心,也太大了吧!大家的眼睛是雪亮的,自我执掌首辅20多年来,朝堂基本相安无事,国库越来越充裕。有了嘉定和议,国家才摆脱了跟金国的常年战争;我们除掉了奸臣韩侂胄,那些遭他罢斥的大臣,赵汝愚、吕祖谦这些人,才可以复官回朝。"

这时他提高了声调:"是我请的旨意,先帝才追封了朱熹老夫子爵位,才聘召了林大中、楼钥等贤人隐士,共同赞襄朝政。甚至包括你真德秀、魏了翁,也是因为老夫,朝廷才会起用你们两个。"说到这里他重重地"哼"了一声。

李知孝接话高喊:"丞相说得太好了。这20年来,朝廷事事安顺,百姓安居乐业,很多人都说:这是我大宋南迁以来最好的日子。我认为,当之无愧!"

梁成大接着攻击道:"偏偏就有真德秀这样的人,号称清流领袖,平日里总是装作一副忧国忧民的模样,可他竟然冒天下之大不韪,不遗余力地抹黑、污蔑朝廷。诸位,他为什么要这么做?归根结底,就是为了捞取个人的名声。几年前,我在朝堂上就说过,他这种人欺世盗名,居心叵测,根本就是伪君子、真小人!"

他刚说完,朝堂上又是一片哗然。众人明白,今天这个局面是彻底没有转圜的可能了。

洪咨夔、李韶等人都怒目瞪视着梁成大。

真德秀对梁成大向来轻蔑,所以对他说的话不予理睬。在众人的注视下,他走到了史弥远跟前:"史相啊,其实我一直都拿你跟一个人相比,你知道他是谁吗？"

"不知道。"史弥远撇了撇嘴角。

"丞相想听真话，还是假话？"

"你不是号称从来只讲'真话'吗？"

真德秀拱手回答："那好。在下一直认为，你跟当年的秦桧好有一比。而且你史相之罪，远甚秦桧！"

这时，整个朝堂上彻底静默无声。梁成大、李知孝这些人也都一时愣住了，人人都在想，真德秀莫不是疯了？

第八十二章　盟友决裂（二）

听到真德秀将自己跟秦桧相比，史弥远剧烈地咳嗽了几下，然后"嘿嘿"冷笑："秦相对我大宋有大功绩，能跟他并论，高抬老夫了。"

开禧二年，宁宗任命韩侂胄为宰相，追夺了秦桧王爵，改谥号为"谬丑"。之后嘉定元年史弥远执政，又恢复了他的王爵和谥号。因而史弥远一直对秦桧并不排斥。但跟他形成鲜明的对比，以真德秀和魏了翁为代表的官员，则对秦桧切齿痛恨。

"不错，在你执掌相位的20多年里，朝廷能大体保持安定。你一直认为，这是你的和金之策成功所致。大错特错了！事实上，是因为金国深受崛起的蒙古威胁，而无暇南顾，所以我们才能苟安于一时。"

群臣听了，不少人频频点头，赞同这一说法。

真德秀突然提高了声调："看看史相你都做了什么，任用亲信，打击异己，致使官场黑幕重重。太多的官员贪墨中饱，肆意欺压，民变迭起，国势日衰。最可怕的是，在你主政的20多年里，本应该竭力发展国力，厉兵秣马，准备应对强敌的侵略。可是你呢，却浪费了最宝贵的时间，太可惜了！史相，你就不怕后世如何评说你吗？"

"住口！"史弥远无法忍受，突然一阵晕眩，眼前一黑，歪倒在座位上面。

看到宰相晕倒，朝堂上一片大乱。梁成大连声高喊传太医，李知孝和赵汝述他们冲到史弥远的跟前，紧急抢救。余下的官员们手足无措，不知如何才好。而有些政见不同的官员，开始互相谩骂攻击了起来。

理宗看到这样的朝堂乱象，又气又急，使了个眼色给董宋臣。

董宋臣立即高声喊道："退朝。"

但是无人理睬，朝堂上仍然是乱作一团。

就在这时，殿外传来了一片喧哗……

一队上百名顶盔束甲的禁军士兵，在两个统领的率领下，手持兵刃包围了大殿。

今日当值的江万载立即下令："拔刀。"手下护卫一齐拔出腰刀，将殿门封住。

江万载上前喝道："大胆，你们是什么人？要造反吗？"

只见一个人走了过来："是我。"

江万载仔细一看，这人正是前殿前司都指挥夏震，他的身边居然是自己的上司，现任殿前司主事统领彭壬。江万载愣了一下，随即喝道："夏震，你要干什么？"

夏震冷冷地回答："今天有人在朝会捣乱，我接到丞相命令，带人过来维持。"

"放肆！未经皇上允许，你竟敢带兵过来，是要逼宫吗？"

夏震"嘿嘿"冷笑："好大的口气，作为一个属下，你就是这样跟上司说话的吗？"

江万载便看向一旁的彭壬，但他沉默着并不答话。

江万载知道事情不妙："彭将军，殿前司归你掌管，这些兵是你调来的吗？"

彭壬不再沉默，回答说："我现在已经不再任主事了。"说完将一道手谕递给了江万载。

江万载接过一看，这是由宰相史弥远签发的命令，任命夏震重掌殿前司禁军。

几年前，自从皇帝跟史弥远讨价还价似的商量之后，虽然夏震仍然是名义上的殿前司统帅，但实际行使责权的就是彭壬和江万载两人。现在就凭史弥远的一个手谕,就能把军权拿走吗?江万载大怒:"这调令不是圣上签发的。你们是要逼宫造反吗?"

夏震喝令道:"狂妄,把他拿下!"

彭壬向他身后的士兵下了命令,军士们齐声领命,端着兵刃将江万载围了起来。

江万载手下的禁军护卫数量有限,眼见对方人多势众,被迫先后放弃抵抗,交出了武器。

夏震哈哈大笑,跟彭壬带着几个护卫走进了大殿。

众官员看到夏震带着兵进了大殿,无不大惊失色。只有梁成大和李知孝那些人顿时喜形于色,无比兴奋。

夏震走到理宗近前,叩首行礼,然后起身说:"陛下,听说今日朝会有人捣乱,老臣特地带人前来护驾。"

理宗自打他走进来时,心便陡然缩在了一起,手有些微微颤抖。眼前的情景,一下子让他想起了自己登基的那一幕。当年就是夏震带着士兵护卫着自己,坐上了这把龙椅。据说那时济王赵竑被他拦在大殿之外,任他再怎么哭喊叫骂,都是无济于事。

今天,夏震再次带人进来,他要干什么?但他尽力让自己平静下来,镇定地说:"夏爱卿,彭爱卿,朝会无事,你们暂且退下去吧。"

彭壬躬身施礼:"是,陛下。"

但夏震并没有退下去,转身去看史弥远了。

片刻之后,史弥远苏醒过来,看到夏震在自己身旁,便紧紧地握了握他的手。

夏震点头说:"丞相放心,都控制住了。"

史弥远慢慢地坐起来,盯着真德秀,冷冷地说:"真大人,你终究还是斗不过我。"

真德秀一直凝重的表情突然消失不见了,微笑着回答:"不,丞相,其实是下官赢了。"

史弥远笑了，觉得真德秀非常可笑："你这个人，就是永远不肯服输。"史弥远以胜利者的特有眼神，怜悯地看着他。

然而真德秀却自信地回答道："史相，在下手无寸兵之权，却能逼得您不惜发动宫变！公道自在人心，丞相，你已经失去人心了！"

史弥远露出怪异的表情，意兴阑珊地回答："趋利避害，是人之常情。你看这人心似水啊，永远只会往低处流。"然后指着真德秀："但你的心太高了，让人高攀不起。所以不得人心的，其实就是你！"

真德秀收起了微笑："史相此话，似乎勘透了世间的一切。有一句话很想劝您：你我都已经风烛残年，不如同时辞官，归养天年，不知你可愿意吗？"

史弥远忽然剧烈地咳嗽起来，一边喘着气，一边说道："去吧，去你该去的地方。"然后冲夏震点头示意。

夏震会意，上前一步冷笑着说："20多年前，老夫在玉津园，亲手棰杀了权相韩侂胄，结束了朝廷的动荡。没想到真大人你会是第二个。请吧……"

可是真德秀不为所动，夏震便向身后的卫士使了一个眼色。

卫士走了上前，就要拿人。

突然有一个人站出来说："且慢，你们都退下。"

众人一看，这人却是郑清之。

"郑相，此事与你无关，请不要插手。"

郑清之坚定地说道："夏统领，你错了，韩侂胄之流怎么能跟真大人相提并论？"

夏震有些迟疑了。他一直认为郑清之是史弥远的绝对同盟，今天他怎么能站出来反对呢？

史弥远叹了一口气："德源，你终于出来为他说话了！"

"史相啊，真德秀不是韩侂胄，他对朝廷有功无过。"

史弥远听了这话，脸色越发的沉重，严厉地盯着郑清之。

郑清之继续说道："不错，他今天的言辞是激烈了一些。有什么说错的，还请丞相海量，就原谅了他吧；如果他有什么对的，还请丞相听取那些建议。我们千万不能伤害贤士，那样会让天下人都失望的！"

"贤士？天下人？"史弥远仰头大笑，"德源，你今天是要跟我决裂了吗？"

"不是的，丞相。"

忽然另一个声音传了过来："郑相说得对，不但天下人会失望，而且朕也会很失望！"这声音虽然不高，却好似第三个惊雷震在朝堂之上。

因为这是理宗的声音。

史弥远觉得自己似乎听错了，疑惑地看着皇帝："陛下，您说什么？"

"丞相，今天的事就到此为止了吧。你们都是朕的股肱之臣，左膀右臂。大臣相争，不是国家之福。"

夏震指着真德秀喊道："陛下，朝廷现在出了奸臣，我们不能听之任之啊！"然后他不理会理宗，大声喝道："来人。"

然而却无人应答。

夏震转头回看，随身的护卫一个都不见了。他又喊道："彭壬，你在哪里？"

"在这里。"彭壬应声从外面进来，身后还跟着江万载以及另一个护卫，三人一齐走了过来。

夏震见江万载进来了，不禁疑惑了起来。但他一时也顾不了许多，命令彭壬道："把真德秀带到刑部大牢，看押起来。"

而彭壬没有任何动作。

夏震再次命令："把真德秀抓起来。"

彭壬仍然不理。

夏震的心开始收缩，脸也变得苍白起来。

史弥远盯着彭壬看了一阵，突然明白了，点头说："原来是你！"

彭壬也点了点头："的确是我。"

此时郑清之走了上来:"彭将军,外面的一切都控制住了吗?"

"皇上放心,郑相放心!该怎么做,一切都听皇上和郑相命令。"彭壬一边说着,一边向理宗叉手行礼。

"很好。你先把夏震带走看管起来。"

"是,郑相。"

不料,夏震突然一个箭步冲到前面,拔出了身上藏着的短刃挟持了真德秀,一边拖着他向殿外走去,一边高声喊叫:"你们别过来,不然大家同归于尽!"

史弥远看到他竟然藏了武器挟制真德秀,情急之下喊道:"夏将军,你不必如此!"

夏震苦笑着说:"史相,今天的事,不会有好的了结……"

话正说到这里,两个人闪电般冲到了跟前,一个人架住了夏震的手,另一个人顺势将真德秀扯脱了挟制。众人仔细一看,跟夏震厮打在一起的正是江万载。

夏震虽然年老,但依然身手矫健,跟江万载缠斗一时不落下风。群臣哪里见过这种场面,一时人人都是惊骇莫名。

正斗得激烈时,那护卫折身返了回来跟江万载合力,片刻之后终于击倒了夏震。

原来,这个护卫正是冉璞。是彭壬将他带进了宫里,临时充作了一个护卫。

江万载吩咐殿外的护卫过来,将夏震带走,关进刑部监牢听候发落。

这时,理宗走了过来,关切地问道:"真大人你怎么样了?有没有受伤?"

第八十三章　哈拉和林（一）

刚刚脱险的真德秀见皇帝十分关心自己，心里大感欣慰："陛下放心，老臣没事。"

理宗见真德秀无碍，便放了心，走到史弥远跟前说道："丞相，你身体才刚恢复，需要静养。这些事就不要再管了吧，下面朕和郑师父会安排好的。你就放心回府好好休养，如何？"

这番话说得既有温情，又带着骨头。史弥远猛然醒悟，当年自己一手扶持起来的小皇帝，早已经不是从前那个少年了！

史弥远红着眼睛，挣扎着站起来，要向理宗行叩拜大礼。

理宗一把搀住了他，回头向董宋臣示意。

董宋臣明白，叫来了几个宫人，一起将史弥远扶回坐榻，送出了宫去。

随后朝会继续进行，理宗极为沉重地说道："今天的朝会，再一次选在了端诚殿。朕曾经说过，这'端诚'二字，是做官，乃至做人的根本。朕希望你们都能廉洁自律，忠诚事主、事业。你们不一定能做到，但朕希望你们都能把这两个字写在案头，经常看一看，想一想！"

薛极"扑通"一下跪倒说道："陛下，臣有愧，辜负了陛下的信任和重托，微臣惭愧之至！"

赵汝述和梁成大他们彼此对视了一下，都默然站在队列里。

那两本《十地秘册》已经交回了理宗手里。理宗手拿簿册看着众大臣："你们说，朕对这里面的涉案官员该怎么处理？"

洪咨夔出班奏道："启奏陛下，臣认为此案重大，应该交由三法司彻底清查。"

理宗的心里十分犹豫。他清楚地知道，这么多大小官员涉案，如果真彻查下去，必将牵连太广，对朝廷的震动将前所未有。他不愿意出现这种局面，于是他将目光看向了郑清之。

郑清之走出来说："陛下，臣以为对于此案首犯，朝廷不可姑息，应该依法处置；对于那些从犯、轻犯，他们可能是被胁迫所致，只要他们愿意退赃，检举揭发其他违法行为，朝廷本着以仁为本的原则，可以网开一面，给他们一个改过自新的机会。"

真德秀立即站出来说道："郑大人老成谋国，微臣支持他的办法。"

洪咨夔等人也随后附议。

理宗顿时释然："那好，就按郑相的建议去办吧。"随后当众宣布，免去赵汝述、梁成大、李知孝、胡榘、聂子述所有职位，居家听参；参知政事薛极暂时停职，回府自省。至此，威名显赫的"四木三凶"终于退出了大宋朝堂。

当理宗宣布完毕，几乎所有的官员，尤其是洪咨夔和李韶等清流官员全都大声赞好，一齐自发地击掌表示拥护。他们高声喊着："圣上英明！天佑大宋！"

刹那间，理宗的心头涌上一阵从未有过的成就感，他满意地来回扫视着这一幕。当他的目光跟郑清之相遇时，两人会心地笑了起来。

此刻，真德秀心情激荡之余，双眼不禁湿润了起来。为了这一天，自己已经等待得太久了……

回到延祥观后，真德秀好奇地问冉璞："你今天如何能进得宫去？又怎么会跟江万载他们在一起？"

冉璞笑着回道："大人，是彭壬带我进去的。"然后将事情的经过一一讲了出来。原来这几日，冉璞经常跟彭壬在一起。那次梁光要假扮济王闯进相府，他用万仕达的性命首先挟制了万昕，可万昕万万不敢对史弥远隐瞒此事。老谋深算的史弥远知道梁光的计划后，决定将计就计，吩咐彭壬带禁军士兵到相府来，当夜就要捉拿梁光和济王妃。

可他哪里能想到，此时的彭壬已经改换了门庭。他故意让部下因为不可抗拒的原因拖延了许久，结果很迟才到达。而自己却一直隐身在相府。看到梁光、惠净和冉璞先后现身后，他不但没有拦阻几人的行动，事后也没有尽力去追捕。

真德秀更加奇怪了："彭壬为什么要这么做？"

"那日在泉州，梁光对我说，他早已掌握了大量对彭壬非常不利的证据。"

"哦，梁光居然还挟制了他？"真德秀摇摇头，"知道都是些什么事吗？"

"据梁光讲，彭壬早年事事听从史弥远、夏震和余天锡这三个人。在湖州害死济王，就是史弥远和余天锡指使他们干的。"

真德秀怒道："蛇鼠一窝！"

"后来莫泽和梁成大这些人，也曾多次向他行贿，办了不少见不得光的事情。当年莫泽和莫彬找人模仿大人的口吻和笔迹，伪造了一封您写给济王的书信。莫彬亲自赠给彭壬一座西湖边的别院，委托他将伪书放进济王被抄文书里面。事后，赵汝述就是以此信为理由来弹劾大人的。"

真德秀怒拍书案："果然是他们，当真是一群心如蛇蝎之人！"

"梁光曾经也是史弥远的手下，在机速房专门干秘密的事情。史弥远派他打进白云宗，监视莫彬。谁知道他后来竟然变了心，不再为他效力了。"

"哦，看来梁光此人虽然年纪不大，却是非常复杂。不对，《十地秘册》这样大的机密，梁光怎么会不动心思呢？莫非他已经看过了这些东西？还是……"真德秀开始猜疑了起来。他一时想不出真相，就对冉璞说："不管怎样，今后你对他千万要当心。"

"大人放心，属下明白的。"冉璞犹豫了再三，最终还是没有告诉真德秀一件事情。就是这次在泉州，梁光交给他一封密函，要他转交给彭壬。那里面装的其实就是《十地秘册》里对彭壬的原始记载以及梁光写给彭壬的一封书信。

没有人知道，那时的彭壬已经完全投向了郑清之。彭壬接受他的指令，密切监视史弥远的一举一动。那夜，史弥远中风的确是真，但并没有他表现得那样严重。史弥远一直待在府里养病，想要看清朝中群臣，包括自己的盟友郑清之等人的真实面目。当皇帝决定实行更化改制后，史弥远很快得知了消息。他便找来夏震频繁商议，两人决定再次发动宫变，彻底铲除真德秀和赵汝谈等人，以断了皇帝改制的念头。

然而彭壬将他们的计划，第一时间通报给了郑清之。这之后，就是今天的情形了。

真德秀问："这么说来，史弥远似乎之前就不再信任郑清之了。还有，史弥远对于彭壬，难道就没有起过疑心吗？"

"大人，现在的殿前司，他除了彭壬，还能用谁呢？"

真德秀笑了，点了点头。

"郑相的政见跟史相有所不同，这也不是什么秘密。但这并不妨碍他们为了共同的利益而结盟。属下认为，其实郑清之所以愿意跟大人合作，也是……"

真德秀抚须沉思一会儿："郑清之这个人，跟史弥远不同。"

"大人，您的意思是？"

"史弥远这样的人，没有什么节操可言，他永远只忠于自己；而郑清之是有政治抱负的，他远比史弥远更忠于皇帝，忠于自己的政治理想。"

但愿如此吧，冉璞心里摇头，这样的评价会不会高估了郑清之？

这时真德秀再次陷入深思，过了一会儿自言自语道："彭壬这个人，再不能留在殿前司了。"

"大人要向皇帝进言罢黜他吗？"

真德秀摇头说："不需要我来说，皇帝肯定要对禁军统领来一次大撤换。"

"江万载对皇上忠心耿耿，而且年富力强，一定更上层楼了。"

真德秀赞赏地看着冉璞，抚须说道："不错。朝廷的事情你能够洞悉内里，确实是成熟了。哎，这次要是你的兄长冉玼也在，那就更好了。"

因为提到了冉玼，冉璞的心不由得悬了起来。这么久没有音信，他现在到底在哪里？

此刻，冉玼已经跟姚枢到达了漠北草原。他们先去了西京路丰州，经过中都后一路上多次遭遇风沙，最后到达斡难河畔的蒙古汗庭。姚枢跟他介绍说，这里所处的位置是小肯特山，民间传言这里就是他们蒙古部族的发祥地。冉玼看着茫茫的草原，若有所思地说："这肯特山，其实就是汉代史书上说的狼居胥山吧？"

"正是。昔日汉朝骠骑将军霍去病大破匈奴于漠北，在此封山祭天，临翰海而还。这一战让'匈奴远遁，漠南无王庭'。那时，根本没有什么蒙古呢。"

冉玼看了一眼姚枢，觉得他满满地都是自豪，心里不觉有点想笑，问道："当年盛极一时的匈奴，现在究竟在哪里呢？"

"冉兄问得好，我曾经琢磨过这个事情。读过的史料上说，一部分匈奴人南下归降，汉朝将他们安置在关内，他们先后融进了汉人和鲜卑等各族。另一部分匈奴人因为在漠北无法立足，就西迁了，他们沿着河西走廊一路向西。据参加过西征的蒙古将领告诉我，后来有一个叫阿提拉的匈奴王征服了遥远的西域，那里有个地方叫匈牙利，居住着他们的后代。"

这些新鲜事让冉玼听得饶有兴致，两人一路交谈，说说笑笑，骑马到了杭爱山。姚枢说："此地在汉代被称为燕然山。"然后手指着不远处的山峦："现在他们把这里叫作哈拉和林。"

冉玼极目远望，这里森林繁密，到处郁郁葱葱。有一条清澈的河流穿过满是野花的草地，那里是鄂尔浑河谷地。

第八十四章　哈拉和林（二）

姚枢介绍说，鄂尔浑河流域，是几代兴盛的漠北部落建政修城的地方。成吉思汗打败了克烈和回鹘各部后，就在他们的都城基础上，扩建成了现在的蒙古大本营。姚枢自豪地说道："从这里发出的政令，可以到达西域几千里外。术赤的儿子拔都，正在率领大军征服远西伏尔加河流域钦察、不里阿耳等地，随后还要征服更西面的斡罗思。窝阔台大汗已经说了，灭掉金国后，他要助拔都一臂之力，让大军一道西征去。"

"哦，有没有那里的地图可以看看？"

"有的。"

冉琎便向他要了大幅图本，两人一边看着图，一边谈论从这里通往西域各地的情形。

冉琎忽然灵光闪现："姚兄，我们还需要勘察什么呢？这里已经就是蒙古都城的最佳之选了。"

姚枢问："哪里？"

"哈拉和林。"

"为什么？"

"你看，哈拉和林地势平坦空阔，这里有足够的空间可以扩建城池。鄂尔浑河提供水源，河谷上的草地可以开发出大量的土地，供屯田所需；附近更有大片的森林，有取不尽的物资可供营建之用。"

姚枢摇头道："就这些理由吗？"

"这些当然还不是最充分的理由。"冉琎指着图说，"姚兄你看，从东方到西方，如此巨大的整块陆地，却有高大的帕米尔山横亘其间，阻断东、西两面的交流。自古以来从我们中原出发，要想到达远西未知之地，只能通过'丝绸之路'翻越帕米尔高山，困难重重。但如果绕开它，从北方走，情形就截然不同了。北方大片陆地十分平整，商队和骑兵可以从哈拉和林一路快速到达喀山汗国境内，然后再通往更西之地。所以哈拉和林就是从东方向西进军的最佳集结地。"

姚枢沉思了一阵，忽然恍然大悟，摸着胡须笑着说道："冉兄，您用心良苦啊！"

冉琎微笑着问："哦，姚兄明白了什么？"

"你不想蒙古跟大宋开战，就想出这个祸水西移的办法，是不是？"

冉琎仰天大笑："姚兄真是机智之人，我这点私心瞒不过你的。"

姚枢长叹道："我也是汉人，当然不希望蒙古灭了金国之后，再跟大宋发生战争。可是你也亲耳听到过中书令说的话：他们是要统一中国的。其中当然包括大宋。"

"蒙古军队再强，毕竟国力有限。如果他们分兵远征西域，再想跟大宋作战，就要吃力很多了。况且两线作战，是兵家大忌！"

姚枢摇头："从兵法上说，的确是这样。不过你也看到了，他们哪次不是同时跟几个强敌作战呢？他们就是天选之子，就是为了征服世界才到人世间来的。尤其是拖雷，他是当之无愧的战神！灭亡金国对他来说，根本就不是问题。"可冉琎并不相信这个说法。有人说拖雷和孛鲁号称蒙军两把"屠刀"。孛鲁还不是被他跟白华、国用安他们联手打败了吗？

姚枢看出了他不以为然，便点头说："我的话，很快就有验证，拖雷已经率他的怯薛军南下了，很快就要再次进攻金国。我相信，这次很可能就是最后的决战。也罢，既然冉兄认定哈拉和林不错，那我也赞同这一建议。我们就一起回大同府草拟一份建议书，向中书令复命。然后我们一起随军观战，如何？"

"好啊，就依姚兄。"

回到大同府，冉琎迫不及待地派人到中书令衙门将王琬请到了驿馆。两人在异国许久未见，王琬乍见冉琎，看他明显黑了许多，更瘦削了，便心疼地握着他的手，觉得比以往粗糙，她仔细一看，多了很多皲裂，于是心疼地握着不放。两人都有说不完的心里话，却都没有说出口，这一刻的无语，让二人更觉甜蜜。

彭渊跟冉琎去了一趟漠北回来，见到王琬后叫苦不迭，抱怨那里的食物实在是难以下咽。

王琬让何忍准备一桌酒席，问彭渊道："彭大哥，你不是说，这里的牛羊肉很合你的脾胃吗？"

彭渊苦着脸："羊肉、马奶是不错，可架不住天天当饭吃。弄得我现在闻到羊肉味道，胃里就直反酸，实在倒胃口。"

王琬笑了："那今天得好好犒劳一下彭大哥，你最想吃什么呢？"

"我现在每天做梦，都梦到在金陵时香喷喷的糯米饭。"

何忍大笑："你原来可是无肉不欢的，现在要改吃素了吗？"

彭渊已经好久没有吃到新鲜的果菜了，因为提到吃素，忍不住直流口水："何兄，你们能有什么素菜？"

何忍实话实说道："这大同府能找到的东西实在有限，只怕你不会满意。"

王琬自告奋勇地说："那让我来试试吧。"

众人都好奇地看着她。彭渊问："大小姐，你难道有办法？"

王琬笑了笑，让何忍派了个人跟着她到中书令府衙取了一些食材回来。然后她亲自下了厨。

不到一个时辰，宴席完毕。众人一看，果然是一桌五颜六色的全素宴。

彭渊早就闻到了香味，一直在咽口水："大小姐，这都是些什么菜啊？"

王琬指着碗碟一个个介绍，分别是地三鲜、油焖冬笋、糖浇香芋、蒜香娃娃菜、石花仙菜、蕨粉干薇、五色银钩、豆腐羹，等等。

彭渊已经无法再等，也顾不上饮酒，跟众人犹如风卷残云一般，将满桌素菜一卷而空。彭渊与何忍放下碗筷后，仍然不住声地大赞王琬。

晚饭结束后，冉琎护送王琬回中书令府衙，此刻两人都有些心事重重。冉琎先打破了沉默说："彭渊虽然没有跟我明说，但我知道他思家心切，想回去了。"

王琬咬着嘴唇："那你呢？也想回去吗？"

冉琎犹豫了一下，回答说："只要你在这里，我便陪着你。"

王琬对这个回答当然是满意的，只是对他的犹豫有些不满。但她了解冉琎的心思，叹了一声说："恐怕你们在这里也待不久了。"

"哦，为什么？"

"拖雷王爷的怯薛军已经到了，马上金蒙两国又要开始大战。"

"上次蒙古大汗亲自出马，不也是大败了吗？"

"这次不一样的，拖雷这个人实在太可怕了！"

冉琎觉得有些异样，问道："是不是发生了什么事情？"

"公主皇后锦璆也到了。"

"哦，她找你商量事情了吗？"

王琬默然。

"是不是金主催促你们，尽快除掉拖雷？"

王琬点了点头："他已经派人来了好几次。可锦璆畏惧拖雷，很怕参与这件事。"

"该死！"金主如此逼迫两个弱女子来干这么危险的事情，冉琎心里顿时大怒。

"不光是他，还有李崽名，经常来找锦璆商量报仇的事情。"

"她为什么一定要拉着锦璆一起干呢？"

"这是有缘由的。现在李崽名很是信任我，告诉了我不少事情。据她说，也遂太后生前也痛恨拖雷，在去世前为她们做了不少安排。"

"哦？"冉琎有些惊讶，蒙古的最高层有了内斗，这倒是一个好机会。

"那李崽名准备怎样办？"

"具体行动还没有定，她说等机会来了，再跟我商量。"

冉琟边走边想，她们三个弱女子，要对阵一个拥有千军万马，而且最有权势的男人，这简直太疯狂了！"李崽名一定是想利用窝阔台跟拖雷之间的冲突，借他的手为自己报仇。"

"是的。"

"可他们会发生冲突吗？毕竟是兄弟。"

"据我的观察，大汗非常忌惮自己这位四弟。尤其是上次亲征金国失败后，大汗整个人都变了，变得非常多疑。据中书令耶律大人说，大汗现在很不自信。"

"嗯，是因为拖雷的威望已经超过了他吗？"

"正是。尤其在军队里，将军们只服从拖雷，而对这位大汗却有些看轻，都说他不会打仗。在这个极度好战的国度里，一个统帅得到这样的评价，那就是最大的耻辱。"

"可是作为大汗，他应该不肯落下那种残害兄弟的恶劣名声。"

"的确如此。我看这位大汗心思非常深，他如果要做这件事，绝对不会授人以柄。对了，他有一个心腹高官，叫镇海，专门干一些秘密之事。我从中书令大人只言片语当中，能猜到镇海正在针对拖雷做一些特别的安排。而且镇海跟李崽名之间，最近也在紧密地联络。我猜他们就是为了拖雷。"

"得想办法搞清楚他们的计划。利用镇海来做这些事，是你们最好的选择。"冉琟心想，现在王琬已经深深地卷进这个惊涛骇浪里了。不过，有几拨不同的势力同时对付拖雷，看来成功的希望不小。即便如此，这件事情还是有极大的风险，冉琟叮嘱道："琬妹，不管怎样，凡事都要千万谨慎。切记，切记！"

"放心冉兄，我知道如何保护自己的。而且耶律楚材大人对我很是信任，有危机时他会给我们提供保护。"

冉琟知道王琬做事精细，应该不会轻易暴露自己。他又叮嘱一句："事成之后，我们立即撤退，到你说的蓬莱岛去，如何？"

"一定的，冉兄。"想到蓬莱岛，王琬脸上露出了开心的笑容。

第八十五章　拖雷叩关（一）

自从蒙军上一次进攻严重受挫，现在"借道灭金"终于被窝阔台正式定为灭金战略。他召集了拖雷大王、其他各路宗王、文武官员，共商灭金大计。

会上窝阔台说道："各位，父汗去世前告诉了我们一个灭金方略，他说：'如果借道于宋，宋金世仇，必能许我，则下兵唐、邓，直捣汴梁。'此前四弟也一直对我说，必须这么打才行。现在，我决定采纳了。你们大家说说，谁来执行这个大迂回任务？"

速不台刚刚大败，一直在众将面前抬不起头，听窝阔台这么问，立即起身叉手行礼："大汗，让我去吧。"

窝阔台一口否决了他："不行，你不适合。"

"为什么，大汗？"

"速不台，你带兵太过宽纵，又贪财好利。南朝比金国更加富庶，让你们去那里，一定会像一群没见过世面的饿狼一样只顾着抢劫，却把我交给你们的大事抛在脑后。"这是在指责速不台上回在金国纵兵劫掠，以致被完颜陈和尚打得大败，差点都回不来了。

众将听窝阔台汗这样讲他，一阵哄然大笑。

速不台很是不服："大汗，上回败的又不是我一个人。"

窝阔台被顶得脸红，立刻训斥道："你住口，要再胡说，就抽你100鞭子！"

速不台愤愤不平，还想要再辩解，却被拖雷狠狠瞪了一眼，只好闭口不言。

汗叔斡陈那颜起身说道:"大汗,让我去吧。"

斡陈那颜是个经验丰富的老将,可毕竟年岁不饶人,执行迂回穿插这样危险的任务,肯定不适合。窝阔台摇头说:"皇叔,你的任务我已经安排好了,你带兵绕道山东夹攻金国。"

"是,大汗。"

窝阔台将目光投向了拖雷。其实,各位宗王和将领心里都明白,拖雷才是大迂回统帅的最佳人选。他胆大机智,有杰出的战场指挥能力,应付得了高度变化的战场形势。而且他在军中威望最高,士兵们对他都愿意以死跟随。

但是拖雷却没有任何表示。

窝阔台紧皱着眉头看着他,心想:难道他要我这个大汗亲自去吗?

终于,拖雷的视线跟他对上了。

拖雷不再沉默,说道:"大汗,我去。"

窝阔台终于舒了一口气:"好啊四弟,关键的时候还是你行。"

"不过大汗,有两件事,你得答应我。"

"四弟你说,我都答应你。"

拖雷见他很是迫切,心里笑了起来,说道:"第一件事,就是让速不台回到怯薛军吧。"

"没有问题,四弟。"

听到这里,速不台顿时喜形于色。

"第二件事,我要单独跟大汗讲。"

窝阔台疑惑地看着他,随即吩咐,除了斡陈那颜留下,其他人先行解散。

斡陈那颜是他们二人的叔父,窝阔台留他下来,必要时可以制止拖雷提出过分的要求。

拖雷当然明白他的心思,冲斡陈那颜笑着点了点头,然后对窝阔台说:

"大汗，拔都拜托我向你提一个请求。"

拔都？窝阔台忽然紧张了。拔都被公认是"黄金家族"下一代中最杰出的领袖人物，而且跟拖雷最亲，窝阔台对这个侄儿非常忌惮："哦，他要干什么？"

"他想要我派军队，去支持他远征钦察和斡罗斯。"

窝阔台的心里嘘了一口气："就这件事？"

"打下钦察之后，他想建立自己的汗国。"

"不行，绝对不行。"窝阔台顿时万分恼火，看来这个侄子如今翅膀长齐，想要单飞了，"父汗去世时说的话，你们都忘了吗？我们孛儿只斤家族子孙不能分裂，一旦分裂，敌人就会把我们各个击破，逐一消灭。"

拖雷不屑地摇头："各个击破？这样的敌人还没有出生呢！"

"总之父汗说了，不许分裂！"

"可父汗也说过，如果拔都要单独建国，就随他去吧。"

窝阔台心想，这是父汗单独跟自己说的话，他如何知道？难道父汗对他也讲过？

一旁斡陈那颜说道："不错，汗兄生前跟我说过这话。"

可窝阔台还是摇头："四弟，别的都好说，就这事不行。"

"这样吧三哥，父汗在世时，给你的封地在霍博和叶迷立，两个地方都很小，我觉得这对三哥不公平，现在我自愿把我的封地跟三哥互换；另外，我把父汗生前分给我的雪尼惕部和速勒都思部共五千户都转到你儿子阔端名下，怎么样？"

因为有"幼子守灶"的传统，漠北的蒙古本部广阔的草原都成了拖雷的领地。而窝阔台仅得到了几块狭小的领地，而且并不连成一片，作为大汗的他一直对此非常不满。现在拖雷主动提出可以交换，他不由得心动了。

默想了一阵，他问拖雷："拔都为什么一定要去攻打钦察和斡罗斯？"

"大汗还记得吗？花剌子模的王子札兰丁潜回了波斯，那里的突厥人竟然奉他为领袖，重建了花剌子模帝国。"

"我不是派了绰儿马罕跟拜答儿去征剿了吗？"

"是的，据传回的最新战报说，札兰丁已经死了。不过，我们的军队在波斯往西遇到了很强的抵抗。那一带再向远西去，有走不到头的肥美草地。不过，那里到处都是红毛生番。他们信奉一种十字宗教，认为自己是世上最高贵的人种。据说他们还成立了骑士团，声称要用战争消灭所有的异教徒，为此他们宁愿打上几百年的战争。"

窝阔台听罢大怒，猛拍一下桌案："狂妄！我支持拔都出兵。他的军力不够，我们就全都派兵支持他。等灭掉金国后，我们四大家每家的长子全都带兵出征，去教训那些野蛮无知的红毛生番！"

"那好，说定了。"拖雷跟窝阔台汗击掌约定。

回到鹿苑行宫后，窝阔台看到镇海正在等他，便说："一切如你们所料，拖雷已经答应带兵借道宋境。"

"恭喜大汗。"

"可是他提出了条件，要我答应让拔都自己建国，只要我同意，他甚至愿意跟我交换领地。"

"那恭喜大汗了，这真是一举两得！"

"可是我一旦同意拔都独立，后患无穷啊！"

"大汗，您在担心什么？"

"你们不懂得我四弟的心思，他其实是为自己将来裂土建国做准备了。这才是我的心腹大患！"

"大汗放心，他没机会了。"

窝阔台诧异："哦，那位高人喇嘛怎么说？"

"萨巴喇嘛能未卜先知。他占卜过，知道拖雷王爷出兵的结果。"

窝阔台顿时很好奇："他怎么说的？"

"萨巴喇嘛说：'拖雷王爷此去，必定大胜。但是他回不来。'"

"这是什么意思？"

"占卜的结果说，拖雷王爷将会暴死，他再也回不到蒙古草原了！"

窝阔台半信半疑:"他凭什么这么说?"

"萨巴喇嘛说拖雷王爷的命数到了。他还让我在拖雷进入宋境之后,把消息传给金国皇帝。"

窝阔台立即皱起了眉头:"这个办法不好,太损阴德了,还会影响战局。"

"大师的意思是:就得让他们来一场恶斗。无论拖雷王爷还是金军胜了,他们必定会斗得两败俱伤。到了那时,大汗您想怎么收拾他们,不是都易如反掌了吗?"

窝阔台琢磨这话有点道理:"那好,可是别给我捅出什么乱子来。不然被人抓到把柄时,我肯定救不了你们。"

"大汗放心,我派一些人手给他,就让他亲自去做这件事吧。"镇海诡异地看着窝阔台汗,"他是汉人,真出了事,我们就把所有的过错都推给他,就说他是金国来的探子。"

窝阔台嘿嘿地笑了:"反复无常的诡计诈术,本就是他们这种汉人最喜欢用的。"

镇海又问:"大汗,打完金国后,我们的大军真要去西征吗?"

"嗯,有这个打算。"

镇海劝道:"那时我们是不是应该好好休整一下?"

窝阔台摇了摇头:"不需要,我们的战士只要能得到金银财物,他们就不需要什么休整。还有那些宗王,哪个没有勃勃的欲望?如果不让他们四处征战,哪来那么多财产、女人、工匠和奴隶给他们享用?一旦战争停歇,他们就会冲着我来,到处惹事生乱。"

镇海笑道:"那还是让他们折腾别人去吧。"

两人哈哈大笑。

这场军事会议结束得有些突然,杨惟中、姚枢和王檝三人跟着耶律楚材一齐去了中书令府衙。耶律楚材问三人:"你们觉得拖雷王爷会答应吗?"

杨惟中点头说:"右路主帅,除了拖雷大王,别人都不胜任。"

姚枢问:"可是拖雷王爷看起来有心事?"

耶律楚材抚须回答："听说术赤的儿子拔都，想要独立建国称汗，派人找他向大汗说情呢。"众人都知道，术赤系的几个宗王全都跟拖雷来往密切，很难说拖雷不会也有一样的想法。

杨惟中摇头："大汗不会答应的。"

姚枢眼珠转了转："看来拖雷是要跟大汗谈条件了。"

"不错。"耶律楚材沉思了一会儿，"有一件事情，我很担心。就是拖雷脾气暴躁好杀，他一旦借道不成，会在南朝境内大开杀戒。"

姚枢不太赞成："拖雷王爷虽然暴躁，但极有胆略，他应该知道此行的战略目标是跟金国决战。如果同时跟大宋开启战端，将会逼得金、宋两军联手对付他。"

王檝一直就不愿意蒙古跟大宋发生战争，于是起身走到耶律楚材跟前作揖说道："中书令，我愿意亲自去一趟南朝。"

第八十六章 拖雷叩关（二）

耶律楚材问："哦，你去谈有把握吗？"

"把握谈不上，不过我不打算去临安。我想去襄阳找一个人谈。"

"是谁？"

"他就是大宋现任京西、湖北路制置使，兼襄阳知州史嵩之。"

"你认为这个人可以说服他们的皇帝？"

"是的。此人年纪虽轻，但很有胆识，而且他的叔父就是南朝当朝宰相史弥远。"

杨惟中摇头："又是一个裙带子弟。上回我们信了那个余保保，到现在什么事都没有办成。"

"不，此人绝非裙带子弟。我听说他在荆襄驻屯十余年，囤粮练兵卓有成效，据说他所统辖的忠顺军，被认为是当今大宋军中战力最强的军队。这次拖雷王爷穿越宋境，进入金国之前，就是他的防区。如果遭到他军队的阻击，恐怕不易脱身。"

耶律楚材问："那这样的人很难说服吧，你打算怎么游说？"

"我想要一个人陪我一同前去。"

"什么人？"

王檝向姚枢笑道："公茂，就是那位大才冉琎先生。"

姚枢很是赞成："冉先生有大智慧，他如果愿意陪着你去，一定比那个余保保强多了！"

耶律楚材说："公茂，我刚看了你提交的国都选址报告，写得很好，非常好。我知道冉先生也出了大力，只是还未来得及向他表示感谢。不知这次他是否愿意同行，你就陪王大人一起去请一下。如果冉先生愿意帮忙，我将一并重谢。"

姚枢点头答应。

这夜姚枢跟王檝二人去客栈找到冉琎，说明了来意。

冉琎笑了："二位，我本就是宋人，如今为了蒙古的事跟你们去游说大宋官员，这合适吗？"

王檝认真地回答说："只要冉先生愿意，我明天就向大汗禀告。我们大汗十分惜才，一定会对先生委以重任。我保证，给你的职位不会比本官低。"

姚枢也劝道："冉兄，云从龙，风从虎。你我同声相应，同气求求。如今这里风云际会，士遇明主而事之，何不一起辅佐我们的大汗，成就一番事业呢？"

冉琎见姚枢这番话说得极有诚意，心里不由得为之一动，却迅速回答说："姚兄和王大人的美意，我实在愧不敢当。只是兹事体大，还望给我一些时间，认真考虑一下，如何？"

姚枢跟王檝对视了一眼，都是颇为失望。王檝又说："冉先生，如果实在为难，可不可以请您以本官参事的身份，一起去一下襄阳。我这一趟是去劝和，这对大宋也是有利的。"

冉琎略带诧异地问："劝和？王大人，大宋没有跟蒙古开战啊？"

王檝自知言语有失，描补说道："劝和的意思就是，让我们蒙宋两家结盟，一起进攻金国。"

"那灭金之后，两国还能继续维持盟邦吗？"

王檝认真地说："不瞒冉先生，我此行的目的就是为了这个。我真心希望，两国能永远做友好盟邦，相互支持，永不背盟！"

冉琎心里苦笑，两国之间，只有利害交织，怎么可能做永久盟国呢？不过王檝的态度非常诚恳，似乎并不是做儿戏之语。

这时冉琎想起了跟姚枢到漠北一行，他最终同意了自己的建议，上报哈拉和林作为蒙古国都第一备选。姚枢按自己所想,有意引导蒙古军力向西远征,不就是为了尽力减少将来跟大宋发生战争的可能吗?这两人都身为汉人,自发地做一些对大宋有利之事。再者金国已经日落西山,它的灭国只是时间迟早罢了。那么自己帮一下王檝,让蒙宋结盟灭金,应该可以为大宋多争取一些宝贵的和平时间,来积蓄力量,训练军队。

可是自己一旦离开,王琬孤身一人,她行吗?冉琎一时沉吟不语。

姚枢见他沉思,忽然明白了什么,笑道:"冉先生是舍不得王琬姑娘吧?请你放心,有耶律大人在,有我们在,断不会让王琬姑娘受了委屈的。"

王檝也知道了王琬跟他的关系,笑着说:"不瞒先生,就是中书令大人让我们找先生来帮忙的,他说了不管怎样,此行回来,一定要重谢先生。"

正说到这时,王琬到了。原来她也是耶律楚材差来劝说冉琎的。王檝和姚枢对视一眼,又说了几句便起身告辞了。

王琬问:"冉兄,你同意去吗?"

"暂时还没答应,我现在唯一的担心就是你这里。"

王琬笑着,尽管嘴上不说,但心里很是甜蜜:"刚刚中书令跟我说了,他非常希望你陪王大人一道去南朝,谈下蒙宋合作灭金的事情。"

"王檝要我帮他游说史嵩之,可蒙宋同盟这么大的事情,他一个地方官能做得了主吗?"

"史嵩之是宰相史弥远的亲侄,据说史弥远对他非常看重。这个人将来会是南朝最重要的显贵之一。"

"嗯,他们精心挑选了史嵩之很可能是对的,因为孟珙将军的忠顺军就归他管辖。如果蒙军要借道宋境,一定会经过他的防区。"

"孟珙很会打仗吗?"

"可以说,孟将军就是现在大宋的第一战将!"

王琬很少听到冉琎这样赞人,不由得笑了,然后说道:"对了冉兄,最近我整理中书令府衙的密报,看到了一好一坏两个消息,都跟你有关。"

"哦,是什么事?先说好消息吧。"

"真德秀大人奉调回朝了,现在是南朝的户部尚书。"

"这太好了!"冉琎听罢大为欣喜,真大人终于苦尽甘来了,然后问,"那坏消息呢?"

"你们赵汝谠大人已经过世了。"

冉琎的心情一下子从兴奋中急速坠落了下来。他起身向东南方向默哀片刻,然后问:"这是什么时候的事情?"

"我看到的密报语焉不详,没有具体情形。可能因为赵大人不是他们关心的人物。"

冉琎回忆了一下在淮东那时,赵汝谠大人并没有疾病,难道是出了意外吗?

王琬见他神色忧虑,就劝道:"赵大人吉人自有天相,或许这个消息根本就是讹传呢?要不你这次就跟王大人一起去襄阳,还可以搞清楚这件事情。"

"那琬妹你一个人在这里,能行吗?"

"你放心,现在李嵬名有镇海相助,凡事几乎都不再需要我跟锦瑢了。"

"那好,王檝说只需两月就回。琬妹你千万小心,等我回来。"

"放心吧。"

二人又互相叮嘱了许久。这夜自然是缠绵恩爱,难舍难分……

第二天,窝阔台汗再次召开军事会议,最终通过决议:由拖雷率领 4 万怯薛军精锐组成西路大军,自凤翔出发到宝鸡渡过渭水,借道大散关迂回南朝的川蜀各州,沿汉水东下,进入河南,出其不意地强行穿插,从背后攻击金军;窝阔台汗率领中路大军,包括史天泽和张柔等汉军,从白坡渡过黄河,强攻黄河中路;汗叔斡陈那颜率东路军由济南西下,夹击东路金军。

会上,窝阔台对拖雷说:"我希望这次出兵对金国的作战,将是最后一役,彻底消灭他们的主力。三路大军,你们西路军是尖刀,重中之重。我们中路和东路大军掩护你们,吸引他们的主力军队。你只管猛冲猛打就行了。"

拖雷问:"大汗,既然要借道宋境,现在'借'得怎样了?"

"几个月前朕派李邦瑞去了南朝,据传回的最新密报说,他们已经到达了临安,见到南朝兵部尚书余天任,提出了我们的要求。但南朝官员不敢擅作主张,说由他们的皇帝做最后的决定。"

"难道那南朝皇帝竟然不接见我们的使臣?"

"具体情形还不知道。"

拖雷很是不耐烦:"都几个月了,我们还要等到什么时候?"

"我正为这件事犯难,四弟你觉得呢?"

"打仗的事情,我们不可以受制于他人。大汗,不要再等了。"

"那你要强行叩关吗?"

"为什么不?"拖雷走到挂着的大幅地图前,指着大散关说,"那年我带兵横扫了南朝的西和州、阶州,宋军的战斗力很弱,而且他们的将领怯懦怕战。大散关守军,应该也是一样。"

诸将听了,一时议论纷纷。

速不台起身说道:"拖雷王爷,如果我们跟宋军在大散关那里开打了,消息就会传到金国,我们的战略意图不就暴露了吗?"

拖雷皱着眉头:"我也不愿意这么做,可如果他们不放我们进去,你说该怎么办?"

这时,耶律楚材建议道:"大汗,拖雷王爷,我们应该再派一位使臣到南朝去。我建议让王檝去如何?"

拖雷问:"你什么意思?"

"王檝为人忠诚,办事可靠,而且能言善辩,让他去跟南朝商谈结盟,成功的希望很大。"

"结盟?我们需要跟南朝结盟吗?"拖雷认为这简直可笑至极。

"哦,王爷,这不过是权宜之计。南朝跟金国是多年死敌,灭掉金国,一洗当年的靖康之耻,这也是他们的夙愿。"

拖雷嘲讽耶律楚材道:"可他们连借道都不愿意,中书令,你是不是老糊涂了?"

耶律楚材正色回答："别人谈不成的事，王檝很可能做到。"

窝阔台问："你就这么有把握？"

"王檝此人经验老到，而且他真心希望蒙宋两家能做盟国，今后互相支持。他带着如此诚意去谈，应该有效果的。"

窝阔台看他蛮有把握的样子，就点头说："那就让他去试一试。但军队行动不要耽误了。四弟，你带着军队到凤翔去，向大散关附近靠近。如果一个月后还是没有消息，咱们就强行攻关。"

拖雷点头同意。

随后几日，拖雷率领4万骑兵出发了，渡过渭水后，直奔大散关20里外驻扎了下来。

沔州守将张宣闻讯，大为紧张，立即向临安发出急报：蒙古大王拖雷率领数万精锐骑兵逡巡在大散关外，意图叩关。

第八十七章　权祖归天（一）

拖雷的大军出发后，镇海派人找到萨巴喇嘛，吩咐他带人到金国去，把拖雷已经出兵，将要借道宋境攻击金国河南腹地的消息散布到金国各处。

接到这个命令，萨巴喇嘛莫彬愣住了。这个主意是自己给镇海出的，他为什么偏偏把差事交给自己去办呢？镇海是不是另有什么目的？

他的两位贴身护卫完颜律和完颜忽，也跟着他到了大同府，一直不离左右。完颜忽见他似乎很是为难的模样，自告奋勇地说："宗主，不就是要散布一个消息吗？这有什么难办的，就让我去吧。"

莫彬摇头回道："不，这件事本身并不难办。"

"那您有什么好为难的？"

"我担心的是他们让我去金国背后的目的。"

完颜律心思比完颜忽深得多，问道："宗主，难道他想让我们背锅？"

"唉，但愿只是我多疑了吧。"

完颜兄弟也感到了压力，一时无语。过了一会儿完颜律说："对了宗主，有一件事情，我不知道该不该说。"

"你说。"

"宗主还记得我们在中都时遇到的对头冉珬吗？"

听到这个名字，莫彬的眼皮猛地跳了一下："怎么，你遇到他了？"

完颜律摇头："哦，那倒没有。不过，我见到了跟他一起出现在中都的那个女子。"

"女子？"莫彬回忆起来了，"她叫什么名字？是什么身份？"

"叫王琬，她是中书令衙门的一个女官。"

王琬？蒙古女官？莫彬陷入了沉思，过了一会儿说道："我记得这女子是他的夫人。她如果在大同府，那么冉琎本人很可能也在。这真是冤家路窄，到哪里都会遇到他！"

完颜忽猛地站起身："我明天就去找他，就是搜遍整个大同府也要找到他。"

莫彬问："找到他又怎样呢？"

"我要杀了他们。"

莫彬摇头："你不许轻举妄动。"

"宗主，我们不要报仇了吗？"

莫彬起身，背着手来回踱步，思考着对策。过了一会儿，他转头对完颜忽说："这个人非常精明，而且身怀功夫，他又有一帮人手，我们不是人家的对手。况且他的夫人又在蒙古做官。我们现在更惹不起他们，下面不要暴露自己就行了。"

完颜律问："难道我们就一直忍着？"

莫彬冷笑了几声："是啊，小不忍则乱大谋。你放心，会有机会的。完颜律，你留下来秘密监视那个王琬。我带完颜忽他们先去金国办事，等回来后再商量对策吧。"

"是，宗主。"两人躬身答应。

再说王檄跟冉琎一行人离开大同府后，经过太原府到达凤翔，然后乔装成商人自凤州入境大宋，辗转经过洋州、均州和光化军，最后到达了襄阳。因为大宋跟蒙古并非敌国，守关兵将对他们盘查倒也不严，这一路没有遇到太大的麻烦。

在驿馆住下后，王檄跟冉琎商量如何见到史嵩之，冉琎说："王大人，我曾经做过忠顺军孟珙大帅帐下的主簿，他正率领军队驻守枣阳。我们不妨先到那里见一下孟将军，他会引荐我们的。"

王檄点头："也只能如此，请先生先去，如果孟将军愿意，那我就去拜访他。"

枣阳距离襄阳很近，不需半天工夫冉琎就到了驻军大营。冉琎看到大军营盘明显扩大了几倍，士兵们正在军官带领下操练阵法，大营里刀枪耀眼，军旗猎猎，军容极为整肃。冉琎顿时大感欣慰，暗自称赞孟珙不愧是一员能将，练兵有方。他随后走到辕门，请小校进去送帖通报。

孟珙接帖后很是高兴，终于等到冉琎回来了。他带着刘整、江波和江虎等人一起走出大营迎接冉琎。

几人太久没有见面，自然是格外亲热。因为孟珙治军极严，大营内严禁饮酒，于是几人一起去了军营外的酒肆，订了一桌宴席。

酒过三巡，孟珙问起冉琎这段时间的经历，他便将大致经过讲述了一遍。几人听到冉琎的经历如此传奇，全都咋舌不已。

孟珙说："真大人的确已经回朝，现在皇上对他极为重用，听说任命了郑相和真大人两人主持改制，即将施行新政。"

冉琎很是惊讶："这是怎么回事？难道宰相史弥远会同意吗？"

孟珙说："看邸报上说，史相病重不能理事，现在由郑相、乔相和真大人他们辅佐圣上亲政。真大人那里正是需要先生的时候，你要不要去临安见他呢？"

冉琎摇头："只怕暂时去不了临安。我此行有一件极为重要的大事，要跟将军商量。"说完，看了看刘整他们。

江波和江虎做了几年军官，早已不是当年的粗莽汉子了，听到他们有要事商议，各自敬了冉琎几杯酒后，跟着刘整暂时回避了。

冉琎就将陪同王檝来见史嵩之的事情告诉了孟珙。

孟珙听后，大为惊讶："蒙古要跟我们联合，一同灭金？"

冉琎点头："正是。"

"这太不可思议了，先生觉得可行吗？"

"大帅，形势逼人哪，恐怕朝廷没有很多时间考虑这件事了。"

"哦，这又是为什么？"

"因为他们的拖雷大王很可能已经率领怯薛军开向大散关,即将向我们借道。"

孟珙大怒:"他敢强行叩关吗?"

冉琎点头:"箭在弦上,不得不发,他一定敢的。"然后将蒙古目前的军力及其配置以及战略目标一一讲给了孟珙。

孟珙听罢,明白了现在军情紧急,起身说道:"这些事情,必须赶紧向史嵩之大人报告,请他通知四川制置使桂如渊下令大散关守军立即戒备。"

冉琎知道孟珙做事雷厉风行,也站起身:"那我们现在就去见史大人吗?"

"是的。川蜀不归我们管,跨区递送消息,还不知要耽误多少时间。我们得尽快通知他们。"

随后两人马不停蹄地赶到襄阳知州衙门,见到了史嵩之。

当史嵩之听孟珙介绍面前这人就是冉琎时,不禁仔细地上下打量了他一番,随即起身走来握住冉琎的手,亲热地说道:"本官早就听闻先生大名,不想今日才得见到,真是幸会!"

冉琎有点惊讶:"史大人过誉了,在下不敢当。不知大人如何知道在下呢?"

史嵩之笑道:"几年前我读过一份奏章,说的是请朝廷把行在迁到鄂州的事,这文章是不是先生的大手笔?"

"奏章是真大人写的,对策是我提出来的。"

"真知灼见哪!之后我也曾向朝廷提出要认真考虑这一建议,很可惜后来不了了之。冉先生,你这次来见本官,可有什么见教?"

"大人,我这次是陪同蒙古使臣王檝特地来找您的。"

史嵩之疑惑地问:"哪个蒙古使臣?几个月前刚刚送走一个,如何又来了?"

"史大人,您说的是李邦瑞吧?"

"是的。"

"王檝是蒙古窝阔台汗派来大宋的第二位使臣。可他本人特地要求，这一趟行程只来见您。"

史嵩之笑了："这么看重本官？有什么事吗？"

冉琎就将事情的经过告诉了他。

史嵩之问："蒙宋联盟，到底是他们大汗的意思，还是王檝的个人建议？"

"是王檝提出来的，却得到不少蒙古高层官员的支持。"

"哦，他们都是谁呢？"

"蒙古的中书令耶律楚材、窝阔台大汗的义子杨惟中，还有他的幕僚姚枢等人。"

史嵩之来回踱了几步："那先生你的看法呢？"

冉琎坦率地回答："在下认为，朝廷应该将和蒙作为目前的国策。"

"哦，为什么？"

"因为当下蒙古军力之强悍，远远超出了我们原有的认知。"

史嵩之不高兴地问："先生的话，是不是有些托大，长他人志气了吧？"

"大人，冉琎绝不是虚言之人。孟将军了解在下。"

孟珙便向史嵩之点了点头。

冉琎接着说："为了探听蒙古的虚实，在下特意跟随姚枢，到漠北蒙古汗庭以及各地考察了一趟，才清楚地知道他们的实力。恕我之言，我们现在的军队实力，无法全面对抗蒙军。"

"可我们两国并没有对抗啊？难道他们灭亡金国之后，就要立即侵略我们吗？"

"很有可能，蒙古的宗王中就有人想南下入侵我们，不过也有人想去征讨西域。"

"那我们更不应该帮他们灭金，连道都不能借！"

"可是大人，金国就是一艘即将沉没的破船，已经不再有屏藩的价值了。他们倚仗关河防线，做最后一搏，但最终无法抵挡住蒙古的进攻。"

史嵩之沉默了一会儿，转头问孟珙："璞玉，你怎么看？"

"大人，我是带兵的将军，是打还是和，全听朝廷决策。但是，一旦蒙军要入侵我们的话，在下绝不畏战！"

史嵩之欣赏地看着孟珙，点头说："这就是为将的本分。"然后轻叹一声："可朝廷是战是和，实在难以决断哪！"

他接着问冉琎："冉先生，如果真要联蒙灭金的话，你就不担心，这不会又是当年的'海上之盟'吗？"

当年金国崛起，为了灭亡辽国，金、宋双方派遣使臣频繁跨越渤海谈判结盟。最终双方商定：灭辽之后，宋朝将原来供给辽国的岁币转给金国，金国则同意将燕云十六州之地归还宋朝。盟约签订后，金、宋果然合力灭亡了辽国。但宋朝也失去了辽国作为屏障，此后金宋边境正式接壤。后来双方因为燕云十六州的归属等诸多问题发生了严重冲突，最终金兵果然在辽亡之后南下侵宋，导致了"靖康之变"和宋廷南迁。

孟珙说道："冉先生，大人的话有道理，不可不防啊。"

冉琎向二人拱手作答："史大人说得好。不过，这次蒙宋合作，绝不会是当年的重演。为什么？因为蒙宋两家合作的前提和目标，都跟上一次金宋联盟截然不同。"

第八十八章　权相归天（二）

"哦，请教了。"史嵩之急切地想知道冉琎的说法。

"大人，当年的'靖康之耻'，至今刻骨铭心，您难道不想报仇吗？"

冉琎的话虽然没有明说，但史嵩之和孟珙都明白，光是灭金这件事本身，对朝廷来说就有极大的政治价值。

"'中原北望气如山。'收复中原故土，报仇雪恨，这是大宋几代人的夙愿！"

史嵩之点了点头。

冉琎接着说："灭金复仇，可以收拢人心，极大地提高朝廷的声望。不过在下认为，如果真要跟蒙古签盟合作，重中之重却是和蒙，灭金倒在其次。"

史嵩之和孟珙对视一眼，两人全都摇头了。

冉琎解释道："所谓和蒙，绝不是因为畏惧蒙古军力，就牺牲自己的利益，一味委曲求全，忍让迁就。我们应该做的是，尽力做好一个盟国的样子，避免或者尽力推迟蒙宋之间战争的爆发，来争取时间，尽快打造强大的军力，将来才能无惧任何强敌。"

史嵩之听罢，顿时瞪大了眼睛，紧盯着冉琎不放。片刻之后他拍掌大笑："先生之言正合我意！实不相瞒，不久前李邦瑞过来请求借道时，我苦思冥想几天，最后的想法竟然跟先生不谋而合。"

孟珙也笑了："天下智者，所想大致相同。我也赞同这个建议。"

于是三人达成了一致。第二天，冉琎将王檝领进了史嵩之官邸开始谈判。

王檝没有想到，自己跟史嵩之的谈判竟然非常顺利。他要求宋军开放栈道，让蒙军通过；之后两军合作，协同进攻金国；又请宋军支援蒙军一些粮草。作为回报，灭金之后，河南之地将划归宋廷所有。

　　磋商细节之后，史嵩之基本接受了王檝的要求，两人草拟了盟约文本。结束后史嵩之连夜派人十万火急地将文本送往临安，请求理宗和宰辅们尽快答复。

　　再说李邦瑞在临安等了将近三个月，却一直得不到宋廷对借道的正式答复。他每每请求拜见皇帝，余天任和余嵘总是找出各种理由回绝了他。他正在苦恼的时候，听说窝阔台汗又派遣王檝进入南朝，不过他只去了襄阳，并不到临安来。李邦瑞心中疑惑，就去找余保保询问此事。

　　此时余保保的父亲余嵘已经升任签书枢密院事，刚刚看到史嵩之送来的急递。所以余保保也得知了谈判内容，便告诉了李邦瑞。

　　李邦瑞见王檝谈判的内容，远超自己要求的借道之事，看来自己这趟使命已经不再需要了，他的心头不由得轻松了许多，问余保保："你从令尊大人的口气看，大宋皇帝会答应联盟吗？"

　　余保保摇头："皇上犹豫不决，主要是大臣们的意见有严重分歧，无法达成一致。"

　　李邦瑞又气又急："南朝的官员，凡事都要争论不休。可他们想过没有，战事不能等人。只怕他们争论结束时，仗已经打完了！"

　　此刻理宗的心里的确是矛盾重重，万难选择。史嵩之是史弥远的侄子，很多官员对史家本就印象恶劣，进而对史嵩之提出的联蒙请求大加攻讦。几位参知政事，也不能达成一致意见，为此理宗正苦恼不已。

　　就在这时，董宋臣突然启奏："陛下，刚刚太医进来报说，史相病危，恐怕过不了今夜了。"

　　理宗顿时觉得很是失落，过去有史弥远这个强力宰相揽权，自己并不需要处理很多难事，当的就是一个太平皇上。今后史相走了，这副重担自己能挑得起来吗？他不由得有些怀念过去的逍遥日子。

一切都变了，回不去了！

理宗心里叹了一声，吩咐董宋臣："备轿，朕要去看望丞相。"懂得皇帝心思的董宋臣，又叫上了当值太医，一起跟着去了。

到了宰相府，理宗的轿子被直接抬到府里东花厅的门口。理宗只带了董宋臣一人，走进了史弥远的卧房。这时所有服侍的管事、丫鬟都已经被清了出去，只有一名太医在照看史弥远，他见皇帝来了，赶紧起身行礼。

理宗摆了摆手问道："丞相病情如何？"

太医摇头，轻声说："正在昏睡，已经不行了，随时可能要走。"

理宗走到了床前，看着史弥远极其枯瘦干瘪的脸，不由得在心里感慨，这就是令群臣胆战心惊20年的强权宰相，他已经走到了此生的尽头！

太医上前给史弥远把脉，然后施了一针。不到半炷香的工夫，史弥远睁开了眼睛。

看到皇帝正坐在床前，他嘴唇动了动，似乎精神振作了起来，慢慢抬起了一只手。

理宗将身体倾上前，握住了他的手，问道："丞相，你有话要跟朕说吗？"

史弥远微微点头，费力地说道："陛下，老臣……有事情，必须跟陛下说。"

"丞相请说。"

"陛下要搞新政，老臣不再反对了。但要记住，不能操之过急。治大国，如烹小鲜。做急了，一定会坏事的。"

理宗点头："朕知道。"

"请陛下告诉德源，我不怪他。"史弥远急促地喘了一阵，"要他好好辅佐陛下……做一个盛世之君。"

理宗忽然有些感动了，双眼不禁湿润："丞相放心，一定会的！"

这时史弥远的眼睛似乎发出一丝微弱的精光，轻轻晃了晃理宗的手："陛下，老臣放心不下。"

"丞相请说。"

"很多人说我媚金，真德秀说我苟安。其实呢，如果可以，老臣也愿意北上，收复中原，成就几世名声……可我这 20 年，坚决不去北伐，陛下，知道什么原因吗？"

"为什么？"

"是因为黄河。100 多年来，中原天灾人祸，黄河连年决口，水患不绝……就算北上打赢了，要经营中原，就必须下功夫治水。可是现下朝廷，又能拿得出多少钱呢？陛下，那根本就是一个无底洞，我们拿不出啊。"

"这？"理宗觉得这个说法似乎有点牵强。

"不管是谁占了中原，想长治久安，就得治水。在臣看来，这办不了。"

理宗问："丞相，那中原就不要了吗？"

"不，要的，就是得等。我们守着江南富庶之地，为什么要着急呢？"史弥远话说得有点急，接连喘了几口气，"北边困苦，他们经营不下去，迟早会回到我们的手里。陛下绝不可建功心切，而急于求成啊。"

理宗点头："朕明白了。有一件事，朕要问丞相。"

史弥远点了点头。

"我们该如何应对蒙古呢？蒙古大汗又派遣使臣现在正在襄阳。史嵩之上表，请求朝廷答应联蒙灭金。"

"可以，金国已经式微，灭国是迟早的。陛下，这之后对付蒙古不能心急，要忍耐，和为贵……鞑靼不信儒家，一味崇尚武力，残暴杀人，长久不了。胡虏绝无百年之运！陛下，他们最大的敌人，是他们自己。时间一久，鞑靼必定自己大乱。"

"丞相为什么这么肯定？"

"鞑靼兴起不久，只有野蛮武力，没有文治道德，是要出大乱的。他们迟早会有萧墙之祸，权斗血拼。到那时就容易对付他们了。"

理宗似乎明白了一些，默想了片刻，转而询问另一个问题："丞相，关于宰相位置的接班人选，都有哪些人合适？"

489

史弥远点头说:"德源老成持重,他可以。"

"郑相之后呢?"

"乔行简、崔与之、赵善湘。只是,他们也都老了。"

"他们之后谁可以继任?"

"李宗勉、史嵩之、余嵘。"

"他们之后呢?"

"吴渊,或者吴潜。"

"再之后呢?"

"老臣不知道了。"

"丞相,赵范、赵葵如何?"

史弥远猛喘了几口气说道:"赵葵好大喜功,才不副实;赵范沉稳,可堪托重……"

理宗想再问下去,史弥远忽然一口气没有上来,晕厥了过去。理宗赶紧大声叫唤太医。

几名太医急急慌慌地全都进来了,卧房里一阵忙乱。

当夜,一代强悍的权相史弥远,终于撒手西去了。

回到宫里后,理宗努力平复了自己的情绪。他仔细回想了几遍史弥远说过的话,越想就越觉得很有道理。于是他下定了决心,要跟蒙古建立联盟。

理宗又拿着群臣的奏表,反复看了十多遍,忽然想清了一件事。有一些官员纯粹是因为憎恶史弥远,转而迁怒于史嵩之,进而反对他提出的任何政见。这种意气之争,是要耽误国事的。理宗决定,要在第二天朝会上严厉告诫群臣,不要搞朋党之争。

随后,理宗连夜叫来了郑清之、乔行简、真德秀和余嵘几位大臣,宣布了自己的决定:要跟蒙古联合,共同讨伐金国。他详细解释了这么做的充分理由,郑清之和乔行简随即表示了赞成,余嵘更是双手赞同。只是真德秀还有一些疑虑。

然而就在他们磋商此事的时候,兵部送来了一个惊人的消息。

第八十九章　三峰恶战（一）

理宗和宰辅们突然接到兵部一个惊人的军报：沔州守将张宣因怒杀了拖雷使臣搠不罕，现在蒙军正在疯狂地报复。

事情的缘由是，蒙军大将搠不罕奉命来见张宣，态度极其倨傲嚣张，用手指着张宣要求打开关口，放蒙古骑兵进关，让他们借道前往金国；否则就要攻下大散关，血洗城池。张宣是个武人，脾气暴躁，盛怒之下下令左右将搠不罕推出去砍了。

拖雷得知搠不罕被杀之后，勃然大怒说："当初是南朝要跟我们结盟，派遣使臣苟梦玉来见我父汗，约定一起攻灭金国。现在为什么却违盟背约呢？居然还敢杀了我派去的使者！"于是他连夜出兵，突袭大散关。之后他得势不饶，攻破凤州，直奔华阳。拖雷生性暴虐，又亲自率兵在洋州大开杀戒，致使宋军士兵和平民死伤数十万人。

因为缺粮，拖雷再派人去了兴元，要求知州郭正孙提供粮草军需。被郭正孙断然拒绝说："道不可借，粮不可贷，师不可援。"

拖雷恼羞成怒，不再遵循窝阔台制订的行军计划，不向东去金国，反而向西攻击沔州，强夺了那里的宋军粮仓。他又下令拆毁当地百姓房屋，取出木材编造木筏，强渡嘉陵江进入关堡，随后四处劫掠至西水县，现在屯军兴元和洋州之间。

兵部尚书余天任念完军报后，理宗和几位宰辅面面相觑。这蒙古究竟是怎么回事？既然多次派遣使臣来商讨结盟事宜，显得诚意十足，为什么却又在沔州逞凶耍蛮，杀人越货？

郑清之说："陛下，既然这样，我们不能答应他们的结盟要求。"

乔行简附议："蒙古声称要跟我们借道袭击金国，当然是越低调就越能保密，对金国的袭击才能出其不意。现在他们明目张胆地攻击我们，实在是匪夷所思。鞑靼就是蛮人，不可理喻，不可相信。"

真德秀奏道："他们说一套，做一套，居心叵测。蒙古使臣不是还在临安吗？我们应该当面向他表示抗议谴责，且看他如何回答。"

理宗点头同意，吩咐余嵘办理此事，然后对余天任说："你赶紧急递四川制置使桂如渊，要他集结所有四川兵力，堵截蒙古军队，绝不能让他们袭击成都。"

余天任领命，又问："陛下，要不要通知史嵩之大人，也让他布置兵力，拦截可能东犯的蒙古军队？"

理宗回道："要他做好军力准备，至于是否拦截，等待兵部的命令。"

第二天一大早，余嵘就怒气冲冲地召唤李邦瑞来见，李邦瑞一到就将他劈头盖脸地训斥了一顿。

李邦瑞还蒙在鼓里，等问明事情后，顿时大惊失色，向余嵘再三作揖赔礼："余大人，这绝不是我们大汗的意思。来之前大汗对我叮嘱再三，蒙宋联盟事关重大。他怎么可能下令拖雷这么干呢？"

"那你如何解释拖雷的暴行？"

李邦瑞想了一下，回答道："余大人，这一定是拖雷不听大汗命令，擅作主张。"

余嵘摇头不信。

"余大人，你们不知道拖雷大王的性格，他性格暴躁，很多时候大汗都制约不了他的。"

这个解释倒是符合余保保搜集的情报，于是余嵘的怒色稍微缓和了一点："你说，你们的大汗该如何善后？"

"一定赔偿。攻下金国后我们双倍赔偿，怎么样？"

"那你赶紧修书，今天就送回蒙古去，请示你们的大汗。当务之急是必须制止拖雷的疯狂举动。"

"请余大人放心。"李邦瑞连连答应。

再说史嵩之和孟珙那边，早已经得知拖雷干下的暴行，孟珙大怒，立刻就要率领忠顺军前往洋州截击拖雷。史嵩之拦住了他："璞玉不要着急，我觉得这件事颇有些蹊跷。"

"大人的意思是？"

"从王檝的话里可以看出，他们的大汗是真心跟我们联盟的。可这个拖雷现在如此丧心病狂，跟他所说的情形反差也太大了。"

"大人认为拖雷没有听从他们大汗的命令？"

"有这种可能。不如把王檝叫来，先抗议一下，然后让他去见拖雷。"

说曹操，曹操到，差人进来通报，王檝和冉琎先生来了。史嵩之点头说："他应该是来道歉的吧。"

王檝进来后，果然又是作揖，又是赔礼。众人看他神色焦虑，不像是做戏的模样。

史嵩之便问："王大人，那依你看，现在该怎么办？"

"史大人放心，我这就去见拖雷，制止他继续胡作非为。"

"可是已经造成了巨大的损失，怎么办？"

"我会向大汗建议，给予道歉、赔偿，大人还有什么要求？"

孟珙说："我们要求严惩凶手。"

"这……"王檝非常为难，"孟将军，拖雷大王是大汗的亲兄弟，有时他连我们大汗的命令都不听的。"

史嵩之心想，王檝此时就算给了什么承诺，也不过是空自许诺而已。现在的关键是制止拖雷继续倒行逆施。于是他让王檝即刻出发，去见拖雷。

王檝走了以后，史嵩之问冉琎："先生，你认为该如何处理这件事呢？"

"大人，我觉得这件事不是窝阔台大汗的命令，更像是拖雷擅作主张。"

"那我们要出兵拦截他吗？"

冉琎毫不犹豫地回答："当然，我们应该狠狠地教训一下这位不可一世的拖雷大王。"

史嵩之点头，命令孟珙带领忠顺军，即刻起全军戒备，随时准备出击。

而拖雷在宋境大打出手的消息，也很快传到了窝阔台的中军大营。

他听说后大为恼怒，拍着桌案喊："搠不罕就是个暴躁的莽汉，拖雷要干什么，怎么会派他去谈借道的事呢？"

耶律楚材说："大汗，您应该派人去严斥拖雷，让他赶紧走，不准再停留在南朝了，以免误了大汗您的灭金大计。"

镇海却在一旁笑了："现在金国人都知道了拖雷在南朝那里。他们绝不是蠢货，一定能想到拖雷真正的目标。金主必定会抽调兵力，到邓州、唐州前去堵截，这样北面就会空虚。大汗，我们出兵的时机到了。"

窝阔台听罢转怒为喜，随即开始调兵遣将，准备出兵。耶律楚材心细，又以大汗名义写了一封极其恳切的道歉国书，让人快马送到李邦瑞处，再呈交给大宋皇帝。

而金主完颜守绪听说了拖雷的消息后，立即跟群臣商议："各位臣工，拖雷率军在洮州、洋州烧杀劫掠，他是要跟南朝开战吗？可朕怎么觉得这是项庄舞剑，意在沛公呢？"

此刻完颜合达等重臣全都带兵在外，留守的只有蒲察官奴、完颜白撒等。

蒲察官奴奏道："陛下所言极是。臣得到可靠消息，拖雷此行是要迂回宋境到河南来，从南面袭击我们，这就是他们说的'斡腹'战术。"

"这个消息可靠吗？"

"陛下，提供消息的人刚刚从蒙古大汗本部过来。此人跟我合作多年，非常可靠。"

金主听了，不禁心慌起来，立即下令完颜合达、移剌蒲阿和陈和尚等人率领各自军队赶往邓州。之后还不放心，又下令抽调驻守卫州的武仙、张惠等军同时赶往增援。

蒲察官奴下朝后，又去见了那位秘密之人。

他正是自称萨巴喇嘛的莫彬。两人合作多年，所以莫彬到金国后直接就去见了蒲察官奴，告诉他拖雷的动向。

莫彬笑着说："恭喜大人，这次又在你们皇帝那里立功了。"

"多谢萨巴大师，本官一定会有厚报。"

"那好，我知道大人最讲义气，在下的确有一件事，需要大人的成全。"

"大师不要客套，本官若能帮上，一定尽力。"

"王世安现在在哪里？"

蒲察官奴眼珠转了一转："这个人因为贪污公帑，被皇帝抓了，我也不知道被关在哪里。"

莫彬诡异地笑了："大人不要瞒我，我都打听清楚了，就是大人跟国用安一起抄了王世安的家，还有他在蔡州幽兰轩的藏银。"

蒲察官奴只好尴尬地笑了："大师为什么对王世安这么有兴趣？"

"因为幽兰轩的藏银其实是我的。我还听说大人跟国用安一起分了那笔钱，是不是？"

"绝无此事，本官对天发誓。"

此时莫彬心里已经十分恼火，面上却还得装着笑容："大人哪，现在这个世道，你还看不清吗？"

"哦，大师怎么讲？"

"乱世当中，那么多的钱，只能给人带来厄运而已。"

蒲察官奴"哼"了一声，没有回答。

"大金国就快要完了，大人，你难道想带着那些钱跟它一起沉下去吗？"

这句话击中了蒲察官奴的软肋，他若有所思地问道："大师有什么话，还请直说。"

"实不相瞒，我的真实身份是蒙古国相镇海的幕僚。如果大人愿意弃暗投明，投奔镇海公，在下愿意引荐。"

蒲察官奴听罢大喜，起身施礼说道："难怪大师知道那样机密的消息，如果您愿意引荐，我一定带兵投奔。"

莫彬连忙扶起了他："大人审时度势，这才是真英雄啊。"

"多谢大师相助。刚才您所说的王世安藏银,我一定如数奉还。只是国用安也拿走了一部分,我会想办法追回。"

"好说,好说。"

这时蒲察官奴突然想起了一件事,问道:"大师,我有一事不明。"

"大人请问。"

"拖雷王爷借道宋境这么机密的消息,您为什么要告诉我?难道真不怕泄密?"

莫彬又诡异地笑了:"我们大汗的马靴里有一颗硌脚的石子,你我不应该帮他拿掉吗?再说拖雷在宋境搞出那么大的动静,还有什么秘密可言?"

蒲察官奴愣住了,眨了眨眼后,他似乎明白了点什么。

此刻拖雷哪里能料到,无数双眼睛正在紧盯着他的一举一动,却有着各自不同的盘算。

他的4万大军已经沿陈仓道进入汉中。由于四川制置使桂如渊指挥失当,拖雷、速不台大军一路几乎没有遇到任何抵抗。经过几天的抢掠,拖雷已经得到足够的船筏,大军就沿着汉水东下,前锋开始到达均州丹江口。

探马将拖雷的动向飞速地报往襄阳。孟珙向史嵩之请战:"大人,现在拖雷的前军开始登岸。'军半渡可击',如果这时我们发动袭击,可以把他的军队切作两段,头尾不能两顾。我军可获大胜。"

冉琎也极力赞成:"大人,这可是绝好的战机。机不可失,时不再来!"

可史嵩之摇头说:"兵部来了通报,我们是否出击,必须等待皇上的最后批准。"

孟珙着急了:"可是再等的话,只怕来不及了。他们就要进入金国境内了。"

史嵩之坚定地摇头:"不行,那也得等。皇上和宰辅们正在通盘考虑,不能因为我们的擅自行动,而破坏了大局。"

冉琎叹息一声:"大人哪,将来您一定会为今天的决定感到后悔。"

结果他们一直等了三天,没有任何命令从临安传来。孟珙大军只能目送着拖雷的军队从容地上了岸,向金国境内的禹山方向开去……

第九十章　三峰恶战（二）

现在是正月，完颜合达与移剌蒲阿大军以及黄河沿岸抽调的10万金军紧赶慢赶，终于先于蒙军一步到达禹山，筑成了防线。

拖雷骑马站在山口，仔细观察了金军的布防。跟诸将商议了一阵后，拖雷下令速不台佯攻试探。速不台率军冲锋，遭到了完颜合达和武仙两军殊死抵抗，战况胶着。速不台撤回来后，两军开始沿山对峙，互有攻防。

半个月后，因为黄河沿线金军主力被抽调到禹山，金国北方防线顿时空虚。塔思率领2万骑兵，趁势从白坡渡过了黄河，一路势如破竹，向郑州进军。郑州一旦失陷，汴梁危在旦夕。金主大为恐慌，急令禹山金军立即北撤支援郑州。

完颜合达与移剌蒲阿接到金主命令后不敢丝毫耽搁，率领所部2万骑兵、13万步兵即刻北上。

精明的拖雷得知后派遣数千精锐骑兵，紧紧跟随金国大军，沿途不停袭扰。但凡金军吃饭或者宿营，他们就突然发动袭击。而只要金军整队出来迎战，他们又火速撤离战场。一路弄得金军完全无法休息，疲惫不堪。然而更糟的是，当金军快走到钧州三峰山时，他们所携带的军粮几乎已然用尽。

三峰山位于钧州城西南30里处，是金军北上的必经之地。因为有三座山峰相互独立而又连绵相连而得名。三峰山周围都是开阔农地，山上也全是泥土，地势平缓。这一次，拖雷的大军马快，率先一步赶到了三峰山。

而窝阔台大军也渡过了黄河，跟塔思会合一起围攻郑州城。郑州金军势单力孤，守将眼看不敌，于是打开城门率众归降。窝阔台随即命令塔思与张柔率领1万骑兵，赶到三峰山支援拖雷。至此，拖雷、速不台加上塔思、张柔共5万骑兵，全都驻扎在三峰山上，准备阻击金军主力。

完颜合达、移剌蒲阿、陈和尚与武仙等将率领的15万金军主力，由大将杨沃衍作前锋，从黄榆店北上，终于到达了三峰山。然而此山已被蒙军占据，只有击溃蒙军才能安全通过。完颜合达绝不敢怠慢，决定全军向三峰山发动进攻。

开战之前，完颜合达散发了军中所有的财物，金军将士士气大振，高声呼喊着向三峰山冲杀过去。由于金军人数大为占优，蒙军初始作战不利，于是分作两路向三峰山西南和西北两个方向撤退。完颜合达大喜，下令武仙与高英率军向西南追击，杨沃衍与樊泽向西北追击，自己和移剌蒲阿、陈和尚居中掩杀。

两路蒙军撤退至两山之间的金沟后聚在一处，开始筑起阵地工事。金军则包围了金沟，由勇力过人的陈和尚与张惠率军轮流向蒙军发起冲击。此时三峰山之战由蒙军对金军的阻击战，变成了金军对蒙军的围歼战。

然而，就在可能即将获胜之际，完颜合达下令众将暂时停止进攻，要他们带领士兵在山坡上开挖数十条深沟，将蒙军彻底围困在谷底，直至他们崩溃。

武仙劝道：“大帅，敌军刚刚败阵，为什么不一鼓作气拿下他们？”

完颜合达摇头说：“我军长途奔来，一直没有足够休息，军力已经疲乏。不如先围住他们，任由我们轮番攻击，这样可以两者兼顾。”

张惠当即反对：“大帅，现在形势对我们有利，不加紧拿下他们，就怕迟则生变哪。”

张惠投向金国不久，完颜合达对他并不了解，认为他不服自己，顿时大怒：“你们不肯听从老夫的命令吗？有敢违令者，军法从事。”

见他大发脾气，连陈和尚都只好不再说话了。于是金军对困在金沟里的蒙军围而不打，战斗便停了下来。

此刻，窝阔台又加派抄思率1万骑兵从郑州星夜出发，马不停蹄地赶往三峰山参战。

拖雷、速不台全军被围在金沟，发起数次冲击而不能突围。两位蒙军的战神开始紧张了。

速不台自言自语道："都说金国士兵居住在城里，不能吃苦，不像我们的士兵都是放牧为生，长期在野外风吹雪打。没想到他们也很拼命！"

拖雷愣了一下，问道："你刚才说什么？"

"我说金军士兵也很拼命。"

"不是这句，是前面那句话？"

"我们的士兵风吹雪打。"

"对，要是现在能下一场暴雪就好了。不，只要一场大雪就足够了。我们的士兵都擅长雪战，能忍耐极寒。可金兵就不行了。"

"王爷，那我们让法师试着祈雪吧？"

"对。"于是拖雷叫来了随军的萨满法师，让他们吃饱喝足，打足了精神举行仪式，向长生天祈祷下雪……

半夜里，天气果然突变，降下了鹅毛大雪。天亮之后，竟然下起更大的暴雪，很多地方的积雪深达数尺。金军士兵没有御寒准备，全都身穿单衣，手足冻僵，几乎拿不起冰冷的武器。弓弦上也都结上了冰，根本无法拉开。

而蒙军士兵习惯于在极度寒冷的战场骑马作战。现在祈雪成功，蒙军士气大振。速不台随即带了一队骑兵，试探性地主动攻击金军。所到之处，金军士兵纷纷溃散。

精明的拖雷立刻下令，全军出击。

这时有部将建议再等一会儿，等抄思援军到达，一齐作战。拖雷猛地挥了一下拳头说："不行，不能等！此地距离钧州城不到30里，一旦他们撤进城里，再要歼灭就非常困难了。"

于是众将在拖雷带领下，全线出击，四面突围，一举冲垮了金军的包围。

恰在此时，抄思的援军也赶到了，与拖雷合兵一处，跟金军展开激战。

由于山下的农田被双方骑兵的马蹄践踏，雪水和烂泥混在一起，泥浆可以没过小腿，两军陷入了苦战。最终金军抵挡不住士气旺盛的蒙军，只得撤到三峰山上。

这是完颜合达等人完全没有料到的：现在他们反被蒙军包围了。

夜里蒙军将士点上了篝火，又烤起牛羊肉充饥。烤肉的香味四溢，飘散到三峰山上，金军将士饥寒交迫，许多人连续三天没有进食，士兵们开始感到绝望，士气低落到了极点。

张惠跟范成进也是几天没吃任何东西，两人望着山下蒙古军的篝火，饥饿难耐，心里又颓丧至极。张惠极其内疚地说："兄弟，你们跟我到金国来是错了。为兄对不住你们！"

"张将军不要这么说。路都是我们自己走过来的，怪不了任何人。实在要怪，就怪这个被诅咒了的世道吧！"

"过了今天，你们就降了吧，毕竟不是女真人，他们不会对你们赶尽杀绝。"

范成进沉默不语，过了一阵说道："过去咱总被别人当作草芥，我恨！可跳来跳去都是一个命，太累了。"说完他啐了一口："大金皇帝好歹给了咱一个王爵。老子就是死了，也还是一个王！"

张惠完全懂得他的心思，因为自己也是一样想的。既然死志已决，还有什么可后悔的……

第二天，两路蒙军发动了总攻。拖雷却又故意让开一条通往钧州的路径。金军将士发现后，乱纷纷地从这里仓皇逃命。不料半路上被蒙军拦腰截断，金军彻底崩溃，将领失去了对逃亡士兵的节制。随后，蒙军开始对溃散的金军士兵展开了一场血腥的屠杀。

半天之内，15万金军几乎被蒙军全部歼灭，张惠、范成进、杨沃衍、高英和樊泽等将领被杀，移剌蒲阿与陈和尚被蒙军俘虏。只有武仙幸运地逃脱了。

完颜陈和尚被押解到蒙军中军大营，他高声叫喊："我就是两次在大昌原打败你们的陈和尚。"

抄思大怒，持刀过去，一刀砍在陈和尚的小腿上。陈和尚毫不屈服，站立不倒。抄思命人用刀划开了陈和尚的面庞，直到肩膀。陈和尚血流满面，仍然破口大骂。

张柔不忍，刚要出面劝降，速不台走过去，大声称赞："真是个好男儿！"然后柔声劝道："我就是速不台，你投降我绝不丢人的。我保你做个大将。"

陈和尚仍然大骂"鞑子"。拖雷大为恼怒，喝令斩首。随后陈和尚与移剌蒲阿先后被杀。

完颜合达率领残部退到钧州城后，被蒙军重重包围，最终寡不敌众，钧州城被蒙军很快攻克。完颜合达手持当年完颜兀术的金雀大斧，在蒙军重重包围下四处冲杀。他身边的护卫越来越少，最后只剩下了他一个人。

他觉得太累了，实在太想睡觉了，突然一阵晕眩就要跌倒。他拄着大斧勉强站住。

睁开眼后，一道耀眼的光芒迎面照来。他看到先祖完颜兀术带着军队杀来了！

这位女真战神骑着火龙驹冲在最前。他遍身金甲，像一个开山力士，所向无敌，手执寒光凛凛的大斧来救他了，还向他伸出了手。完颜合达精神倍增，举起大斧跟着完颜兀术继续砍杀蒙军。突然，一支狼牙大棒砸到了他的腰间。完颜合达吐血倒地，嘴里喃喃自语后，闭目而去……

至此金国失去了绝大部分的主力军队以及最后一拨名将。

潼关守将李平听说完颜合达等人已经战死后，随即投降蒙军。黄河以南十多个州府被蒙军先后占领。一个月后窝阔台、拖雷合兵攻克洛阳，转而向东进攻汴梁。

窝阔台命令大将速不台、塔察儿率军3万围攻汴梁城，在城外架炮数百门轰击城墙。

金主亲自上城激励守城军民，使用震天雷、飞火枪和各式弓箭奋力抵抗。双方激战了 16 个昼夜，蒙军未能攻下汴梁。不料汴梁城突发春季大疫，双方士兵死伤惨重。窝阔台不得已接受了金主请求，暂时罢兵。

但是金国大势已去，金主悲痛欲绝，向臣民下"罪己诏"，改元开兴。

三峰山决战的大胜，让拖雷在蒙古王公和军队中得到了空前威望。然而"祸兮福所倚，福兮祸所伏"，一场针对他的潜藏祸端正在加速酝酿。

第九十一章 联蒙攻金(一)

拖雷的威望如日中天,让窝阔台更对他产生前所未有的忌惮。

他的脑海里总是抹不掉一幕场景:那日两人并马进入郑州城,蒙军全体将士列队相迎,人人脸上洋溢着胜利的欣喜,声嘶力竭地喊着口号,极度亢奋地向两人行礼致敬。然而他们口中喊的名字,并不是自己这位新任大汗,却是拖雷!

虽然窝阔台佯装笑脸接受将士们的欢呼,但他的心已经缩成了一团。

那夜,他郁闷不乐,独自一人饮酒。连续喝下几斛烈酒后,他瞪着猩红的双眼,仍然抓着大杯不放,继续喝个不停。一个当值的侍卫不识相地上前劝谏,要拿走剩余的几坛酒。窝阔台大怒,抓起桌案上切肉的小刀就掷了过去,正中那侍卫的心口,侍卫当场殒命。

之后,其他侍卫人人惊恐,再没有人敢劝阻窝阔台喝酒了。

但只有一个人,敢在这个时候进入内室跟窝阔台讲话。这个人就是镇海。

他并不是一个人来的,还有一个萨满女法师跟在他的身后。

镇海轻轻走过去说:"大汗,你看这是谁来了?"

窝阔台抬头睁开醉眼,只见一个身穿神袍,头戴鹿角神帽的女萨满站在眼前。因为她的腰带上系着神铃叮当作响,神袍上绣着龟和四脚蛇等,这模样乍看到着实有些可怖。窝阔台顿时被惊得酒醒,仔细一瞧,原来是香妃李鬼名。

窝阔台半嗔半笑道:"爱妃怎么来了?还扮作这副模样,要来吓朕吗?"

李崒名咯咯笑着:"大汗,我现在已经是萨满法师了,您不知道吗?"

窝阔台很是惊讶:"这是怎么回事?"

镇海就告诉了窝阔台一件事情。原来,半年前由于机缘巧合,蒙古最有名的萨满仁钦大法师和良月女萨满二人,正式收了李崒名为徒。二人亲自为她主持了极其隆重的过关仪式,随后向她传授了衣钵。

窝阔台皱眉问道:"爱妃,你闲来无事,学那些也是可以的。只是这里还在打仗,你过来干什么?"

李崒名娇嗔道:"自从大汗出征之后,我一直放心不下。有人告诉我说,大军虽然打了胜仗,但是遭遇了瘟疫,倒下的士兵很多。我担心大汗的身体,就拜托镇海将我送过来照顾大汗。"

窝阔台听罢,顿时高兴了起来,让两人陪着他饮酒。

镇海喝了一斛后说:"大汗,来之前仁钦大法师对我说,这场瘟疫是女真恶鬼诅咒带来的。因为有很多信奉萨满的女真人战死了,鬼神不满,所以降下了这场瘟疫。"

成吉思汗和他的几个儿子一直都极为崇信萨满。所以窝阔台一听这话,便紧张起来:"那大法师可有办法化解?"

"大法师说,必须办几场盛大的法事,举行跳神仪式送魂。之后瘟疫就会消除。"

李崒名接话道:"大汗,法事就由我来做吧。"

窝阔台怀疑地看着她:"爱妃,你可以吗?"

镇海笑了:"大汗你有所不知,察合皇后能通灵的。两位萨满大法师之所以收她做徒弟,是因为他们都梦到了一只金色凤凰降凡,对他们鸣叫不止。之后第二天,察合皇后就来拜他们为师。他们都认为这是大吉之兆,就把衣钵传给了皇后娘娘。"

窝阔台高兴得大笑不止,连声说好。

这时镇海走到窝阔台身旁,对他贴耳讲了一件秘密之事。

窝阔台听了脸色顿时为之一变,随即问道:"这是大法师说的话?"

"是的。大汗放心，这件事我们已经商议多次，万无一失。"

"那为什么要朕的爱妃亲自去做这件事？"

"因为察合皇后是西夏人啊。西夏的冤魂就靠她来超度送魂。法事结束后，大汗就万事无忧了！"

窝阔台愣了一会儿，点头说："无论如何，你们做事要千万小心，不然朕救不了你们。"

李崽名向他拜倒说道："请大汗放心。"

这些天在大同府，王琬一直忙于发送各种公文，登记往来簿册，向前线发运军需粮草。随着胜利的消息不断地从金国那里传来，中书令府衙上下都是如沐春风，人人喜气洋洋。

但公主皇后锦璐却是满腹心事。她派人请来了王琬，问道："察合皇后已经安全到达郑州了吗？"

"姐姐放心吧，有镇海亲自送去，不会有事的。"

"可我总是坐卧难安，就怕她会出事。妹妹，你见过她装扮成女萨满，你觉得会不会被人看穿呢？"

"应该不会。察合姐姐天资聪慧，学任何东西都很快。我问过良月法师，她说察合姐姐有大智慧，天生就该做萨满大法师。"

"真的吗？"

"据她说，大段的经文，察合姐姐只看过几次后就能熟记。再晦涩难懂的符咒，也是学一遍就会。连仁钦法师都非常赞许。"

"阿弥陀佛，这也不枉当初也遂太后的一番苦心。"

"也遂太后曾经对二位法师有恩，为了报恩，他们两位教察合姐姐学习法术，都是尽心尽力的。"

"唉，现在万事俱备，只欠东风了。"

"姐姐，他又派人来了吗？"王琬想，金主肯定又来催过了。

"最近倒是没有。也许他们已经兵败如山倒，不再有这个需要吧？"

王琬摇头："血海深仇，大金皇帝不到最后一息，是绝不会放弃报仇的。

他一定会再派人来,说不定他们还要谋刺大汗本人。"

"那绝不可以。"锦瑢很是紧张,随即醒悟过来,脸上一片绯红。

王琬明白她的心思,笑着问:"我的皇后姐姐,大汗是不是对你很是宠爱?"

锦瑢啐了一口:"不要胡说了,讲正事吧。你那位冉先生什么时候回来?"

提到冉琎,王琬的心沉重了起来:"他陪王檝大人去南朝了。"

"去南朝?为什么?"

"因为王大人要劝说两国联盟。"

锦瑢知道金宋两国累世深仇,由于当年靖康之事,宋人对金国恨之入骨,看来这次大金无论如何都是万劫不复了。她默然念了一段经文,然后长叹了一声:"'若造善业者,则有乐果报;若造不善业,则受于苦报。'只是这冤冤相报,何时能了?"

王琬劝道:"这些国仇家恨,岂是我们弱女子能化解得了的?姐姐不要想得太多了,仗打完了,和平来临,一切可以慢慢消解。"她又劝慰了锦瑢一阵,这才离开鹿苑行宫。

此时暮色已近,王琬登上马车时,何忍悄悄说道:"王姑娘,我们被人跟踪了。"

王琬惊讶地问:"知道是什么人吗?"

"虽然没见到那人的脸,但他的身形很是熟悉。"

"以前见过是吗?"

"嗯,很像是在中都时莫彬手下的一个人。"

"你确信?"

"不能完全确认。不过在中都时,我跟他们周旋了许久,他的身形是忘不掉的。"

王琬想了想,说道:"看来很可能莫彬也跟到大同府来了。从今天起,何堂主你就带人试着搜寻他们。一旦找到,马上通知我。"

"放心吧，王姑娘。"

在回去的路上，王琬陷入了沉思。她既为兄长王鄂以及在汴梁的亲朋安全万分焦虑，又期盼冉琎赶紧回到自己这里来。当真是愁绪万千，心事重重，无法言说。

再说金军在三峰山大败以及汴梁正被包围的消息，陆续传到了临安。理宗向大臣们展示了那份用蒙古大汗窝阔台名义写来的道歉国书，问道："各位爱卿，既然他们大汗已经道了歉，拖雷的事情是不是可以暂时搁下呢？"

众臣都明白皇帝是很希望联蒙灭金的，毕竟王师北上，收复中原，洗雪靖康之耻，是几代人的共同愿望。

可真德秀出班反对说："陛下，他们光道歉是不行的。"

理宗点头："王檝已经答应了，灭金之后，河南之地归属大宋。作为补偿，关中之地长安到凤翔也可以商量。"

"陛下，口说无凭，必须有他们大汗签字盖玺的和约才行。"

"这是当然。你们几位今天商量一下，起草一份盟约，给朕看过后，今夜就快递到襄阳去，让王檝带上尽快返回蒙古。"

郑清之和乔行简一齐答应："臣等遵旨。"

但是他们万万没料到，此刻枣阳和光化突然遭到了金军大规模的袭击。

第九十二章　联蒙攻金（二）

原来武仙在三峰山逃生后，带着十几个亲兵一路狂奔到了南阳。此后一连数月，他在南阳山里收拢本地民军以及溃散而来的金兵，陆陆续续地竟然聚集了 10 万左右的兵力。

武仙很快就收到了金主的蜡丸密信，诏命他率兵勤王。可是武仙认为汴梁的城防已经残破，而且那里瘟疫流行，再守下去只有死路一条。他转而向金主提出了"夺取均州，占领巴蜀"的建议，即使攻不下均州，也可以强夺宋军的粮仓。随后他不等金主回复，就派了手下大将武天锡率领刚刚训练好的 2 万人马，闯进了光化和枣阳，到处抢劫粮食。

这个军报大出史嵩之的预料之外，他问孟珙和冉琎："二位，武仙兵败三峰山，不去金主那里，反而到我们这里骚扰。他究竟想干什么？"

孟珙回答："或许他们缺粮，实在是穷极无奈之举吧？"

冉琎摇头说："我了解武仙，此人绝不是一般的将领。他到这里来一定有自己的图谋。说不定他还想夺了均州，再把金国皇帝接来呢。"

史嵩之仔细看了看地图说："襄阳兵多，他们肯定不敢到这里来。莫非他们想进四川？"

冉琎点头："是的，极有可能。"

孟珙哈哈大笑："那是痴心妄想。"

冉琎认真地说道："他们可不是白日做梦。夺取川蜀，拒守险关，这是他们已故元帅郭仲元提出的一条退路。金军很多将领一直都想实现这个计划。"

史嵩之冷冷地哼了一声："看来，他们仍然以为大宋军队都是银样镴枪头？"

孟珙起身请命："大人，武仙这支军刚刚组成，训练肯定不足。此战我们必胜！我现在就出发，带军剿了他们。"

"好，要狠狠地打。"

"大人，必要时我们可以越境追杀吗？"

史嵩之想了一下："可以，但不要进得太深，我们的准备还没有最后完成。"

军队大规模出动之前，必须要精心地准备，包括军粮的安排、将领和兵力的配备等。史嵩之说出这话，当然是在暗示孟珙：朝廷已经准备出兵了！

孟珙和冉琎二人何等精明，立刻明白了其中的含义。

孟珙应声回道："是，大人。"

他走了以后，冉琎想起了完颜赛不在海州造船的事情，就把这件事的经过告诉了史嵩之。

"大人，您得赶紧联络赵善湘大人，我们潜伏在海州的人可以起事了。夺下了这些大船，我们水军的实力将如虎添翼。"

史嵩之大笑，连声说好。可冉琎没有料到的是，在徐州与海州，国用安这位金国的兖王，将会给宋廷带来一系列的麻烦。

再说孟珙率领2万忠顺军连夜从枣阳出发，天蒙蒙亮时靠近了武天锡的营寨。孟珙在亲兵的护卫下，来到前锋位置，刘整带着副将江波、江虎跟随左右。众人隐蔽地站在武仙营寨对面的山崖上，仔细观察营寨兵力的分布。

刘整说："大帅，我们在东，敌军在西。日出之后，方位对我军有利。我带本部5000名士兵，保证一个时辰之内攻破营寨。"

孟珙点头答应："那好，就由你们打这第一仗。江波带人去冲击营寨，你跟江虎绕到那边山后，埋伏起来。江波攻击顺利的话，敌军一定会向北撤退，那时你们杀出来截住他们，可以全胜。"

三人齐声领命。

半个时辰后，赤红的朝霞越发耀眼，红彤彤的太阳从东山上冉冉升起。

孟珙命亲兵打出进攻旗号。江波看得清楚，立刻下令手下军官张子良领兵出击，攻打营门。

张子良带了100个精心挑选的士兵悄悄摸近，张弓搭箭连续射倒塔楼上的金兵岗哨。然后一声令下，士兵们抛出了带有铁钩的绳索，钩住了营门一齐发力，营门应声而倒，随后冲进了武天锡军营，见人就杀。

金军没有防备清早会有敌人来袭，匆忙间仓促应战，完全挡不住气势如虹的张子良精兵。武天锡惊慌失措，命令左右赶紧撤退。

他正要逃走，冲在最前的张子良恰好赶到。两人交手不到片刻，武天锡被张子良一刀砍倒。士兵们见主将阵亡，顿时作鸟兽散，乱哄哄地向北山逃去，却被刘整的伏兵冲出截住。不到半个时辰，这2万金兵全部被歼。

此战胜利的消息迅速传到了临安。理宗没有想到，胜利来得竟然如此之快，大为惊喜。于是他提笔亲自草拟了嘉奖旨意，参战诸将人人都有封赏。孟珙指挥得当，功劳最大，被晋封江陵府副都统制，又御赐了金带。

但武仙的主力仍然逗留在光化境内。孟珙跟冉琎商议对策，两人查看地图时，探马紧急来报，发现武仙军正在往襄阳正北方向集结。

孟珙疑惑地问道："我们原先判断，武仙的目标应该是均州，去打通入川通道，为什么现在他要往襄阳北面集结兵力呢？"

冉琎看了一阵地图，问道："大帅，襄阳以北最近的粮库在哪里？"

孟珙指着图上的吕堰说："最大的粮仓就在这里。哦，先生的意思是武仙缺粮太多，他奔着吕堰来了？"

"很有可能。"

"有道理。"孟珙立即派人传令附近木查、腾云两处以及吕堰的忠顺军高度戒备。

随后自己亲自率领大军迅速赶往吕堰。果然在吕堰以西不到10里追上了武仙军。

两军立刻发生激烈的战事。战斗中武仙发现己方的地形极其不利，前面有河流拦住去处，后面是已方刚刚翻过的高山。而孟珙军乘高取下，势不可当。这样的仗怎么能打下去？于是武仙下令撤军，却被三处赶来的宋军一齐掩杀，武仙大败，一路逃回邓州去了。

这时兵部还没有下令打到金国境内去。孟珙跟冉琎商议，两人都认为战机不等人。于是孟珙果断下令，大军紧追武仙进入金国。

包围了邓州城后，孟珙下令攻城，大军潮水般向城头攀爬上去。邓州城守军不多，守将伊喇瑗眼看守不住，于是打出白旗，派人带上了印信，奉表请降。孟珙令江虎率领士兵接收城防，然后自己带人进入官衙。伊喇瑗带着一大群金国官员，在地上跪拜迎接。孟珙疾步上前，扶起伊喇瑗和他的属下，好言抚慰了一番，随即让他们贴出安民告示。

至此，邓州城终于被宋军收复。

几天后武仙部下刘仪投降，向孟珙提供了武仙残余军力的详情。武仙军现在分别屯在九处山寨。冉琎在图上详细标注了各处山寨的方位和兵力分布。看图思索了一阵后，冉琎建议先夺取位置突出的金寨，然后攻打附近的两寨。

孟珙对他言听计从，随即派兵穿上金军衣甲，混进金寨后到处放火。金寨很快烧成一片火海，武仙的士兵慌乱地四散奔逃。孟珙毫不费力地打下了金寨。随即派出江波和江虎带人紧跟败兵冲击附近两寨，又一鼓作气拿下了它们。

第二天孟珙亲自领兵攻击武仙大寨马蹬山，从北、东、南三面猛烈进攻，却故意给西面留下一条逃生通道，而江波已经带人在小路上设下了埋伏。大寨被攻破后，溃逃的金兵被江波全部截住，降兵多达上万人。

之后孟珙回军进攻沙窝等寨，一天之内接连获胜。刘仪又招降了在板桥驻扎的金军。现在只剩下武仙最后的中军大寨了。

发动最后总攻之前，孟珙派人送去一封冉琎书写的劝降信，诚恳地劝告武仙归降大宋。不料武仙大怒，一把扯碎了书信，杀了送信的军士。

于是孟珙指挥大军发动最后的攻击。武仙军毕竟刚刚招募，严重缺乏战力，抵挡不住精锐宋军的攻击。武仙只好放弃山寨，向附近的岵山撤退。岵山地势险要，占据了那里可以居高临下。而孟珙和冉琎早就预料到武仙将会退往那里，已经在半路设下了刘整的伏兵。

武仙军行在半路上，被四下突然涌出的伏兵包围。一番激烈的厮杀后，武仙的部将基本被擒，只有武仙带着十几个亲兵逃脱了，向蔡州方向逃去。

由于宋军获得大胜，金军打开通道进入四川的计划彻底失败。孟珙累积战功，被晋升为修武郎及鄂州府副都统一职。

这些日子里，因为孟珙军接连取胜，临安朝廷中枢的气氛轻松喜悦。在得到大臣们的一致支持后，理宗正式决定，将要联合蒙军灭亡金国，一洗当年的靖康之耻。

消息很快传到了逃亡路上的金主完颜守绪那里。金国本已恶劣的形势，现在更是雪上加霜。于是他召集身边的大臣商议对策。

完颜白撒发怒说道："南朝这时不但不帮我们抵御蒙古，反而要出兵打我们，简直是岂有此理！他们不是太过愚蠢，就是落井下石，十足小人行径！"

金主刚刚下令派几位将领前往唐州，抵抗宋军随时可能发动的攻击。因为担心他们怯战，金主故作轻松地笑着说："蒙古鞑子势大，经常战胜我们，那是因为他们有强大的马军，朕难以跟他们对抗。至于南朝，何足道哉？宋军没有战马，士兵都跟女子一样羸弱胆怯。嘿嘿，只要朕还有三千铁甲重骑，就可以纵横于江淮之间！"

听了这话，在座的将领哈哈大笑，纷纷表示不惧宋军。

这时大臣完颜阿虎带劝道："陛下，多一敌，不如去一敌。南朝智慧之士很多，他们懂得唇亡齿寒的道理。老臣愿意去一趟临安，当面劝说他们的皇帝化敌为友，共同抵御蒙军。"

金主摇头叹道："阿虎带，你觉得事已至此，劝和还有可能吗？"

"皇上，只要事情没到最后一步，都还有争取的希望。"

于是金主点头同意，派遣完颜阿虎带带上西夏幸免于难的皇族子弟李岐，一起出使临安，向大宋求和。

第九十三章　拖雷之死（一）

几天后，完颜阿虎带与李岐使团辗转到达临安。

理宗在朝会上接见了他们。阿虎带使团向理宗行了最高的三跪九叩君臣大礼，这在金、宋两国使团来往历史中，实在是破天荒的第一次。仅仅20多年前，两国还在为国书中称叔还是道伯争执得互不相让。昔日大金国的傲慢与无礼带来的那种屈辱，一直深刻在大宋君臣的心里。因而今天阿虎带极其谦卑的表现，让理宗和大臣们都感到极大的满足。

阿虎带熟悉汉话，开口说道："大宋皇帝陛下明鉴，过去20多年里，野蛮的蒙古灭国四十有余。前者西夏惨遭屠戮，之后轮到我国；我国如果现在倒了，下面必定是大宋。唇亡齿寒，这是自然的道理。"说到这里他抬头看着理宗。

然而理宗脸上毫无表情。

阿虎带硬着头皮继续说下去："皇帝陛下，如果大宋与我们联合，一起抵御我们共同的敌人蒙古，那么两国都还有生存的机会。如果陛下听从谗言，一定要跟蒙古合作攻击我国，那么灭国惨祸距离大宋，也就不远了！"

郑清之斥责道："你这使臣不要胡说！"

阿虎带向身旁的李岐使了一个眼色。

李岐立即跪下叩头："陛下，我是西夏皇室唯一幸存的李岐。今天特地到临安来，就是要向陛下揭露蒙古的真相。铁木真和他的儿子们残暴嗜血，丧尽人伦，他们是杀戮的使者，是魔鬼的化身！我们西夏君臣本已投降，但中兴府满城无辜的百姓、所有皇族大臣还是被屠杀殆尽。他们叫嚣说，只要是高过车轮的西夏男子，必须全都杀光。只有我本人极其幸运地逃脱了劫难。皇帝陛下，蒙古豺狼本性，是一定要吃人的，跟他们联盟无异于自戕啊！"说完他一边号啕痛哭，一边叙述了那日中兴府被蒙军屠杀的惨状。

听到这样撕心裂肺般的哭诉，理宗和大臣们不由得全都为之动容。

阿虎带见起到了效果，趁热打铁地说道："陛下啊，鸟之将死，其声也悲；人之将死，其言也善。我国皇帝深知，大宋终将不容于蒙古，所以特地派我前来，向大宋皇帝澄清事实。期盼陛下怜悯我国君臣一片赤诚之心，伸出援手。此恩此情，我们必将铭记于心！"

说完他连连叩头。

郑清之听罢，面色突然一变，指着阿虎带大声呵斥："你胡说，竟敢当面欺骗我们！就在几天之前，你们的武仙还带兵侵入到我国境内，到处烧杀抢劫军粮。听说你们的皇帝发送蜡丸密信给几位将领，图谋夺我大宋川蜀，你怎么解释？"

阿虎带并不知道武仙这些人的事情，但猜测郑清之所说绝非虚言。令他疑惑的是，蜡丸密信是绝密之事，大宋君臣如何知道呢？郑清之义愤填膺地当面质问，阿虎带实在无法回答，只得搪塞几句保证今后绝不发生。

刚刚被李岐打动了的群臣，此时收起了同情怜悯之心，全都冷眼看着阿虎带。

理宗点了点头，说道："这样吧，贵使先回驿馆休息。朕随后跟大臣们再行商议。"

阿虎带心知此行已经失败，无可挽回。只好忍着羞愧行礼，拖着犹如灌铅的双腿，带着李岐离去了。

随后郑清之和余嵘等人纷纷进言，从今开始坚定地执行联蒙灭金的国策，绝不动摇。于是理宗君臣上下一心，开始热烈地商讨如何派兵以及粮草发运等诸多细节。

只有真德秀，从始至终未发一言。他在深深地担忧着，为大宋的前景感到前所未有的忧虑。

很快，临安的军民都知道了，皇帝即将派遣军队北伐。跟上一次开禧北伐不同，这一次是为了彻底消灭金国，洗雪靖康之耻。于是很多普通人家自发地组织起来，向临安城里的禁军捐物捐资。更有大量的青壮男子，主动要求从军参加北伐。

自从朝廷南迁以来，临安从未有过这样热烈的气氛。江万载被深深地打动了。他向理宗请命，请求亲自带兵去前线打仗。

董宋臣对他说："江都统，这些年我们两个人一直陪在陛下身边，从来不离左右。你要是去打仗了，陛下肯定会想念你的，那怎么办？"

这句话让江万载很是感动，一时眼圈有点红了。

理宗也动情地看着他："这是去真刀真枪地打仗，要流血牺牲的，你可想清楚了没有？"

江万载跪下行了大礼，说道："陛下待我恩重如山，微臣就是粉身碎骨，也难以报答。就请陛下成全微臣的平生愿望：到前线战场去，为国杀敌！"

理宗双手扶起了他："好，好男儿！"用手捶了一下江万载的肩膀："你去，就是代表朕亲自上战场了。"

"多谢陛下成全。"

理宗问："禁军的官兵们，现在士气怎么样？"

江万载兴奋地回答："陛下，他们全都摩拳擦掌，几乎人人都想参战。"

理宗听罢非常满意，看来朝廷的出兵决定就是军心民意："太好了！"

"陛下，您这次当真要派出禁军参战吗？"

"当然，你们是代表朕去的。要好好打，狠狠打，打出朕的威风来，千万不要让友军笑话。"

江万载行军礼道："陛下放心，养兵千日，用在一时。我们绝不会辜负陛下的重托！"

"嗯，你亲自去选人，挑出最精干的2万士兵出来，就由你带到襄阳那里，跟孟珙的忠顺军会合。到了那里，你要听史嵩之大人和孟将军的指挥，不能摆禁军的派头。"

"陛下放心，臣不会的。"

理宗点点头，他知道江万载的为人，不过又叮嘱了一句："你叔父老将军江海就驻守在枣阳。这次去打金国，朕打算让经验丰富的老将军在名义上挂帅，孟珙是副帅，但负责具体指挥作战。你去辅助孟珙，要配合好他，记住了吗？"

江万载笑了："陛下放心，臣就是忠顺军出来的。孟珙将军曾经是微臣的同袍。"

理宗想起来了，不禁也笑了。然后又想起了一个人："对了，你去看一下彭壬，问他是否也愿意去。"

在清除梁成大、李知孝这些史党时，彭壬主动向理宗交代，自己曾经受夏震和莫彬他们的请托，昧着良心为他们办了一些事，其中就包括用伪书陷害真德秀的那次。之后他如数上交了那些巨额贿赂。因为郑清之为他求了情，理宗又考虑到，他对平息上次朝堂之变是有功的，于是从轻发落，将他免职在家。现在理宗想起用他，这是再给他一次战场立功的机会。

江万载一直跟彭壬相处融洽，听皇帝这样说，高兴地连声答应，领命而去。

见到彭壬后，江万载说明此事。彭壬大为感动，起身向皇城方向叩首行礼："陛下如此厚恩，不计前嫌，末将愿意效力沙场，以死相报！"

江万载听他说出这话，虽然觉得有些不吉，但武人说话坦直，他也就一笑而过了。

这夜，冉璞和丁义一起来见真德秀。冉璞说："大人，我们想向您辞行。"

真德秀很是惊讶："你们……要到哪里去？"

丁义回道："大人，我们想去襄阳投军，到孟珙将军那里去。"

"为什么？哦，是不是因为冉琎正在孟将军那里，所以你们也想去了？"

冉璞回答说："既是，也不是。大人，我们想加入忠顺军去打金国。"

真德秀明白了，抚须笑道："我听说，最近临安城里的年轻人都想从军参加这次北伐。你们的心情，我很理解。"

丁义拱手说道："真大人，20年前，我自山东到淮东，参加过上百次跟金兵的战斗。那时的梦想就是杀光金狗，收复中原。如今我虽已是中年，但昔日的激情仍在。这次灭金盛事，我不想错过。万望大人理解成全！"

真德秀紧紧地握住丁义的手："好，好！"然后对冉璞说："我刚刚收到你兄长的信，这几年他做了许多事情，我全都知道了。他非常了不起啊，居然去过了蒙古的首府哈拉和林！你兄长现在是我朝对蒙军最为了解的人。我一定要向圣上举荐他。"

冉璞向真德秀致谢："大人，临行之前，我还有一件未了之事。"

真德秀点了点头："我知道，就是缉捕凶嫌赵胜的事情。我仍然在敦促赵善湘大人，可他一直没有回应。我正打算派人去一趟呢。"

"一切拜托大人了！"

"这是应该的。对了，江万载将要率领2万禁军到襄阳去，不如你们一道前往，如何？"

"真是太好了。"冉璞和丁义都很是高兴。

五天后，2万精心挑出的禁军精锐士兵集结在临安城外。

此刻晴空万里，微风拂面。军营里旌旗如云，刀枪林立，宋军将士的铠甲在阳光的照射下，闪射出耀眼的光芒。一队队骑兵疾速驰过，贴地的马蹄声隆隆作响，散发出腾腾的杀气。

理宗在江万载的护卫下，首先检阅了士兵们的操练，随后向全体将士亲自诵读了当年李壁写下的讨金檄文："天道好还，盖中国有必伸之理；人心助顺，虽匹夫无不报之仇。朕丕承万世之基，追述三朝之志……兵出有名，师直为壮，况志士仁人挺身而竭节，而谋臣猛将投袂以立功。西北二百州之豪杰，怀旧而愿归；东南七十载之遗黎，久郁而思奋。闻鼓旗之电举，想怒气之飙驰……益砺执干之勇，式对在天之灵，庶几中兴旧业之再光，庸示永世宏纲之犹在。布告中外，明体至怀。"

理宗这么做，是在宣誓，他要继承前人遗志，讨伐金国，收复中原，重整河山。

郑清之、乔行简、真德秀以及刚刚赶来的崔与之、魏了翁等老臣听到这里，无不激动得泪流满面。第一次听到这篇战斗檄文时，他们还都是血气方刚的青年后生，伐金就是他们年轻时的梦想和荣光。如今朝廷再次启用这篇檄文，他们都已经白发苍苍，垂垂老矣。

最后，理宗向所有将士承诺，得胜回朝之时，他将会亲自出城，迎接有功将士。全身戎装的江万载率领2万官兵一齐呐喊："杀敌报国，不胜不归！"

第九十四章　拖雷之死（二）

现在大宋这边的军队士气如虹，然而河南的蒙军却是军心难安，开春后数月以来，已经有大量的士兵染上了瘟疫，咳嗽不止，高烧不退而死，其余的人大都也是病恹恹的毫无气力。看来对金作战已经是难以继续了，拖雷就向窝阔台建议退兵，大军回到漠北好好休整一下。但窝阔台却在这时病倒了。

因为大汗不能行动，需要卧床养病，蒙古大军在郑州暂时停下，开始休整。

这天夜里，镇海的营帐里来了一位喇嘛。镇海屏退了左右，笑着问道："萨巴大师不愧是活佛啊，整个河南都打成一锅粥了，而你居然毫发无损？"

莫彬手拈佛珠，合十说道："全赖佛祖保佑，大人跟老僧才能平安无恙。"

"大师的功德，我已经向大汗禀告了，之后一定会有重谢。"

莫彬双手递上一个盒子："多谢大人。对了，这就是大人需要之物。"

镇海接过，打开看了看，觉得里面的东西似乎很是平常，便疑惑地问："它真的那么管用？"

"大人放心。此物名叫阴蛊，服下的人初始毫无任何异状，几天之后必然发作，头晕目眩，沉睡不醒而亡，而且没有任何症状。"

镇海听后，忽然变得非常敬悚，问道："大师从哪里得到的这个东西？"

莫彬笑着说："老僧年轻时，曾经多方游历。在高州时遇到过一个养蛊的巫医，这可是高人哪，就是他传授给我的。以前也曾用过此物，当真是威力无比！"

镇海点头："如果它真能这么管用,你就又立了大功一件。说吧,你想要些什么?"

"老僧不求何事。只愿意追随大人左右,实现平生之愿!"

"哦,大师请说,你有什么愿望?"

莫彬起身,对镇海合十作揖:"老僧要帮助大人辅佐大汗,灭金亡宋,开疆拓土,成为一代名臣。"

镇海赶紧双手扶起莫彬,满意地说道:"好,好!有大师相助,这是长生天眷顾我啊!"

莫彬随后告诉他金国大将蒲察官奴愿意投奔的事情。

不料,镇海却摇头说:"听说这个人反复无常,以前曾经诈降过南朝,后来又杀了南朝边将回到金国。现在投降的金国将领多如牛毛,我们何必为这种人而招惹麻烦呢?大师以后就不要管他了吧。"

莫彬无法,只得答应了,接着问道:"大人,中书令耶律大人那里是不是有一个女官,名叫王琬?"

"不错,有这个人。"

"大人,这个女子和她的丈夫冉琎,都是南朝奸细!必须除掉他们才行啊。"

镇海乍听这话,大吃了一惊:"大师可有什么证据?"

"证据?我对他们太了解了。"于是就把自己跟冉琎之间的过节以及发生在中都的冲突简短叙述了一遍。

镇海抚须沉思,过了一会儿说道:"那么大师并没有直接的证据,能证明他们在为南朝效力?"

莫彬犹豫了一下:"目前……还没找到。"

镇海心里明白了,看来莫彬跟冉琎、王琬之间,有化解不开的仇隙:"这样吧,大师你先到大同府去监视王琬。如果她有什么异动,立刻派人来通知我。"说完镇海马上又想到,王琬跟公主皇后以及李嵬名关系匪浅,这可不是自己能随便得罪的人,就补了一句说:"记住,她现在深得耶律大人的信任，你可不能轻易地招惹到她，记住了吗？"

"是，大人。"

随后几天，蒙古军里到处都在传言，因为战争太多人被杀了，神鬼不安，就降下了这场瘟疫。蒙古士兵大都虔诚地崇敬萨满，因此很多人强烈要求上司去请萨满法师作法，驱除瘟疫，保护族人。士兵的要求很快传递了上去，于是拖雷吩咐恭请萨满法师举行仪式。

这日，萨满法师将蒙古祖先神像挂在军营附近的树上，东、西两侧分别挂了日、月、猛虎、黑狼、金雕等模型。又在树间系上皮绳，绳上悬挂了鹿和黑狼的兽头、舌、心、肺等内脏。当夜，大军点起了篝火。只见法师身挂摇铃，打起神鼓，跳起特殊的舞蹈仪式，模仿飞禽和野兽的动作和叫声。随后举行了吃血仪式，法师将公羊的血抹在众神像的嘴上，以求福佑。

拖雷带着部下围坐在周围，目不转睛地观看着仪式。好多部下开始跪下叩头，嘴里跟着念念有词。

过了一会儿，正在跳舞的法师突然神灵附体了，他开始进入一种癫狂，助手们也跟着进场舞动，一时间铃声、鼓声交杂，节奏猛然加快，士兵们全都虔诚地看着他们，觉得神秘、空幻，跟着他们进入鬼神的幻境，不由自主地向天界升腾……

拖雷也受到了士兵们情绪的感染，跟着嘀嘀大叫。半个时辰后，萨满的仪式结束，士兵们逐渐安定了下来。

说来也真是奇异，十几天后军中的瘟疫渐渐消退，患病的士兵逐渐康复了。一时间，萨满法师们的威望如日中天。于是，士兵们只要见到萨满法师，无不下拜感谢。士兵们又纷纷将自己参战以来抢到的各种财物献给法师们。

但是窝阔台汗的病情依然没有好转，而且似乎更加严重，连神志都有些不清楚了。

拖雷焦躁不安，在营帐里一刻不停地来回踱步。纳牙阿这次也跟随拖雷参战了。他见拖雷如此不安，关心地问道："大王，您是不是有什么烦恼？"

"我能有什么烦恼，还不是因为待在这里，既不能战，又不能走，活活把人憋屈死了。"

"那我们为什么不撤兵呢？"

"大汗还在病中，需要静养的。"

纳牙阿问："听说仁钦大法师的女弟子来了。上次萨满法事她们也参与了，事后疫情的确是缓解了。我们为什么不请她们再次作法，祈愿大汗早日痊愈呢？"

这句话让拖雷心里一动，吩咐道："那好，你就去请法师吧。"纳牙阿领命而去。

第二天，拖雷和纳牙阿领着几个萨满法师来为窝阔台汗祈福。为首的女法师头戴鹿角神帽，身穿黑色的神袍，手里拿着法鼓和木槌，一串神铃系在腰上叮当作响。她让人们围坐在窝阔台的病榻前，随后点燃了一堆紫黑色的木块，顿时散发出奇异而独特的香味。这是祈福香，可以净化污浊，邀请神灵。

之后女法师左手持鼓，右手拿槌，盘腿坐在西北方位，病榻位于她的东南位置。她似乎陷入了沉思，过了一会儿，开始击鼓。一阵鼓后，她起身舞动，一边击鼓，一边吟唱。音调深沉绵长，令人肃然起敬。随着鼓声渐紧，只见她下巴哆嗦，牙齿格格作响，双目紧闭，周身摇晃。这意味着神灵降临了。她的助手拿出一团烧红的火炭，放在她的脚前，为神引路。

突然鼓声停了，她浑身颤抖不止，这是神已附体的表现。她开口问道："你们这些凡人，请我来有什么事？"

拖雷上前礼拜，虔诚地说："我的汗兄患病，为此惊动了祖先神。"

女法师点头，再次击鼓吟唱。唱毕，口含一些法水，向窝阔台的病榻上喷去。

有人轻声说："这叫阿尔沁达兰，祖先神的力量，将充满大汗的身体！大汗的疾病将被赶走。"

之后女萨满又舞动起来，吟唱了一段神曲，保佑窝阔台汗早日康复。然后仪式结束。

拖雷就走到了窝阔台的病榻前,看见他的脸色果然有些红润了起来。

这时侍卫们按照蒙古的习俗,已经准备了一大钵热水。女法师用热水洗涤了窝阔台的病身后,举着大钵向拖雷走了过来,要将大钵交给他。按照蒙古习俗,如果有病人最亲密的亲人,愿意喝一口洗涤病人身体的水,那么病人将会痊愈。

拖雷看了一眼举钵的女法师,突然愣了一下。他觉得面前的人真是太眼熟了,似乎在哪里见过,可是自己并不认识这样的女法师。拖雷疑惑了起来,再次紧盯着她,试图回忆起来。

可是这女法师脸上涂着油彩,头上宽大的神帽挡住了眼神,绣着怪异图案的神袍遮住了她的体态。拖雷无论怎样回忆,实在想不起在哪里见过此人。

因见拖雷不肯接过大钵,女法师轻声赞道:"伟大的长生天赐予了祝福,可汗用火石点燃,皇后用嘴唇吹旺,孛儿只斤家族兴旺之火代代相传。长生天赐给大汗的子孙以神力,平定一切骚乱,驱除一切病魔。"

拖雷听罢,极其尊崇地接过了那只钵,祷告说:"长生天神啊,你无所不知,无所不管。你知道如果有罪的话,那也是我做得最多。因为我到处征战,杀死了那么多人,俘虏了他们的妻子、儿女,让他们妻离子散,整日活在痛苦和恐惧当中。如果你要怪罪,请饶恕我的汗兄窝阔台,不要召去他。我罪孽深重,就把我召去吧!"

说完之后,他祷告了一阵,喝掉了那洗病的水。

这时女法师的双眼变得无比锐利,闪烁着精光。她双手举起,向西北跪下行礼,口中念念有词。

神奇的事情随后发生了,窝阔台竟然苏醒了,而且轻声地喊:"好饿。"众人大喜过望,都认为今天的法事大获成功。

随后几天,窝阔台的身体慢慢痊愈了。

然而,拖雷却一病不起了。随军出征的御医全都被请过来一齐会诊。拖雷总是高烧不退，嘴唇惨白，时不时说些谁都听不懂的话语。侍女给他喂水，却是滴水不进。紧张万分的御医们面面相觑，不知道这究竟是什么病症，全都束手无策。到了当晚，拖雷已经没有清醒的意识了。

窝阔台知道后，亲自赶来看望拖雷。无论他怎么呼喊，拖雷都是紧闭双眼，毫无任何反应。窝阔台吩咐侍女给他灌些羊奶进口，但他牙关紧锁，始终没有进食。

到了后半夜，这位骁勇善战又冷酷好杀的军事征服者，终于停止了气息。

纳牙阿这些忠心的侍卫，全都跪在他的床榻前，放声痛哭……

第九十五章　临安钟声（一）

冉璞和丁义跟江万载会合后，跟随大军押运着30万石军粮，浩浩荡荡地向襄阳进发。

这时已是深秋季节。过江之后大军沿着官道向前行进。一路上峰峦连绵，满山金黄，遍地秋叶。远处仍然是郁郁葱葱的大片松林。官道周围金灿灿的农田里，还有大量尚未收割的黍米。农人们在田地里忙碌着，女人们结队给自家的男人送来了午饭，无忧无愁的孩童们在田埂边追逐嬉闹。当人们看到大军经过此地时，全都停下了手里的活计，好奇地看着北上的军队。这里是一片安静的太平景象。

大军到达襄阳后，冉璞跟兄长久别重逢，自然格外的激动。令他意外的是，苟梦玉也到襄阳来了。因为要跟蒙军合作，冉琎向孟珙推荐了熟悉蒙古军政的苟梦玉。他接到冉琎书信邀请后，便立即向赵范辞了职事，赶来参加这场灭金盛事。

而更令冉璞意料不到的是，江林儿也率领他的两千民军加入了忠顺军。原来自从真德秀上任户部尚书之后，推出了很多举措，废除了许多弊政，其中就包含对所谓羁縻州的山禁命令。自此高州、顺州那里被允许进出通商，盐茶、药品和山民自产的粮食、山货等终于可以往来流通。山民都对朝廷这一惠政欢呼雀跃。江林儿也就兑现了谢昊的诺言，带着这支民军来支持孟珙。

这是风云际会之时，众人都很是兴奋。苟梦玉提议道："机缘难得，我们为什么不开席痛饮一番？"

彭渊拍手赞同。于是众人一并请了刘整、江波、江虎几个，找到一个酒店，点了一桌丰盛的酒宴。

酒过三巡，彭渊笑着对苟梦玉说："先生以前受够了赵葵、赵范那厮们的气。这次出来，再也不用忍气吞声了。"

苟梦玉拈须笑道："就算不到这里来，我也必须离开扬州了。"

冉班问："这是为什么？"

"谢昊老宗主不久前突然过世。白华已经返回顺州，按照老宗主的遗命接任了宗主之位。他写信邀请我，跟他一道处理教里的事务。"

听到这个消息，冉班提议向老宗主致敬，几人便起身走到窗前向南方作揖行礼，举起酒杯向天祝祷，然后将酒洒在地上，默哀了片刻。

重新入座后，江林儿说："我来之前，白宗主让我转达对二位尊使和彭堂主的问候。他请你们几位在结束之后，一起去他那里商议事情。"

苟梦玉点头答应，转头向冉班问起了王琬。

冉班将自己跟王琬蒙古一行的经过，大致讲述了一下。当苟梦玉听说王琬正在蒙古中书令衙门担任女官后，不由得连声称赞。后来又问起了王鄂，因为他一直留在汴梁，生死未卜，众人不禁为他担心起来。而冉班同时也为元好问深感担忧。

他们还不知道，此时的汴梁城已经被蒙军占据。自从蒙金两军因为暴发瘟疫被迫停战之后，汴梁城内疫情持续不退，加上粮食极为紧张，城里病死饿死者众多，短短几个月里，从各城门运出的死者接近百万之数。金主完颜守续的意志终于崩溃，不愿继续坚守国都。于是抛弃了皇宫上千名后妃、宫女，甚至连自己的皇后也不管不顾，独自带着军队逃往归德。

守将崔立随即将汴梁城献给了蒙军。张柔率先领军进城后，立即封存了金国府库里的金帛财物，严禁自己的士兵烧杀抢劫。他却唯独进了金国史馆，拿走了《金实录》以及各种图书簿册，随后访求汴梁城里有名望的儒士以及他的家乡族人上百名，全部送往中都妥为安置。因为王琬派了人请他保护自己的兄长和元好问，所以他特意找到二人。当他听说王鄂曾是金国状元后，更加地礼敬。之后他派人将二人连同家眷安全地送到了大同府王琬那里。

金主逃到归德后，很快军粮即将耗尽。他思来想去，觉得去路只有两条，要么向东到徐州去，国用安的军队驻守在那里，完颜赛不正在徐州担任尚书省事；要么向南到蔡州去，但那里的驻兵并不多。于是金主向徐州派出了钦差，下诏国用安领军过来接驾。

然而他们等了十几天，也不见国用安和完颜赛不过来勤王护驾，派出的钦差也没有回来。完颜守绪马上猜到徐州出事了，否则完颜赛不必定会很快过来。难道是国用安此人变了心吗？

他正胡乱猜疑时，蒲察官奴率领1000名士兵撤了过来。自从莫彬收了他的银子后，突然就杳无音信了。他派出部下到处找寻，就差在城门上张贴莫彬的画像了，可无论如何就是遍寻不着。蒲察官奴寻思，莫彬一定是抛开自己了。现在自己人财两空，蒲察官奴不由得怒火万丈。

就在他的心情恶劣到了极点时，有一个人竟然主动向他挑衅。

这个人就是驻守归德的主将石盏女鲁欢。此人虽然是个粗鲁武将，却很有野心。他以归德城里突然涌进太多军士，城里的军粮不敷使用为名义，向金主提议只留下他的军队，其余的各军全部遣出城去，到徐州、宿州各地征收军粮。官员们都明白他的用意，无非是要独自掌控皇帝罢了。金主心里当然万分不情愿，但石盏女鲁欢极其霸道，金主不敢得罪，只好最后留下蒲察官奴的一半忠孝军，其余各军全都派遣出城。

蒲察官奴当然完全无法接受，在跟石盏女鲁欢谈判时两人话不投机，发生了严重冲突。蒲察官奴恶向胆边生，随即指挥忠孝军发动哗变，杀死了石盏女鲁欢。接着又抄了他的家，将他的妻女和全部家产悉数据为己有。

他的残暴遭到了很多大臣的反对，于是有人向金主发起弹劾。蒲察官奴得知后，一不做二不休，就以小人进谗，必须清君侧为名，操纵他的士兵继续疯狂杀人，将跟随皇帝出逃的李蹊等300多名官员全部杀害。之后将金主软禁在照碧堂，禁止任何人未经允许前往奏事。

被囚禁的完颜守续整日以泪洗面，哀叹所用非人。禁卫军士兵见皇帝被如此羞辱虐待，全都非常愤怒，暗地里向他表示效忠。于是金主一面对蒲察官奴厚加赏赐，百般讨好，一面跟那些人密谋策划。一个月后，他以议事为名把蒲察官奴召进寝宫。志得意满的蒲察官奴毫无防备，刚刚走进照碧堂，就被禁军士兵斩杀了。

这场自相残杀后，大金国最后的一丝元气，基本丧失殆尽。

事变之后，幸存的官员向金主建议，蔡州城坚池深，兵众粮广，不如早弃归德，投奔那里。而且金主又听说蒲察官奴跟国用安过从甚密，难保他们之间会有什么勾当，于是他再不敢冒险向东到徐州去，最终还是赶往了蔡州。

当他到达蔡州境内时，随行不过二三百人，马只有50来匹。堂堂大金国皇帝，落魄至此。在路过双沟寺避雨时，天色昏暗，外面的小雨淅淅沥沥。身穿湿衣的完颜守续已经忘了寒冷，呆呆地望着寺外。满目望去，荒无人烟，野草连天，时不时传来不知名的野兽嗥叫。他突然极度的心灰意冷，难道这里就是自己的终结之地吗？

金主悲上心头，止不住号啕大哭了一阵。大臣们也都在极度沮丧之中，竟没有人上前劝慰一下。

进入蔡州时，知州组织当地百姓焚香跪拜，夹道欢迎。蔡州百姓看到大金皇帝身边如此稀疏的人马，个个狼狈不堪，不禁唏嘘不已。人群中猛安谋克的后人这时全都哭成一片。完颜守续强装着笑容，向他们一一摆手致意。

安顿妥当之后，完颜守绪重新任命了几位幸存的大臣，完颜忽斜虎任尚书右丞，张天纲任参知政事。这时蒙古大军主力已经撤回漠北本部休整，只留了大将塔察儿和张柔率领本部继续交战，但他们的前锋距离蔡州很远，于是在蔡州金主和大臣们过了几天安稳的太平日子。

完颜守续陡然松懈下来后，想起皇后与后妃们都被蒙军押往漠北草原，不禁怅惘失落。懂他心思的一个近侍为他从当地物色了一些少女。金主看着送来的美女，叹了一口气，对那侍卫说："我们的富贵日子已经屈指可数，

529

朕不可辜负了你的一片忠诚。"于是将政事全部交给张天纲他们,自己则待在临时行宫幽兰轩里整日快活。

张天纲不好劝谏,就去找完颜忽斜虎。因为他是皇帝的宗亲,所以胆大敢谏。完颜守绪听他屡次劝谏之后,这才收敛了一些。也幸亏完颜忽斜虎和张天纲二人,四处奔走,召集军队,终于又在蔡州城凑集了几万人马。武仙闻讯,也带着残存的上千兵马赶来合兵一处。

塔察儿得知金主的下落后,立即派军杀奔蔡州。不料遇到了武仙军队拦截,竟然连败了几阵。塔察儿派人急调张柔部过来参战。又请王檝再次赶往襄阳,敦促宋军尽快发兵,并把军粮运来,跟蒙军一起包围蔡州。

此时孟珙跟冉琎、冉璞他们屯军在邓州城里枕戈待旦。这日,终于接到了史嵩之的发兵命令。

于是他下令刘整为正先锋,江林儿、苟梦玉做他的副手,率领江波、江虎的三千精兵先行出动,攻打信阳。自己率领大军居中,后军押运30万石军粮一起前往蔡州。

刘整和江林儿他们养兵千日,志在此时,一路锐不可当,连续击溃了十几支小股金军的阻击。他们在天黑之前到达信阳城下。此时一路逃兵刚刚进城,现在城门紧闭。城墙上金国信阳知州正在指挥乱纷纷的士兵上城防守。

刘整哈哈笑道:"这样的弱兵,不堪一击。"

江林儿指着那知州说:"这个官不懂打仗,将军你看。"

刘整顺着他手指的方向看过去,那里有一段突出的城墙,暂时没有人防守。刘整点了点头:"我们就从那里先上去,然后打开城门,放大军进城,如何?"

江林儿摇头说:"将军让我去吧。你是主将,可不能冒险轻动。"

"不,这是第一个城池,我一定要亲自拿下。"刘整命令江林儿带领全军等候他的信号。自己带了江波、江虎等12位骁勇善战的勇士,趁着夜色掩护,攀上了城墙。

上城之后,恰好来了一队巡逻的金兵。众人隐蔽片刻,突然发起袭击,将巡逻军士尽数杀死，然后换上他们的衣服，在城楼上四处点火，逢人就杀，大声喊叫："宋军进城了。"

金兵顿时大乱，到处逃窜。江波、江虎趁乱抓住了那知州。然后用刀架着知州下到城底，刘整将城门打开，发出了信号。江林儿大喜，立刻率军杀进了信阳城。

孟珙大军半夜后进城，当他得知刘整、江波他们仅仅12个人就敢发动袭击，不禁连声称赞："昔日五代大将李存孝，带领18骑就能攻下洛阳。而刘将军只用了12人就拿下了信阳，你比他更加勇猛！"随后让军中都称呼刘整为"赛存孝"。

完颜守绪得知孟珙大军已经攻下了信阳，又气又急之下，破口大骂道："南朝卑鄙，乘人之危，落井下石。当初不该签什么嘉定和议，就该灭了他们才对！"

武仙因为接连被孟珙打败，心里对他很是畏怯，于是沉默不语。完颜守绪失望地看了看他，只得把求助的目光投向了完颜忽斜虎。

完颜忽斜虎慷慨地站起来说："陛下，臣这就带兵去阻击孟珙。"

完颜守绪忽然觉得鼻子一酸，差点落了泪，走过来作揖说道："一切拜托将军了！"

第二天清早，完颜忽斜虎集结了2万骑兵赶到确山，终于拦住了刘整的前锋军队。

刘整见金军的骑兵方阵整齐有序，于是不敢轻敌，下令把步军推到前面，用大盾牌互相联结挡在阵前，防止金军骑兵突然冲击。

片刻之后，孟珙赶到，亲自到了阵前观看。这时完颜忽斜虎指挥马军开始飙起冲击。

孟珙自幼跟随父亲跟金军作战，对他们的战法了如指掌。因见到20年来金军的打法毫无任何改变，孟珙自信地笑了，命传令官挥旗传令。

刘整看到后，立即将前军变阵。前军大盾牌瞬间开始转移，重新拼接成一个个锥行小阵。冉璞、丁义、江波和江虎等人各自带领一队士兵，在盾牌的掩护下，人人双手紧握斩马刀，严阵以待。

金军骑兵刚刚跑进射程，孟珙中军、后军配备的大量弓弩、床子弩，立即远程发射出密集的箭雨。金军瞬间纷纷中箭倒下，冲到宋军前沿的金军战马也纷纷被斩马刀砍倒在地。

眼见第一批冲出的骑兵全部阵亡，完颜忽斜虎勃然大怒，亲自率领所有骑兵冲了过来。

然而金兵遭到了更加密集的箭雨袭击。孟珙率领的忠顺军苦练十余年，为了克制北方骑兵，在使用弓箭上下足了功夫。而江万载率领的禁军，又带来了最新设计打造的床子弩，射程更远，威力更大。金军大队骑兵瞬间被成片地射倒，后军见到心惊胆战，开始犹豫着后退了。

冉琎反应极快，知道战机已到，立即向孟珙提议出击。孟珙也看到了敌军气势低落，于是下令己方的骑兵出击。刹那间，江万载与彭壬各自率领数千禁军精锐从阵中冲出，士兵们呐喊着挥动马刀向前猛冲，一举击溃了完颜忽斜虎。

随后孟珙大军一路追杀金军，直到蔡州城南的高黄坡才停下。前锋军士很快就遇到了塔察儿派来的联络军官。联络官为孟珙领路，进入蒙军大营见到了塔察儿。

第九十六章　临安钟声（二）

塔察儿不会汉话，但有苟梦玉随行翻译，两人的交流毫无阻碍。因为孟珙歼灭了武仙军队，塔察儿很是佩服，热情地对他大加赞誉。两人一起打猎、饮酒，越交谈就发现越是投机，于是当日两人就结拜为安答，击掌相约一起拿下蔡州城。

不久后，张柔大军也赶到了，蒙宋两军一起攻城。蒙军负责城北，宋军负责城南。这日孟珙指挥军队杀到了城南的护城沟堑，发现金军在城边修筑了一座巨大的塔楼。塔楼上的金兵利用制高点，不停地向下射箭。江波带人反复争夺了一个时辰，始终拿不下塔楼。冉琎就让刘整带人向塔楼集中发射火箭。半个时辰后，塔楼烧起了熊熊大火，最终轰然坍塌。

这时孟珙已经骑马绕城观察清楚，下令士兵将城外的柴潭挖开，同时蒙军也掘开了城西的练江，两股大水一齐灌进了城内。整个蔡州城顿时泡在了水里。

一次战斗中，张柔带领蒙军敢死攻城队攀爬城墙，却被金军甩出的绳钩钩住了铠甲，眼看就要被拖拽上城。危急之际，孟珙拔剑掷出，斩断绳索，这才救下了张柔。为此，张柔对孟珙大为感激，向他半跪行礼，表示将来必定会厚报孟珙。

自从出征到现在，忠顺军将领们纷纷立功，其中刘整最是大放异彩。而实力雄厚、装备最好的禁军，至今还没有出众的表现，这让彭壬郁闷不乐。他跟江万载商量，打算第二天亲自带领士兵攀城攻击。

江万载立即阻拦说："彭将军，刘整他们训练多年，精通野战本就是正常。你又何必意气用事，跟他们相比呢？"

彭壬却已经拿定了主意："不管怎样，我必须亲自上城。"

江万载刚要用他已不再年轻为由再次劝阻，却又怕更刺激了他，只好勉强答应了："将军千万小心。"

不料，第二天的战斗更加激烈。金军在内城新装了大量的投石机，片刻不停地向城外投掷巨大石块。

彭壬手执盾牌大刀，已经率兵攻击了多次，都被城上飞来的箭和石块逼退。

返回休息一阵后，他大喊一声，再次领着士兵冲向城墙。不料半道上被一块坚硬的飞石击中了额头，彭壬顿时扑倒在地，昏迷不醒。冉璞和江万载见到，双双冲了过去，将他抢了下来。但是当夜彭壬伤势过重，不治而亡。

江万载悲痛之下，命人将他的遗体精心装殓，待大战结束之后，亲自将他送回家乡安葬。

按照事先约定，这日孟珙将带来的30万石军粮分了一半交给塔察儿。这时探马来报，蔡州城里粮食奇缺。于是塔察儿跟孟珙商议，既然金军无粮坐困愁城，崩溃只在早晚。而联军粮食充裕，不如围困城池，尽量减少己方的伤亡。孟珙点头同意。

于是蔡州城里的金军泡在大水里，被断断续续地围攻了三月有余，城内终于粮尽。金主知道自己的大限已到，但他不愿做大金国亡国之君，于是下诏，禅位给正在给他当侍卫的宗室子弟完颜承麟。

当他将玉玺交给完颜承麟后，用手指着天空怒骂："上天待我，为何如此不公？朕自继位以来，宵旰忧劳，夜不能寐。自认没有失德之处，可你为什么要亡我大金？"说完放声痛哭。

完颜承麟上前抱着他，哭着说："先帝爷您快走吧，我带人给您断后。"

完颜守绪轻轻推开了他的手："不走了，朕要留在这里。"然后大声对所有人喊道："你们都记住了，朕今天立下血誓：只要我女真人没有绝种，将来就一定要报仇雪恨，亡蒙灭宋！苍天可鉴！"

534

就在这时，几个浑身是血的侍卫冲了过来大喊："陛下快走吧，宋军攻破南门了。"

实际上，此时蒙军也已经攻破北城，已经开始了激烈的巷战。

完颜守续长叹一声，踉踉跄跄地独自走了出去。只有一个忠心的侍卫跟上了他。完颜守续在幽兰轩里挑选了一个安静的地方，如同疯魔一般大笑了一阵，随后自缢身亡。

完颜承麟获知金主已死后，痛哭流涕，命人举行了一个简单的祭奠典礼，为完颜守续敬上谥号哀宗。他又让那个忠心的侍卫赶紧去火化完颜守续的遗体，以免落入敌人之手。

然而，这一切尚未结束，宋蒙联军就已经杀到了。完颜承麟带着一群护卫顽抗到底，最后死于乱军当中。

完颜忽斜虎率领最后的几百金兵进行巷战，得知完颜守续已经自缢的消息后，仰天长叹："天亡大金！"然后跳水自杀。余下的金军500多人见主帅自尽，也先后跳进了汝水为大金殉国。

昔日威名赫赫的大金国，自金太祖完颜阿骨打建国，至此历经120余年，最终亡于蒙宋联军之手。

其后孟珙派遣江万载、刘整和江林儿等人陆续收复了寿州、泗州、宿州、亳州和海州，共五州二十县之地。京西又得唐、邓、息三州十一县，京东得邳州二县。此次出征，孟珙大军可谓战功赫赫。

蔡州城里的战斗结束后，宋蒙联军从完颜守续居住的幽兰轩里抄出了巨量财物，包括金国玉玺、金银铜钱、仪仗器物以及大量的古玩珍奇等。孟珙与塔察儿平分了所有的战利品和战俘，其中也包括了金哀宗完颜守续的一具焦尸。

四月初，孟珙和江万载率领大军，押解大队俘虏，班师回朝……

这日，临安城外阳光格外明媚，正是春意盎然之时。山上的杜鹃姹紫嫣红，如同花海一般的杏花和桃花争奇斗艳，满山烂漫，如云似霞。

郑清之和真德秀等文武官员清早就陪着理宗来到城外20里。理宗要兑现诺言，亲自迎接得胜归来的大宋军队。然而他们没有想到，得知禁军胜利班师的消息后，临安城里万人空巷，百姓自发地赶往城外，争相目睹大宋南迁之后第一次北伐的胜利。

理宗看着熙熙攘攘的人群，喃喃自语："民心可期，民心可用！"

郑清之激动地回答："为了这场胜利，我们几代人等白了头发。如今梦想终于实现，微臣不枉此生了！"

这时理宗忽然想起曾经读过的一首诗，就转头问真德秀："真大人，放翁先生可有后人在朝为官？"

"有的，他的孙子陆元廷今天也来了。"

理宗吩咐董宋臣："宣他过来。"

"是，陛下。"

不到片刻工夫，陆元廷被领了上来。理宗对他说："朕很喜欢读令祖放翁先生的诗词，记得他曾经写过：'死去元知万事空，但悲不见九州同。王师北定中原日，家祭无忘告乃翁。'"

陆元廷激动地连连叩首："今日的胜利，全赖陛下的英明，将士们英勇奋战。臣的祖父泉下有知，必定无比欣慰！"

理宗点头："回去后，朕会亲自书写这首诗，叫人送到你的府上。你要好好祭奠一下放翁先生，告慰他的在天之灵。"

陆元廷连声答应。

这时行进的大军停了下来，孟珙和江万载二人满身甲胄，一前一后走到驾前，向理宗施以军礼。理宗笑吟吟地走下车驾，一手搀着孟珙，另一手拉着江万载，说道："二位将军辛苦了。"

两人再次施礼，孟珙向理宗献上了缴获清单以及俘虏的名册。

理宗将缴获清单递给了郑清之，自己却打开俘虏名册看了起来。第一个就是金国最后的宰相张天纲。理宗点头："张天纲，这个名字朕听说过，据说是个有才的。不知他是否愿意归顺，为朕效力？"

孟珙回答说："回陛下，一路之上，臣已经多次劝说他了。但他……"

"他不愿意，是吗？"

"是的，他多次求死不得。"

理宗沉思了一会儿："朕不杀他，就留着他让后人评说吧。"说完后他让董宋臣去交代有司，不要虐待苛责他们。

随后举行了盛大的检阅和献俘仪式，第二天将在宗庙举行祭祖仪式。理宗看着欢呼的百姓和士气高昂的士兵，不禁感慨万千。他自从登上帝位以来，第一次得到了莫大的荣耀感。

真德秀向理宗奏道："陛下，这场胜利，是将士们浴血拼杀才得来的。对于阵亡士兵的家人，朝廷应该好好抚恤善待他们。"

理宗频频点头："当然应该，真大人你们尽快拿出抚恤的章程来，朕会立即批复。"他随即又想起一件事，将赵汝谈和李韶叫了过来，吩咐二人到各大寺庙宫观去，要他们今晚同时做一场法事，超度此战牺牲的将士。赵汝谈、李韶二人连连点头，奉命而去。

以灵隐寺、径山寺、净慈寺为首，临安的所有寺院包括仁山寺、天竺寺、演福寺、圆觉寺、光孝寺、报恩禅寺、大小梵宫等，先后得到了通知，今天在酉时开始法事。

傍晚时分，灵隐寺方丈慧远正主持法事："愿以此功德，庄严佛净土。上报四重恩，下济三涂苦。若有见闻者，悉发菩提心。尽此一报身，同生极乐国……"

赵汝谈和李韶静听了一阵，移步向外走了出去。

李韶因见寺院幽静，林木茂密，山泉潺潺，便笑着说："此地当真是'曲径通幽处，禅房花木深'哪。"

赵汝谈问："听说元善喜欢研读佛经，有一句我不太明了，还请赐教一二。"

"赵大人过谦了，请问。"

"我最近总是想：'前后相生，因也；现相助，缘也。'该如何理解？"

"《功德经》上说：'诸法因缘生，我说此因缘。因缘尽故灭，我作如是说.'我以为，没有绝对因，也没有绝对果吧。"

赵汝谈点了点头："有道理。换个说法也就是，'此有则彼有，此生则彼生；此无则彼无，此灭则彼灭'。"

李韶忽然明白了："大人其实是说——"

赵汝谈摆了摆手："元善你听，钟响了。"

现在是酉时。按照约定，临安各大寺院会在此刻同时敲响本寺的梵钟，以安慰逝者，为众生祈福。远处，一阵似有若无的钟声在暮色中率先传来，随后灵隐寺的大梵钟也敲响了。

浑厚的钟声缓慢而悠长，穿透了临安的上空，向远方传去。西湖南北两侧的众多寺庙，也相继敲起了钟。钟声互相交织，在西湖的水面上来回震荡。

赵汝谈听着钟声，喃喃自语："也许该有的总是会有，该来的一定会来……"